Das Coronavirus
iert alle zwei Woc
ndelt sich ständig. Die meisten dieser Muta
einen Erreger tatsächlich gefährlicher

MIX
Papier aus verantwortungsvollen Quellen
Paper from responsible sources
FSC® C105338

UNFASSBAR.
Angelspiel des Lebens

Für Maxi,
sei mutig und glaube daran,
dass Wunder geschehen.

In Liebe.

Inhalt

Charlotte, Anfang vierzig, steht mit beiden Beinen im Leben. Sie ist glücklich verheiratet und lebt auf einem sanierten Bauernhof in der Nähe von München, bis die Corona-Pandemie die Überzeugungen und Grundmauern ihres Lebens ins Wanken bringt.

Zufällig begegnet sie Maximilian, einem Fußballmanager, der ein glamouröses Leben in der Öffentlichkeit führt. Magisch angezogen von seiner sympathischen Art und unvergleichlichen Ausstrahlung gibt sie sich der Liebe hin. Erst viel später erfährt sie, dass diese von einer Krankheit überschattet wird, für die es keine Hoffnung gibt.

Daneben die Pandemie. Alle dachten, Corona sei vorbei. Doch plötzlich mutiert das Virus. Es wird über das Trinkwasser übertragen. Die Corona-Pandemie nimmt eine neue unvorstellbare Dimension an. Aus dem Nichts. Mit einer viel größeren Brisanz als alles, was wir bis dahin erlebten. Mit einer Intensität, die wir nicht zu träumen gewagt hätten.

Dieses Buch handelt von Ängsten und Sorgen in Zeiten der Corona-Pandemie und beschreibt die Wucht, mit der uns das gefährliche Virus plötzlich erneut trifft. Unvorbereitet, einschneidend, existenzgefährdend. Ein böser Traum. Die dritte Corona-Welle. Die unglaubliche Realität. Mittendrin zwei faszinierende Charaktere: Charlotte und Maximilian. Einfühlsam, intensiv und leidenschaftlich. Liebe, Sex und Leidenschaft. Die Pandemie wirbelt alles durcheinander. Doch es bleibt die Liebe. Ein großes Glück in der turbulenten Zeit, ein tiefes Vertrauen und intensive Gefühle, die allen Viren trotzen und einer ungewissen Zukunft Zuversicht geben.

Vorwort

Kennen Sie das Angelspiel? Natürlich kennen Sie es! Aus Ihrer Kindheit. Die Spielregeln sind einfach. Man angelt mit einer bunten Plastikangel nach Fischen und Gegenständen in einem hellblauen Pappkarton-Aquarium. Angelt man den alten Schuh, gibt es keinen Punkt. Das begehrte Seepferdchen bringt 25 Punkte und der hellblaue fröhliche Flachfisch bringt 5 Punkte. Die strenge Regel: Was geangelt wird, darf man nicht zurückwerfen.

Das Leben ist ein Angelspiel. Manchmal angelt man die Liebe, begehrt wie ein Seepferdchen. Dann zieht man eine Krankheit, den ungewollten alten Schuh. Man zieht ein Seepferdchen, einen Goldfisch oder eine Muschel. Was geangelt wird, bleibt. Niemand kann das Schicksal eintauschen. Keiner hat ein Rückgaberecht. Das macht das Leben spannend, manchmal ungerecht und sehr oft erst recht lebenswert. Das erleben alle Menschen, jeder auf seine Weise, auch Charlotte und Maximilian.

Charlotte begegnet Maximilian. Sie verlieben sich. Aber Maximilian hat den alten Schuh geangelt. Er hat Leukämie. Er wird sterben, ist verzweifelt und stellt sein Leben infrage. Soll er die verbleibende Zeit mit Charlotte verbringen? Soll er seine langjährige Ehe weiterführen? Oder soll er sich für die Liebe entscheiden? Das Schicksal drängt ihn, diese Fragen zu stellen und nach Antworten zu suchen.

Das *Angelspiel* ist eine Geschichte über die Liebe, über den Umgang mit einer Krankheit, für die es keine Hoffnung gibt, und über die Corona-Pandemie. Sie wagt den Blick in die Zukunft: Die Pandemie, die uns gerade herausfordert, hat sich in der Zukunft weiterentwickelt. Die dritte Welle. Das Virus SARS-CoV-2 ist mutiert. Eine Katastrophe. Die Folgen sind schlimmer als alles, was wir bisher erlebt haben. Wir haben den grauen Fisch an der Angel. Nur zwei Punkte. Und was geangelt wird, darf man nicht zurückwerfen.

Charlotte. Pandemie.

Hamburg, 28. Juni 2023

Als ich den Flughafen in Hamburg betrete, wusste ich nicht, dass diese Begegnung mein Leben so sehr verändern würde. Noch weniger ahnte ich, dass ich eine Liebe erfahren durfte, wie ich sie nie für möglich gehalten hatte.

Es wird knapp. Meinen Flug werde ich wohl verpassen. Hektisch schaue ich auf meine Armbanduhr und gehe etwas schneller. Meine am Morgen sorgsam geföhnten Haare hängen strähnig und nass in mein Gesicht. Auch der Trenchcoat ist völlig durchnässt, dabei bin ich nur wenige Meter von der Bushaltestelle zur Flughafenhalle gelaufen. Mist. Mit der Hand streiche ich meine blonden Haarsträhnen hinters Ohr.

Zwanzig Minuten Verspätung – der Blick auf die digitale Anzeigetafel verschafft mir etwas Erleichterung. Ich betrachte mein Spiegelbild in dem Schaufenster eines Flughafen-Shops. Ach du meine Güte, wie sehe ich denn aus, denke ich genervt und wische an dem vom Regen verschmierten Make-up mit dem Finger herum. Ich krame einen Lippenstift aus der Tasche und ziehe die Lippen in einem knalligen Rot etwas nach, bevor ich den Mundschutz wieder darüberziehe. So geht's, sieht aber eh niemand. Schnell eile ich durch die kühle Flughafenhalle zum Security-Check. Hellgrüne Kennzeichnungen auf dem Boden signalisieren die nötigen Abstände zum Vordermann. Die Schlange der wartenden Reisenden ist lang, aber es geht schnell und ich überstehe die Sicherheitsprozedur problemlos. Der Security-Mann lächelt freundlich und weist auf die Hinweisschilder der geltenden Hygiene- und Abstandsregelungen hin und bittet, die Handdesinfektion zu benutzen. Daran habe ich mich inzwischen gewöhnt, das mache ich fix und eile schnell in Richtung Gates.

Gate 19. Ich steuere direkt auf den fast menschenleeren Wartebereich zu. Da holt mich das Klingeln des Handys aus meinen Gedanken. Ich ziehe den Mundschutz nach unten, auch wenn ich weiß, dass ich das nicht machen sollte, aber ich denke, dass andere mich so besser verstehen. Ich melde mich professionell und freundlich: »Charlotte Stein. Ja, wir können einen Termin für eine Besichtigung vereinbaren, allerdings ist die Wohnung so gut wie verkauft. Ja, ich schreibe gerne Ihre Adresse auf und melde mich, falls es nicht zum Verkauf kommt. Gerne melde ich mich in den nächsten Tagen bei Ihnen.«

Umständlich suche ich nach einem Kugelschreiber und einem Zettel in meiner braunen Handtasche. Ich verabschiede mich freundlich von dem Anrufer und kritzele schließlich wenig leserlich den Namen und die Adresse sowie ein paar Eckdaten des Gesprächs auf den Rand einer Zeitschrift. Mein Bürotelefon ist auf mein Handy umgeleitet. Fluch und Segen zugleich.

Ich arbeite als selbständige Immobilienmaklerin für einen besonderen Immobilienmarkt in München. Umgebaute Bauernhäuser, außergewöhnliche Vorstadthäuser, Eigentumswohnungen und Lofts in den besten Wohnlagen Münchens sind mein Markt. Ein Traumjob. Ich konzentriere mich dabei auf Immobilien, die vielleicht auf den ersten Blick nicht wirklich schön sind. Erst neulich habe ich ein Haus aus den fünfziger Jahren verkauft. Die Immobilie war unspektakulär. Aber eine tolle Architektin, die inzwischen zu einer Freundin geworden ist, hat etwas Großartiges aus dem Haus gemacht. Sie erweckte es mit grandiosen Ideen und vielen Glas- und Fensterflächen aus seinem Dornröschenschlaf. Modern. Ein Hingucker. Energetisch optimiert und an den Bedürfnissen des Käufers und der Käuferin bestmöglich ausgerichtet. Richtig toll ist es geworden.

Wichtig ist immer, dass die Eigentümerinnen oder der Eigentümer und das Architektenbüro das Potential einer Immobilie erkennen und ihre Geschichte und das Umfeld bei einem Umbau berücksichtigen. Meine Kundinnen und Kunden suchen das Besondere: das kleine Häuschen mit traumhaftem Garten am Stadtrand von München oder das Industrieloft mit Backsteinwänden, das modern zu einer tollen, außergewöhnlichen Wohnung umgebaut werden soll. Dabei habe ich es mit einer wohlhabenden Klientel zu tun und bewege mich in einem gehobenen Umfeld. Ich liebe meinen Beruf. Er macht mir große Freude. Zu meinen Freundinnen sage ich immer, dass ich es liebe, mir die Immobilien anzuschauen, sie mit etwas Kreativität in einem tollen Exposé zu beschreiben und Freude daran habe, sie bei den vielen Besichtigungen vorteilhaft zu präsentieren. Sie stellen das nicht infrage, immerhin kennen sie meine unzähligen Überstunden und sprechen mich oft darauf an. Es fällt mir leicht, geeignete Käufer zu finden. Schwieriger ist es, Immobilien zu finden, die in mein Portfolio passen und auch verkauft werden sollen.

Völlig in meinen Gedanken versunken rammt ein Marienkäfer meinen rechten Fuß und ich verziehe schmerzhaft das Gesicht.

»Tschuldigung«, ein kleines Mädchen mit einem roten Marienkäfer-Rollkoffer steht vor mir und sieht mich an. Ihre großen braunen Augen wirken ängstlich. Der Mund ist klebrig, das T-Shirt fleckig und die Zöpfe wurden wahrscheinlich gestern schon geflochten. Gelockte Haarsträhnen wirbeln um ihren kleinen Kopf. Unter dem Arm trägt sie ein abgewetztes Schaf, ganz eng an ihren Körper gedrückt. Ein zerknitterter rosa Mundschutz aus Baumwolle mit einem Schildkrötenmuster bedeckt ihren Hals wie das Tuch eines Pfadfinders. Er ist viel zu locker gebunden und ich denke an die strengen Hygieneregeln, die nun auch auf Kinder ab sechs Jahren ausgedehnt wurden und ganz offensichtlich schwierig umzusetzen sind.

Nach anfänglichem Zögern der Verantwortlichen wurde eine Mund-Nase-Schutz-Pflicht bereits in der ersten Corona-Welle eingeführt. Die Bevölkerung muss heute immer noch in der Öffentlichkeit Masken tragen. Auch Kinder. Diese Vorschrift wurde lange kritisch diskutiert, jedoch hielten Virologen, Politiker und Pädagogen diese Maßnahmen zum Schutz vor weiteren Ansteckungen für dringend erforderlich, auch wenn man einsah, dass die Umsetzung für Kinder schwierig ist. Man wollte jedoch die Kleinen so früh wie möglich mit den Hygienemaßnahmen in der Pandemie vertraut machen. Ein Mosaiksteinchen, um die weitere Ausbreitung des Virus einzudämmen oder zumindest zu verlangsamen.

»Schon gut«, murmle ich gütig und betrachte meinen

Knöchel mit Sorge – er tut ganz schön weh. Aus der Ferne höre ich eine unfreundliche Frauenstimme: »Marie, jetzt beeile dich doch mal!«

Das Mädchen lächelt mich kurz an und verschwindet. Mein Blick folgt der kleinen Statur mit dem viel zu schweren Koffer und dem abgewetzten Schaf unter dem Arm, bis sie in der Menschenmenge verschwunden ist.

Charlotte. Rückblick.

München, 27. Januar 2020 bis 28. Juni 2023

Das Coronavirus SARS-CoV-2 hält die Welt in Atem. Wie feiner weißer Wüstensand wurde es wie von einem Sandsturm in China nach Europa geweht und verbreitete sich rasant in alle Nischen, Zahnräder und im Getriebe der Menschheit. Es drang in unser Leben ein, wie wir es kaum für möglich gehalten hatten.

In Wuhan in Zentralchina mit etwa 11 Millionen Einwohnern wurde die Herkunft vermutet. Für die mögliche Übertragung auf den Menschen gibt es mehrere Theorien. Die meisten Wissenschaftler haben eine Übertragung auf eine besondere Art von Fledermäusen zurückgeführt. Immer wieder kam aber auch der Gedanke auf, dass das Virus nicht aus der Natur kommt, sondern in einem Labor gezüchtet wurde und absichtlich oder unabsichtlich die Labore verlassen hat. Was es auch immer war, es verbreitete sich auf der ganzen Welt.

Eine riesige Tragödie. Eine Katastrophe. Die Menschen waren völlig überrascht. Unvorbereitet. Überfordert. Unsicher. Ängstlich. Aber auch verständnisvoll und solidarisch. Was vor Monaten noch undenkbar, war nun Realität. Ein Virus überschattet die Menschheit und zwingt uns in die Knie.

*

Am 27. Januar 2020 wurde in Bayern die bundesweit erste Infektion mit dem neuartigen Coronavirus bestätigt. Ein 33-jähriger Mann hatte sich wahrscheinlich bei einer Kollegin aus China angesteckt. Dort hatte sich das Virus bereits verbreitet.

In Bayern wurde die Ausbreitung recht gut eingedämmt, jedoch zeigten sich am 26. Februar 2020 neue Corona-Infektionen im nordrhein-westfälischen Kreis Heinsberg. Viele Menschen hatten sich dort bei einer Karnevalssitzung angesteckt. Die Politik sprach zum ersten Mal von einer Epidemie in Deutschland.

Die Bevölkerung musste mit der riesigen Nachrichtenflut Schritt halten. Alle mussten verstehen, worum es ging und was zu tun ist. Es galt verständlich zu machen, dass nur durch Einhaltung von strengen Hygiene- und Abstandsregelungen das Gesundheitssystem nicht überfordert werden dürfte.

Nach tagelangen Diskussionen wurde am 29. Februar 2020 die erste Großveranstaltung, die Internationale Tourismus-Börse (ITB), wegen Corona abgesagt. Zeitgleich wurde der Mangel an persönlichen Schutzausrüstungen zu einem Problem. Die Bundesregierung entschied, die Beschaffung durch das Bundesgesundheitsministerium sicherzustellen.

Am 11. März 2020 stufte die Weltgesundheitsorganisation den Ausbruch des neuen Corona-Erregers als Pandemie ein.

Die Bundesregierung musste durch konsequentes Handeln massive Einschränkungen anordnen und dafür sorgen, dass diese umgesetzt wurden. Transparenz war gefragt. Die tägliche erschütternde Berichterstattung eroberte die Medien und neue Regelungen wurden dauerhaft zwischen der Bundesregierung und den Länderchefs abgestimmt. Das funktionierte nicht immer reibungslos. Die unterschiedlichen Strukturen der Bundesländer machten unterschiedliche Anforderungen deutlich.

Der Föderalismus stand plötzlich in Frage. Zuständigkeiten wurden diskutiert, einheitliche Regelungen gefordert. Daneben hörten die Menschen die komplizierten medizinischen Erkenntnisse der Virologen. Behauptungen wurden aufgestellt, um sie später zu korrigieren. Es war ein Hin und Her, ein Auf und Ab.

Am 13. März 2020 beschlossen die Bundesländer die Schließung von Schulen und Kitas bis zum Ende der Osterferien. Daneben kündigte die Bundesregierung Hilfen für die Wirtschaft an und der Bund beschloss Erleichterungen für die Kurzarbeit. Mit Aufrufen, Durchhaltestrategien und Videos in den sozialen Medien trotzten die Menschen den einschneidenden und radikalen Einschränkungen der Pandemie. Etwas Hoffnung, etwas Mut in diesen schwierigen Zeiten.

Am 16. März 2020 veröffentlichten Bund und Länder erste Leitlinien für weitgehende Einschränkungen des öffentlichen Lebens. Bars, Kinos und Freizeiteinrichtungen sollten geschlossen werden, auch religiöse Veranstaltungen in Kirchen, Moscheen und Synagogen wurden untersagt und bestimmte Läden geschlossen. »Zu Hause bleiben« war das neue Motto und die Menschen hielten sich erstaunlich gut daran. Schulunterricht fand plötzlich online statt und brachte Familien an die Grenzen der Belastung. Daneben gewann Homeoffice eine neue Bedeutung. Zunächst zögerlich, dann immer praktikabler und akzeptierter.

Das Auswärtige Amt sprach am 17. März 2020 eine weltweite Reisewarnung aus. Bundesbürgerinnen und -bürger sollten davon abgehalten werden, ins Ausland zu reisen. Zugleich kündigte das Außenministerium eine Rückholaktion für Deutsche im Ausland an. Die Europäische Union verhängte am selben Tag ein Einreiseverbot, das bis auf wenige Ausnahmen für alle Länder außerhalb der EU galt.

Vom 20. März bis 19. April 2020 kam es zum ersten Lockdown. Bayern und das Saarland verhängten am 20. März 2020 als erste Bundesländer Ausgangsbeschränkungen für die Bürgerinnen und Bürger. Erlaubt waren nur noch notwendige Wege etwa zur Arbeit oder zum Einkaufen. Auch kleinere Ansammlungen von Menschen in der Öffentlichkeit wurden verboten.

Alle weiteren Länder erließen am 22. März 2020 Ausgangs- oder Kontaktbeschränkungen, die einen ähnlichen Effekt hatten. Aufenthalte im Freien waren nur noch allein, zu zweit oder mit den Personen aus dem eigenen Haushalt erlaubt. Bund und Länder verständigten sich darauf, die Einschränkungen des öffentlichen Lebens und für persönliche Kontakte bis einschließlich 19. April 2020 zu verlängern. Sie galten auch über das Osterfest. Daneben traf das Bundeskabinett am 23. März 2020 weitreichende Entscheidungen zur Stabilisierung des Gesundheitswesens und der Wirtschaft und beschloss einen Nachtragshaushalt über 156 Milliarden Euro zur Finanzierung der Hilfen.

In einem Pflegeheim in Wolfsburg starben 17 pflegebedürftige Menschen an Covid-19 und fast die Hälfte der 165 Bewohnerinnen und Bewohner infizierte sich. Daraufhin wurden Aufnahmestopps und Besuchsverbote in Pflegeheimen erlassen, die anschließend stark kritisiert wurden.

*

Nach dem ersten Shutdown lockerte die Bundesregierung in Abstimmung mit den Ländern die strikten Einschränkungen maßvoll. Die Hoffnung war den Menschen anzumerken. Viel zu lang hatten die Entbehrungen und Auflagen schon gedauert. Viel zu oft hatten die Berichte über die katastrophalen Situationen in Italien, Spanien und New York Verzweiflung hervorgerufen.

Wochenlang durften die Menschen nicht aus ihren Wohnungen. Die Straßen in den Innenstädten waren menschenleer geblieben. Rom, Mailand, Madrid, Barcelona, New York – da, wo sich vor Wochen noch tausende Touristen drängten, herrschte plötzlich gespenstische Ruhe.

Die Hotspots der Welt waren verwaist. Kein Treiben, keine Menschen, nur Leere. Angst und Leere. In Italien verhängte die Regierung Geldstrafen, wenn Menschen auf Parkbänken in der Sonne saßen. Nicht einmal mit dem Hund durfte man raus. Das war beängstigend. Die Krankenhäuser waren so überfüllt mit Schwerstkranken, dass sich das Klinikpersonal entscheiden musste, wem sie helfen und wen sie sterben lassen.

Unvergessen sollten die nächtlichen Bilder der Militärkonvois bleiben, die hunderte Tote aus Krankenhäusern abtransportierten, weil das Gesundheitssystem zusammengebrochen war. Ebenso die Gabelstapler in New York, die Dutzende graue Leichensäcke in große Kühlcontainer warfen, all die Bilder von Massengräbern. Aber sie gehören nicht mehr in unsere Zeit. Sie sind Vergangenheit.

Wir waren geschockt, sprachlos und hatten nur ratlos den Geschehnissen folgen können. Die Bilder brannten sich in unsere Gehirne ein. Es war eine Katastrophe. Und der Mensch mittendrin. Gefangen in seiner Angst. Unsicher, was zu tun ist, und mit der klaren Erkenntnis, wie zerbrechlich unser Gesellschaftssystem, wie klein der Mensch im Verhältnis zu der mächtigen Gefahr durch das Virus ist. Ein Virus. Die Menschen heutzutage denken oft, sie können alles beherrschen. Aber das stimmt nicht. Eine für das bloße Auge unsichtbare Gefahr hat schon in der Vergangenheit immer wieder bewiesen, wie schnell es der Menschheit an den Kragen gehen kann – Viren und Bakterien. Ich musste an die Pest und Ebola denken – ebenfalls tödliche Krankheiten, die der Menschheit schwer zu schaffen machen. Und jetzt COVID-19.

*

Am 2. November 2020 wurde das öffentliche Leben in Deutschland aufgrund rasant steigender Zahlen infizierter Personen im gesamten Bundesgebiet erneut in weiten Teilen heruntergefahren. Kultur- und Freizeiteinrichtungen sowie Restaurants und Hotels mussten bis Ende November schließen. Auch für persönliche Treffen galten strengere Regeln.

Die 2. Welle führte zu einer Unruhe in der Gesellschaft. War die Stimmung der Menschen davor zwar besorgt, trug doch der Großteil der Bevölkerung die Maßnahmen der Bundesregierung. Das änderte sich. Die Solidarität der Menschen verschwand. Das Vertrauen in die Bundesregierung ging dahin. Es zeigte sich eine Opposition und immer mehr Menschen trugen den Kurs der Bundesregierung nicht mit. Riesige Protestwellen entstanden. Zu viel stand für jeden Einzelnen auf dem Spiel.

Es ging um Existenzen. Es ging um die Zukunft und um das Leben der Menschen, die im Konflikt zwischen Hoffnung, Sorge und der Ungewissheit, wie es weitergeht, standen. Vergangen war die Leichtigkeit des Miteinanders. Groß war die Sorge vor einer Ansteckung und davor, dass unser Gesundheitssystem durch einen explosionsartigen Anstieg von Corona-Infizierten vollständig zusammenbrechen könnte.

*

Für mich war die Situation ein Desaster. Die Kaufpreise für Wohnimmobilien in Ballungsräumen sind in den letzten Jahren explodiert. In München gibt es kaum bezahlbaren Wohnraum und schon vor der Pandemie wurde die Mittelschicht beim Immobilienkaufgeschäft komplett abgehängt. Mindestens 20 % Eigenkapital war die Empfehlung der Banker, um den Zinssatz von Finanzierungen einigermaßen günstig zu halten. Daneben stiegen auch die Nebenkosten von Wohnimmobilien immens und stellten eine unüberwindbare Hürde für den Kauf für viele Menschen dar.

Während der ersten Welle stagnierte der Immobilienmarkt zunächst noch. Die Preise waren stabil und stiegen sogar mancherorts weiter. Auch Banken und Versicherungen zogen in dieser Zeit noch ihre Bedingungen an. Doch nach der zweiten Corona-Welle 2021 brach der Immobilien-Markt komplett ein. Ein Desaster. Die Wirtschaft kollabierte. Das Geld wurde knapp.

Viele Firmen konnten der inzwischen zwei Jahre andauernden Krise nicht mehr standhalten. Sie waren ausgezehrt. Reserven waren aufgebraucht und alternative Möglichkeiten für Umstrukturierung und Formate ausgeschöpft. Die Folge waren unsichere Gehälter, Kurzarbeit und Lohnkürzungen. Die Banken reagierten darauf und zeigten eine große Zurückhaltung bei der Vergabe von Krediten. Kaum ein Anbieter wollte in diesen Zeiten seine Immobilie verkaufen. Daneben zeigten Investoren und Privatpersonen eine große Zurückhaltung beim Kauf. Beide Faktoren brachten mich fast in den finanziellen Ruin.

Ich muss daran denken, mit welcher Hoffnung ich zu Beginn die finanziellen Soforthilfen des Freistaates für Selbständige in Anspruch genommen hatte. Noch am Tag der Veröffentlichung hatte ich sie online beantragt. Dabei war die Internetseite wegen Überlastung mehrfach abgestürzt. Ich konnte jedoch nur eine kurze Zeit überbrücken. Zu hoch waren die monatlichen Kosten. Die Miete für das Immobilienbüro, die Kranken- und anderen Versicherungen und die Gehälter der zwei in Teilzeit beschäftigten Bürokräfte liefen natürlich weiter. Daneben der Firmenwagen, die Verträge mit Werbepartnern und den regionalen Zeitungen, in denen ich regelmäßig Immobilienangebote inseriere. Das alles summierte sich innerhalb kürzester Zeit auf einen fünfstelligen Betrag.

Die Gedanken an diese schreckliche Zeit sind plötzlich wieder so nah. Meine Einnahmen lagen bei null. Hinzu kamen das Schulgeld für die private Schule unserer Tochter Emilia, der wir eine gute schulische Ausbildung ermöglichen wollten, und wir kauften vor einigen Jahren einen wunderschönen Bauernhof in ländlicher Umgebung südlich von München. Der musste weiter abgezahlt werden. Wir hatten uns sofort in dieses Haus verliebt und wollten Emilia in dieser Umgebung eine unbeschwerte Kindheit und ein harmonisches Umfeld bieten.

Mein Gehalt als Selbständige ist auch heute noch als Grundgehalt im Finanzierungsplan unseres Bauernhauses fast vollständig eingerechnet. Fast drei Jahre renovierten wir das wunderschöne Gehöft, das inzwischen zu einem Refugium mit liebevollen Einbauten, Naturholzböden und einem malerischen Garten mit altem Baumbestand und bunten Wildblumenbeeten geworden ist. Es ist herrlich und wir lieben unser Zuhause sehr.

Die Renovierungskosten hatten sich jedoch entgegen unseren Planungen mehr als verdreifacht. Jeden Monat war das Geld knapp, trotz meines beständigen und recht hohen Einkommens. Das unregelmäßige und weitaus geringere Einkommen meines Mannes Tom, der als Musiker in einer Band selbständig ist, trug nur wenig zu einer Verbesserung der Situation bei. Und schon gar nicht während der Corona-Krise.

Unser Familieneinkommen war in dieser Zeit ausgesetzt. Kein Gehalt, das monatlich auf unser gemeinsames Konto floss, kein Kurzarbeitergeld, das durch einen sozialen Arbeitgeber aufgestockt wurde. Es gab nur das Geld aus dem Fördertopf des Bundes, das wie ein Tropfen auf dem heißen Stein war und verdunstete, ehe wir uns versahen.

Es gab einfach keine Einnahmen. Keinen Kaufvertragsabschluss. Keine Kunden, die sich ernsthaft für Immobilien interessierten, und Verkäufer, die die Zeit für den Verkauf von Immobilien als ungünstig betrachteten. Das Land befand sich im Ausnahmezustand. Stillstand. Die Zeit war wie eingefroren. Die Wirtschaft ging den Bach runter, die Börse befand sich in einer nicht zu stoppenden Talfahrt.

Damals hatte ich bittere Angst vor der Zukunft. Ich erwachte morgens nach fast schlaflosen Nächten mit Existenzängsten. Wie sollte es weitergehen? Würden wir alles verlieren? Das Haus, das Büro? Sollte ich umsatteln, einen anderen Job annehmen? Aber was? Und wo? Ich konnte keine Antworten finden.

Meine gute Freundin Diana, die damals selbständig als Coach und Fitnesstrainerin arbeitete, nahm eine Aushilfsstelle in einem Lebensmitteldiscounter an, Kartons auspacken, Regale auffüllen. Sie war sich nicht zu schade. Das brachte ihr 450 € im Monat und sie war sozialversichert. Vor gut zwei Jahren wurde ich neidisch, als sie mir davon erzählte.

Ich hatte als Selbständige für solide Rücklagen gesorgt. Altersvorsorge und Lebensversicherungen waren vorhanden. Aber diese sollten für einen anderen Zweck eingesetzt werden, waren für später gedacht. Für eine unbeschwerte Zeit nach dem aktiven Arbeitsleben. Und eben nicht, um diese Krise zu überbrücken. Es war bitter, die Reserven aufzulösen. Die Kündigung der Lebensversicherungen brachte damals kurzzeitig eine finanzielle Entlastung. Es war ein verzweifelter und schmerzhafter Schritt, das Kündigungsschreiben in den Briefkasten zu werfen, ein Moment, den ich sicher nie vergessen werde.

Damit war ich aber immer noch in der komfortablen Situation, überhaupt Reserven zu haben, die uns durch die Krise trugen. Viele andere zerbrachen daran. In den letzten zwei Jahren hagelte es Insolvenzen, Firmenaufgaben und Betriebsverkäufe. Einem Drittel aller Restaurants, Bars und Kneipen drohte das Aus in der Corona-Krise. Der Staat half zwar auch da mit einer Absenkung der Mehrwertsteuer und einer Finanzspritze für Restaurant- und Gastronomiebetriebe, aber für die meisten kam die Hilfe zu spät. Und doch, noch heute verzweifele ich daran, dass alle unsere Ersparnisse aufgebraucht sind, dass jeder Notgroschen verwendet wurde.

Charlotte. Begegnung.

Hamburg, 28. Juni 2023

Einige der Sitzplätze an der großen Fensterfront des Wartebereichs sind besetzt. Ich wähle einen leeren Platz mit ausreichend Abstand zu den Sitznachbarn und kann den startenden und landenden Flugzeugen zusehen. Alles erscheint wie in Zeitlupe. Auf dem Rollfeld gibt es keine Eile. Hier regieren sorgsame Präzision und das gekonnte Zusammenspiel vieler Kräfte. Mich entspannt der Blick durch die große Fensterfläche. Dann schaue ich zum bunten Treiben der jungen, schwatzenden Rucksacktouristen nur unweit von mir.

Es sind nur wenige Fluggäste unterwegs. Während der Corona-Krise wurde fast der gesamte Flugverkehr eingestellt. Internationale Flüge wurden sogar komplett ausgesetzt, die Transferrouten gestrichen. Dubai, Singapur, Doha und Amsterdam, die bisher so bedeutenden Flughäfen für den asiatischen und europäischen Raum, stellten ihren Betrieb fast vollständig ein. Daneben wurden auch die europäischen Flüge größtenteils gecancelt.

Flugzeuge nach Mallorca starteten vor der Krise von den deutschen Flughäfen mehrmals täglich. Mit Niedrigpreisen warben Fluggesellschaften um die zahlreichen reiselustigen Fluggäste. Heute versuchen die meisten Fluggesellschaften einfach nur noch, die drohende Insolvenz abzuwenden. Die frühzeitig zur Verfügung gestellten staatlichen Finanzspritzen halfen nur bedingt und konnten bei vielen Fluggesellschaften das Schlimmste nicht abwenden.

Inzwischen läuft der nationale und internationale Flugverkehr zwar stetig, aber langsam wieder an. Doch die Menschen sind zurückhaltend bei der Buchung privater Flugreisen. Zudem wurden die Preise drastisch angehoben, sodass Flüge heute hauptsächlich für Businesskunden interessant sind. Allen anderen bietet die Bahn günstige Alternativen.

Am Anfang der ersten Corona-Welle wurden einige europäische Länder abgeriegelt, Spanien und Italien zum Beispiel. Noch vor Jahren feierte Europa politisch die Auflösung der europäischen Grenzen und Grenzkontrollen, doch in der Corona-Pandemie wurden die Grenzen anfangs wiedereingeführt und streng kontrolliert. Immerhin wurde das inzwischen wieder aufgehoben.

Ich lehne mich zurück und schließe die Augen. Meine Füße schmerzen in den braunen Stiefeletten mit den halbhohen Absätzen. Den ganzen Tag damit durch die Stadt zu laufen, sah zwar klasse aus, war aber wohl doch die falsche Entscheidung. Vielleicht war auch der Zusammenstoß mit dem kleinen Mädchen die Ursache, zumindest beim rechten Fuß.

Ich atme tief durch und schiebe unbemerkt die Maske etwas zur Seite, um etwas frische Luft zu bekommen. Ich muss sie den gesamten Flug tragen und mir ist es jetzt schon unangenehm und ich bekomme keine Luft. Der Flug nach Hamburg war die richtige Entscheidung gewesen. Die Veranstaltung war klasse. Ich öffne die Augen wieder und schaue mich gedankenverloren um. Das geschäftige Flughafentreiben scheint kein Ende zu nehmen. Ein Stück entfernt sitzt ein Mann, der ein Buch liest. Es ist das Illuminati-Buch von Dan Brown.

Dann entdecke ich auch den Marienkäfer-Trolley und das kleine Mädchen wieder, das mit ihren Eltern am Rand des Wartebereichs steht. Das Mädchen quengelt, die Eltern beachten es nicht.

Ich habe keine Flugangst, aber dennoch überkommt mich plötzlich Unruhe und ich habe ein komisches Gefühl. Ich versuche, die Unruhe abzuschütteln, wie ein nasser Hund das Wasser nach einem Bad abschüttelt. Viel zu lange war ich nicht mehr unterwegs. Vielleicht ist meine Reiseroutine in den letzten Wochen eingerostet. Vielleicht habe ich ein wenig Angst, hier auf dem Flughafen in Hamburg zu sein, nachdem ich in der Corona-Krise wochenlang mein Zuhause und München nicht verlassen habe. Vielleicht.

*

Hamburg ist meine Heimatstadt. Ach, ich liebe es, in diese wunderschöne Stadt zu kommen. Ich hatte mich am Nachmittag nach der Veranstaltung mit Silvi verabredet, meiner langjährigen Freundin noch aus Studienzeiten. Silvi ist Fotografin, ledig und lebt in einer wunderschönen Wohnung in Hamburg.

Wir haben uns bei meinem Lieblingsitaliener getroffen und gequatscht wie in alten Zeiten. Es war herrlich. Ich habe Spaghetti mit Lachs und Trüffel-Öl bestellt und den besten Cappuccino der Stadt getrunken. Anschließend sind wir noch durch die Geschäfte gebummelt. Es war ein wirklich schöner Nachmittag. Weg von dem Gewohnten, einfach mal etwas Anderes sehen. Ich hatte mich schon seit Langem darauf gefreut und bin nun fast traurig, dass der Tag schon zu Ende geht. Und fast habe ich auch ein schlechtes Gewissen, weil ich diesen Ausflug trotz unserer schwierigen finanziellen Situation durchgezogen habe, denn es war doch sehr teuer. Tom hat mir genau das gestern bei einer heftigen Diskussion darüber vorgehalten.

Da erklingt eine verzerrte Stimme über die Lautsprecher. Ich horche auf. Na endlich – der Flug wird aufgerufen. Eilig nehme ich meine braune Umhängetasche. Den Bereich der Warteschlange hat man mit einem Band markiert und mit farbigen Wartepunkten auf dem Boden gekennzeichnet. Ich ordne mich ein und stelle mich auf einen blauen Wartepunkt. Davor, auf einem hellgrünen Punkt, steht der Herr, der vorhin das Illuminati-Buch gelesen hat. Er blickt zurück. Wir schauen uns kurz an. Er lächelt.

Wenig später steige ich in den Shuttle-Bus, der kaum gefüllt ist und uns zum Flugzeug fährt. Es ist kalt. Ich werde gegen 22.00 Uhr zu Hause sein. Emilia wird auf mich warten und wach bleiben, bis ich zurückkomme. Wahrscheinlich will sie wissen, wie es in Hamburg war, und mir auch von ihrem Tag erzählen. Es ist schön, dass sie alle Erlebnisse mit mir teilt. Ich freue mich darauf.

Ein freundlicher Sicherheitsmitarbeiter achtet sorgsam beim Einstieg in das Flugzeug auf die Einhaltung der Mindestabstände und reguliert an der schmalen Treppe den Einstieg. Alle sind sehr geduldig. Ein schneller Blick auf mein Handy-Ticket zeigt: Sitzreihe 11 F. Die hübsche Stewardess begrüßt mich routiniert freundlich und bittet mich, zur Einhaltung des Abstandes kurz zu warten. Von einem Gedränge und geschäftigen Treiben, wie ich es von früher kenne, ist nichts zu spüren. Vielmehr ist es recht ruhig. Die Reisenden verstauen das Handgepäck in den oberen Ablagefächern. Alle scheinen Zeit zu haben und warten respektvoll aufeinander. Früher war es meist anstrengend und hektisch, bis jeder seinen Platz eingenommen hatte. Die Enge des Ganges und die wartenden Mitreisenden brachten mich immer an den Rand der Erschöpfung. In der ersten Sitzreihe sitzt der Herr, der eben schon das Illuminati-Buch gelesen hat, und ist in sein Buch vertieft. Ich stehe fast neben ihm. Plötzlich schaut er mich an und lächelt erneut. Das kann ich auch trotz seines Mundschutzes erkennen. Seine Augen lächeln.

»Ist das Buch gut?«, frage ich spontan und hoffe, dass er mich auch mit meinem Mundschutz versteht.

»Ja, ziemlich spannend, aber ich habe erst ein paar Seiten gelesen. Die Bücher von Dan Brown finde ich toll. Ich bin noch am Anfang, wo der Illuminatiorden und dieser Professor für Kunstgeschichte an der Universität Harvard vorgestellt werden. Wie heißt der noch gleich?«

»Robert Langdon«, antworte ich lächelnd. Mist, ich würde was drum geben, den Mundschutz jetzt abnehmen zu dürfen. Nervös zupfe ich mit den Fingern daran.

»Ja, genau der.« Er klingt überrascht und er zwinkert irgendwie mit den Augen. Oder bilde ich mir das nur ein? Ich lächele zurück und weiß nicht, ob er es erkennen kann.

Die Schlange setzt sich wieder in Bewegung. Reihe 11, Fenster. Irgendwoher kenne ich ihn. Wo habe ich ihn schon einmal gesehen? Es ist diese Stimme, ich erkenne seine Stimme. Süddeutschland, glaube ich, oder Österreich. In Süddeutschland sprechen sie in manchen

Dörfern auch wie in Österreich, da hört man kaum einen Unterschied. Ich bin gut darin, Slangs ihrem Ursprung zuzuteilen. Süddeutschland also. Politik oder Fußball? Ich kenne mich recht gut in der Politik aus. Nein, Politik ist es nicht. Also Fußball. In Sachen Fußball muss ich allerdings passen. Klar, die bekanntesten Spieler, Trainer und Funktionäre sind mir geläufig. Aber er?

Nur noch wenige Minuten dauert das Einstiegsprozedere der mitreisenden Fluggäste. Ich nutze die Zeit, um zu googeln: Politik, München, Bilder … Hm, nein. Da ist er nicht dabei. Fußball, Bundesliga … Nein. Oder? Doch, auf einem Bild weiter unten ist er mit ein paar Fußballspielern zu sehen. Er trägt einen dunklen Anzug und steht seitlich neben einer Mannschaft in rotweißen Trikots. Ja, das ist er. Maximilian Lichtenstein.

Das Foto muss schon älter sein. Natürlich. Ich erkenne ihn und bin mir sicher, ich habe ihn schon einmal im Fernsehen gesehen.

Die freundliche Stewardess trägt einen Mundschutz in den Farben und mit dem Logo der Fluggesellschaft. Das sieht gar nicht schlecht aus. Sie prüft mit einem routinierten Blick meinen Sicherheitsgurt. Ich googele immer noch und muss mich beeilen. Über den Lautsprecher erfolgt die Begrüßung des Kapitäns, der einen guten Flug wünscht und auf die besonderen Hygiene- und Abstandsregelungen im Flugzeug aufmerksam macht. Während des gesamten Fluges müssen die Mund-Nase-Masken getragen werden. Und schon erfolgt die Aufforderung, das Handy auszuschalten.

Das Flugzeug rollt an. Ich lehne den Kopf an die Außenwand, schließe die Augen und genieße den Flug. Es ist ein wunderbares Gefühl, so schnell von A nach B zu gelangen. Ich lasse den Tag gedanklich Revue passieren und bin gerade sehr glücklich und dankbar – für den wunderbaren Tag, die Unbeschwertheit, mit der ich die Zeit heute verbringen durfte, und für meine Freiheit. Es gehört Mut dazu, seine Träume zu leben und seine Ideen zu verwirklichen. Manchmal gelingt mir das. Nicht immer.

Die gewohnt lauten Durchsagen bringen mich am Ende des kurzen Fluges in die Wirklichkeit zurück. Das Prozedere des Aussteigens beginnt. Ein Bus rollt an. Ich werde mein Auto aus dem Parkhaus holen und schnell nach Hause fahren. Ich lasse mich von der Menschentraube ins Flughafengebäude treiben, suche unauffällig die Menschenmenge nach dem Illuminati-Mann ab und entdecke ihn tatsächlich. Er steht am Rand bei den ersten Gepäckbändern und tippt auf seinem Handy. Er ist mein Typ, ohne Zweifel, kommt es mir in den Sinn. Kein klassischer Businesstyp, etwas lässiger, groß, schlank und gutaussehend. Erstaunlich, dass ich das in weniger als einer Minute erkenne.

Ich gehe an ihm vorbei und schaue kurz rüber. Plötzlich ist er an meiner Seite. Sein Mundschutz ist nach unten geschoben und ich kann sein Gesicht sehen. »Hier, meine Karte, falls Sie mal in Zürich sind«, sagt er und reicht mir eine Visitenkarte mit dem Namen, den ich vorhin gegoogelt habe: Maximilian Lichtenstein.

»Oh, ich reise nicht so oft nach Zürich«, sage ich erstaunt und schiebe auch meinen Mundschutz nach unten. »Ich komme aus Hamburg und lebe seit einigen Jahren in München. Zürich liegt selten auf meiner Route.«

»Das ist schade. Wenn Sie dennoch mal in die Gegend kommen, lade ich Sie gerne zu einer Tasse Kaffee ein und zeige Ihnen die wundervolle Stadt«, erwidert er nachdrücklich.

»Keine Chance«, versuche ich den plumpen Flirt abzuwenden und blicke in seine Augen. Vielleicht etwas zu lang.

»Vielleicht klappt es ja doch mal«, ruft er mir gut gelaunt zu, eilt nun weiter und winkt noch einmal in meine Richtung. In der Ankunftshalle wird er von einem Herrn empfangen und beide verschwinden durch die große Glastür.

Mir zittern die Knie. Was war das? So etwas habe ich noch nie erlebt. Ich bin ein wenig verwirrt, eile mit sicherem Abstand ebenfalls zum Ausgang und muss schmunzeln. Immer noch trage ich die Visitenkarte in den Händen und werfe erneut einen Blick darauf. Mit einem Kugelschreiber hat er seine Handynummer darauf geschrieben.

Maximilian. Überholspur.

Hamburg, 28. Juni 2023

Wenn ich Zeit habe, kaufe ich in den kleinen, exklusiven Shops am Flughafen ein. Mal ein Hemd, mal eine Krawatte oder ein Einstecktuch. Heute habe ich etwas Zeit.

Verspätungen sind für mich meistens eine Katastrophe, meine Termine sind eng getaktet. Zuverlässig werde ich von Matthes, meinem Fahrer, abgeholt oder zu Veranstaltungen gefahren.

Oft erwarten mich mehr als 200 Personen, Zeitverzögerungen bringen alles aus dem Ruder. Matthes wird selten nervös, aber ich werde nervös und der Veranstalter auch. Oft schon wurde meine Begrüßungsrede ans Ende einer Veranstaltung verschoben, wenn ich auf einer Autobahn im Stau stand oder mein Flug nicht pünktlich war. So ist das nun mal.

Viele Menschen kennen und erkennen mich und viele sprechen mich auf der Straße sogar an. Meine jahrelange Tätigkeit in der deutschen Bundesliga und die damit verbundenen Einladungen zu Events oder in Sport- oder Talkshows im TV haben mich bekannt gemacht. Ich gehe gelassen damit um. Es gehört dazu und ich spreche gerne mit Menschen, wenn sie es wagen, mich anzusprechen. Vielleicht liebe ich es sogar.

Meine Sekretärin hat die Anweisung, im Flugzeug immer die erste Sitzreihe zu buchen. Schnelles Ein- und Aussteigen ist so garantiert und vereinfacht das Reisen, jetzt insbesondere in der Corona-Zeit, in der es für mich zunehmend anstrengender wird. Normalerweise warte ich in der Business Lounge, bis der Flug aufgerufen wird. Heute gehe ich sofort zum Gate. Zwanzig Minuten Verspätung, so lese ich auf der Anzeigetafel. Für zwanzig Minuten in die Business Lounge macht keinen Sinn.

Am Gate suche ich mir einen seitlichen Platz einer langen Stuhlreihe und lasse mich auf einen Stuhl fallen. Ich schließe die Augen und versuche so, dem Trubel des Flughafens einen Moment zu entziehen. Das Stimmengewirr und die Durchsagen erreichen mich dennoch. Der Mundschutz macht mir zu schaffen. Ich schwitze darunter und sehne mich nach frischer Luft. Als Risikopatient nehme ich die besonderen Hygienepflichten der Corona-Pandemie besonders ernst und gehe sehr gewissenhaft damit um. Fast panisch wasche ich mir immer und immer wieder die Hände und achte auf den Mindestabstand. Aber heute bin ich müde, und unglaublich erschöpft.

Eine kleine Gruppe fröhlicher Jugendlicher belegt die Stuhlreihe vor mir. Ich beobachte ihre Unbeschwertheit. Ein Mädchen setzt sich auf den Boden, da die Sitzplätze nicht ausreichen. Es wird von hinten von einem anderen Mädchen umarmt. Haare werden geflochten, Fotos auf dem Handy ausgetauscht. Natürlich tragen alle Mundschutz. Das scheint niemanden zu stören. Sie haben sich daran gewöhnt. Alle scheinen sich sehr nahe zu sein. Fast beneide ich die Gemeinschaft um die Leichtigkeit, die sie ausstrahlt. Die Unbekümmertheit in jungen Jahren ist ein Juwel, das man erst viel später zu schätzen weiß.

Ich hole mein Buch heraus, das ich mir gestern auf dem Flughafen in Frankfurt gekauft habe, und lese ein paar Seiten. Immer wieder schweift mein Blick zu den unruhigen, fröhlichen und ausgelassenen Jugendlichen. Das Buch ist ein sicheres Mittel, um einem eventuellen Gespräch durch Sitznachbarn zu entkommen.

Endlich wird der Flug aufgerufen. Ich packe mein Buch ein und stelle mich an. Mein Blick bleibt kurz an einer gut aussehenden Dame hinter mir hängen. Sie ist jünger als ich, viel jünger. Keine dieser typischen Businessfrauen, irgendwie interessant.

»Herr Lichtenstein, willkommen an Bord«, begrüßt mich eine überaus hübsche Stewardess, die meine Flüge schon mehrmals begleitet hat, und weist mir mit einer Handbewegung den Platz in der ersten Reihe zu. »Wie geht es Ihnen? Hier bitte, Sitzplatz Reihe 1 A. Wie immer.«

»Wenn ich Sie sehe, geht's mir immer gut!«, antworte ich souverän und lächele sie an. Ich spiele Freundlichkeit. Das kann ich gut. Mühsam setze ich mich auf den kalten Ledersitz, hole mein Buch wieder aus meinem Aktenkoffer und suche die Seite, die ich zuvor aufgeschlagen hatte. Seite 47 war es, glaube ich. Die Schlange der einsteigenden Passagiere neben mir im Gang bewegt sich nur langsam und ich halte meinen Blick auf das Buch gerichtet.

Plötzlich steht sie vor mir. Ich schaue auf. Sie strahlt mich mit ihren leuchtenden Augen an.

»Ist das Buch gut?«, fragt sie plötzlich.

»Was, äh ja …«, plaudere ich drauflos und gebe wirr eine kurze Inhaltsangabe über das Gelesene.

Sie geht weiter. Ich lese fünfmal denselben Satz. Als

ich das Buch zuschlage, merke ich mir die Seite. Ich bin nicht weit gekommen: Seite 54.

Bis ich aussteigen kann, dauert es noch ein paar Minuten. Im Bus sehe ich sie wieder. Blond, Anfang 40, wie ich schätze, schlank. Wahrscheinlich treibt sie viel Sport. Es gibt viele gutaussehende Frauen, aber nur wenige haben dieses gewisse Etwas, das mir gefällt.

Mit den anderen Fluggästen eile ich zum nahen Ausgang. Mein Einfall ist spontan. Ich ziehe eine Visitenkarte aus meinem Aktenkoffer und schreibe schnell meine Handynummer darauf. Ich warte auf sie, ziehe mein Handy heraus und beobachte aus den Augenwinkeln, beobachte ihr Kommen. Eine verrückte Idee. Ich gebe einer wildfremden Frau meine Visitenkarte mit meiner handschriftlichen Telefonnummer und habe kaum mit ihr gesprochen und ihr nur einen kurzen Blick in die schönen Augen geschenkt. Ich muss wirklich verrückt sein und weiß gar nicht, was mich hier reitet, aber ich muss es tun, auch wenn es wirklich nicht meine Art ist und auch so gar nicht zu mir passt. Aufgrund meiner Reisen komme ich viel herum und lerne unterschiedliche Menschen kennen und gelegentlich auch tolle Frauen, aber meine Visitenkarte überreiche ich in privaten Situationen nur selten. Eine absolute Ausnahme.

Was erwarte ich? Entwickelt sich daraus eine unverbindliche Freundschaft? Schreiben wir uns Nachrichten? Ich weiß es nicht und es bleibt mir auch keine Zeit, darüber nachzudenken.

Am Ausgang holt mich Matthes ab und nimmt sofort meinen Aktenkoffer.

»Wie war der Flug?«, fragt er höflich und schaut mich an. »Alles in Ordnung? Du lächelst ja so.«

»Ja, alles ganz wunderbar!«, werfe ich fröhlich zurück. »Ich hatte gerade eine nette Begegnung.«

»Ach, das klingt ja spannend. Wie heißt sie?«, fragt er lächelnd.

»Weiß ich noch nicht, aber sie ist toll!«, antworte ich lachend und wir gehend schweigend zum Auto.

*

Seit der Diagnose meiner Krankheit spüre ich das Verlangen nach Ruhe und Entspannung mehr denn je. Ich verordne mir selbst ausgiebige Phasen der Erholung und teile meine begrenzte Kraft für die anstrengenden Arbeitstage, die vielen Reisen und häufigen Abendveranstaltungen sorgsam ein.

Es war ein schwerer Schock. Bei einer Routineuntersuchung wurde Leukämie bei mir festgestellt, CLL – chronisch lymphatische Leukämie. Ein Zufallsbefund. Eine Tragödie in meinem Leben.

Es war während der Corona-Pandemie. Ich war schlapp, mir ging es nicht gut. Ich wollte mit meinem Hausarzt über einen Corona-Test sprechen. Er schlug eine gründliche und umfassende Untersuchung vor, rief mich nur wenige Tage nach der Blutuntersuchung an und bat zu einem Gespräch. Ich dachte an Corona, war vorsorglich schon Tage zuvor zu Hause geblieben, um eine mögliche Ansteckung anderer zu vermeiden.

Mein Arzt trug einen Ganzkörperschutzanzug, Handschuhe und eine Haube mit einem Plastikgesichtsschutz.

Ich war tief erschrocken, aber ich kannte diesen Anblick bereits aus dem Fernsehen. Ich wünschte mir in diesem Moment einen weißen Kittel, ein hellblaues Polohemd mit dem Praxislogo auf der Brust und sein freundliches Klopfen auf meine Schulter als kumpelhafte Begrüßung. Ich wollte, dass es so war wie immer.

Mit sorgenvollem Gesicht offenbarte er mir schonungslos die bittere Wahrheit. CLL – chronisch lymphatische Leukämie.

Bums, that's it. Ohne Vorwarnung. Mitten im Leben. Auf der Überholspur. Einfach so. Ich wollte laut schreien, jämmerlich weinen, etwas Schlaues sagen, aber mir fiel nichts ein. Ich saß wie versteinert da und hörte zu. Schicksal. Jetzt würde sich mein Leben radikal ändern. Ich ahnte es, begriff aber noch nicht, wie ernst die Diagnose wirklich war.

Ich, Maximilian Lichtenstein, habe Leukämie. Das kann nicht sein. Das muss eine Verwechslung sein. Halt, nicht weiterreden! Kann ich noch mal zurück? Die letzten Minuten einfach ausradieren. Nicht ich. Nicht bei mir! Warum nur? Ich konnte nichts sagen. Schockstarre. Mein Arzt fragte, ob ich alles verstanden hätte, ob ich Fragen habe. Ich antwortete nicht.

»Wir müssen das ernst nehmen. Wir können es nicht heilen, aber wir können es kontrollieren«, beendete er seine langen einfühlsamen Erklärungen. Weil ich weiter schwieg und ihn anstarrte, fragte er nach einigen Momenten besorgt: »Soll ich Ihre Frau anrufen?«

»Nein, nein, schon in Ordnung«, antwortete ich daraufhin kurz und verabschiedete mich schnell.

Ich verließ die überfüllte Arztpraxis im dritten Stock,

ohne mich bei den Arzthelferinnen zu verabschieden. Ich rannte die Treppenstufen hinunter, vorbei an einer langen Schlange wartender Patienten, die mit Abstand auf den Stufen standen. Weg, nur weg hier. Frische Luft. Ich brauchte frische Luft. Mein Herz raste, mir brach der Schweiß aus. Schließlich stand ich draußen auf der Straße. Endlich. Es wehte ein kühler Wind. Ich erreichte nur wenige Momente später meinen schwarzen SUV und stieg ein. Sicherheit. Ich war in Sicherheit.

Ich umschloss mit beiden Händen fest das Steuer und schloss die Augen. Ich habe Leukämie. LEUKÄMIE. Ich weiß nicht mehr, wie ich den Rest des Tages damals verbrachte. Ich versuchte mich aber an die ausführliche Diagnose und die sicher sorgsam gewählten Worte der Erklärungen meines Arztes zu erinnern. Die Hälfte hatte ich vergessen, oder noch mehr.

Charlotte. Annäherung.

München, 01. Juli 2023

Ich drücke den silbernen Knopf für den Cappuccino an der in unserer modernen Küche eingebauten Kaffeemaschine. Das Mahlwerk rattert laut und der starke Kaffee fließt in die zitronengelbe Steinguttasse, die ich bereitgestellt habe. Ein herrlicher Kaffeeduft verbreitet sich in der großen, hellen Wohnküche und ich genieße die entspannte Ruhe des frühen Nachmittags. Nicht einmal das Radio ist eingeschaltet. Die heruntergelassenen Jalousien lassen die Sonnenstrahlen nur bedingt in den mit Naturholzboden ausgestatteten Raum und es entsteht ein warmes Licht und eine fast schon geheimnisvolle Stimmung.

Ich streue etwas braunen Zucker auf den lockeren Milchschaum und breche mir ein kleines Stück eines der feinen Nusshörnchen ab, die Johanna heute Vormittag gebacken hat und die Emilia so gerne isst. Der süße Duft des köstlichen Mürbegebäcks hängt immer noch in der geräumigen Wohnküche und gibt dem schönen Bauernhaus eine wohlige Atmosphäre. Johanna schafft es immer, dass die mit Eigelb bestrichenen Hörnchen nicht trocken, sondern wunderbar mürbe sind. Ich glaube, sie nimmt Puderzucker für den Teig. Ich muss sie mal fragen.

Es ist ein großes und wunderbares Glück, dass Johanna bei uns lebt. Sie hilft mir im Haushalt und im Garten und kümmert sich seit Jahren liebevoll und zuverlässig um Emilia. Und ab und zu backt oder kocht sie köstliche Leckereien, die der Biobäcker in unserem Ort nicht besser machen würde.

»Ich hole Emilia von der Schule ab, wenn's recht ist.«

Johanna steht plötzlich in der Tür und lächelt freundlich. Ich hatte sie gar nicht kommen hören. Sie sieht toll aus in ihrem wadenlangen, wuchtigen und mehrlagigen Kleid in einem grellen Orange, das mit einem braunen Gürtel in der Taille gehalten wird. Dazu trägt sie dicke braune Boots und hat ein apfelgrünes Tuch um ihre schulterlangen, dunkelbraunen Haare gebunden. Alles zusammen ist zwar etwas viel, aber gerade damit hat sie eine märchenhafte und positive Ausstrahlung, die den Raum erfüllt und mir ein Lächeln ins Gesicht zaubert.

»Das ist lieb von dir, sehr gerne, Johanna. Die Nusshörnchen sind übrigens köstlich«, antworte ich und nicke ihr zu.

»Oh, das freut mich. Es ist ein altes Rezept von meiner Mutter und ich verwende Puderzucker anstelle von Zucker«, antwortet sie in bayerischem Akzent.

Johanna ist nicht die stattliche Haushälterin mit weißer Schürze, die den Haushalt schmeißt, sondern eine kleine, schmächtige und modebewusste Person mit einem Hang zu Bioprodukten, die meistens bunte Knallfarben und modische Turnschuhe oder Boots trägt. Ich liebe sie. Wir alle lieben sie. Sie ist unaufgeregt und sieht mir ihren knapp siebzig Jahren sehr viel jünger aus. Manchmal ist sie etwas eigen, fast schon schrullig, aber stets liebenswert und zuvorkommend. Sie drängt sich nicht auf, bleibt immer etwas im Hintergrund und stört daher in unserem Haushalt nicht.

Sie hat das kleine, rote, aus Holz gebaute Gesindehaus

in unserem herrlichen Garten mit dem alten Baumbestand bezogen, nachdem ihr geliebter Mann vor einem guten halben Jahr an Corona verstarb. Es war eine traurige Zeit. Zuvor hat Johanna mit ihrem Mann Jannis am nördlichen Stadtrand von München gewohnt und war zu uns in den Münchener Süden täglich mehrere Kilometer mit dem Auto durch den zähen Verkehr quer durch die Stadt gefahren. Schon seit Emilias Geburt vor etwa vierzehn Jahren ist Johanna in unserem Haushalt beschäftigt und hilft uns, wo immer es geht. Ich wählte sie damals über eine Stellenanzeige aus, als ich eine Nanny für Emilia suchte. Emilia wurde mit einem Herzfehler geboren und benötigte, als sie klein war, zusätzliche Betreuung. Es war eine aufregende und sorgenvolle Zeit mit mehren Operationen und Krankenhausaufenthalten im Kleinkindalter. Wir sind glücklich, dass sie heute nahezu beschwerdefrei ist und ein ganz normales Leben als Jugendliche mit ihren Freunden, mit Tennis und Reiten führen kann. Dennoch ist sie Risikopatientin und ich bin in ständiger Sorge um sie, dass sie sich nicht ansteckt. Sie ist gut informiert, verantwortungsbewusst, aber eben doch ein junger Mensch, der manchmal nicht so genau aufpasst. Dennoch weiß sie um die Ernsthaftigkeit der Situation und geht sehr gut damit um.

Johanna setzte sich gegen zwölf Kandidaten und Kandidatinnen durch, obwohl sie keinerlei wirklich passende Referenzen nachweisen konnte. Ich weiß noch, wie sie mir voller Stolz und mit großer Freude erzählte, dass sie vor Jahren als Schneiderin gearbeitet hätte und den Großteil ihrer Kleider auf einem Zeichenblock selber entwarf, dann die passenden Stoffe aussuchte und diese nach eigenen

Schnittmustern schneiderte. Sie hinterließ mich damals nachdenklich, ich war von ihrer positiven Ausstrahlung und überaus freundlichen Art angetan. Ich entschied mich aufgrund meines Bauchgefühls damals für sie.

Die meisten Kleidungsstücke, die sie entwirft, sind bunt, auffällig, lustig, ausgefallen und wenig konventionell. Sie trägt alles mit großer Würde und einer geraden Körperhaltung, sodass ich bei jedem Kleidungsstück den Eindruck habe, es sei Haute-Couture-Stück und von einem französischen Edel-Designer hergestellt. Im Nachhinein hat sich damals diese für die Besetzung der Stelle unwichtige Randbemerkung als eine große Bereicherung unseres Lebens herausgestellt. Das Schneidern bescherte ihr stets unsere bewundernden Blicke und sorgte zunehmend für eine gute Stimmung und reichlich unbeschwerten Gesprächsstoff sowie harmlose Diskussionen in unserem Haus. Unsere Familie entwickelte sich zu eifrigen Modeberatern, kompetenten Designern und laienhaften Modeschöpfern.

Emilia liebt Johannas ausgefallenen, bunten Kleidungsstil und manchmal kopiert sie ihn sogar. Ich muss dann immer lächeln und überlegen, ob sie mit diesen Klamotten zur Schule gehen sollte – bunte Kleider, Pullis in XXL-Format, farbige Schals und dazu kurze enge Röcke. Ich freue mich über ihren Mut und bestärke ihre Kreativität. Sie ist ein fröhliches, hübsches, junges Mädchen und heute gesundheitlich nahezu beschwerdefrei. Ich unterstütze ihren Freigeist. Sie soll sich ausprobieren. Warum soll ich ihr dabei Grenzen setzen? Das würde nur zu unnötigen Spannungen führen, die wir in unserer Familie selten haben.

Auch weil Johanna der gute Geist des Hauses ist und zur Familie gehört. Sie sorgt für eine positive Energie und ein spannungsfreies Miteinander. Manchmal denke ich, sie ist eine Schamanin und zaubert uns positive Schwingungen in unsere Köpfe. Aber vielleicht ist sie einfach nur unbeschwert und heiter und steckt uns damit an. In letzter Zeit hat sie jedoch etwas von ihrer Leichtigkeit und Heiterkeit verloren. Jannis erholte sich leider nicht von einer starken Lungenentzündung und verstarb für uns alle völlig unerwartet daran. Es war kurz vor Weihnachten und wir waren zutiefst geschockt und unendlich traurig. Ich bot Johanna alle möglichen Unterstützungen an und merkte, wie sie langsam daran zu zerbrechen drohte. All ihre Freude war verschwunden. Ihre Heiterkeit schien eingefroren. Sie war ein Schatten ihrer selbst und von der farbenfrohen Persönlichkeit war nur eine unendliche Traurigkeit geblieben. Ich dachte, ihr feiner Geist würde unter der tiefen Traurigkeit begraben.

Aber sie schaffte es irgendwie. Ich spürte, wie sie sich jeden Tag neu bemühte, in ihr Leben zurückzukehren. Sie war mehr als ihr halbes Leben lang mit Jannis zusammen gewesen und sie hatten eine harmonische und glückliche Ehe geführt, hatten sich mit einer Hingabe und Intensität geliebt, wie ich es kaum irgendwo beobachtet habe. Manchmal war ich sogar etwas neidisch auf die Liebe, die sie erfahren durfte. Wenn Johanna von Jannis sprach, dann immer voller Anerkennung, Liebe und Wertschätzung. In der Liebe war sie ein gewaltiges Vorbild für mich.

Nach der Beerdigung machten wir uns ernsthaft Sorgen um sie und beschlossen, ihr das alte Gesindehaus in unserem Garten zum dauerhaften Wohnen anzubieten. Es gehörte bei dem Erwerb des Gebäudekomplexes vor ein paar Jahren dazu und wurde bisher als Gästehäuschen gelegentlich genutzt. Johanna hatte schon öfter dort geschlafen, wenn wir mal abends später nach Hause kamen oder über Nacht weg waren und Emilia uns nicht begleitete.

Wir planten damals, dass Emilia vielleicht irgendwann den Wunsch nach eigenen vier Wänden verspüren und in ein paar Jahren dort einziehen würde. So war es bei der kostspieligen Renovierung der Gebäude vorsorglich mitberücksichtigt worden.

Das gemütliche Gebäude ist knapp fünfzig Quadratmeter groß und genau wie unser Bauernhaus mit hellen Naturholzböden, aufwändigen, funktionalen Holzeinbauten und einer schönen Beleuchtung ausgestattet. Neben einer praktischen Miniküche wurde das Bad modisch umgebaut, außerdem wurden die naturfarbenen Sprossenfenster, die alten Holztüren und die Fußbodenheizung erneuert. Es gibt einen schmucklosen Kaminofen aus vergangenen Zeiten, der dem behaglichen Wohnraum eine gemütliche Atmosphäre verleiht. Die kleinen Fenster in der Küche und im angrenzenden Bad sind teilweise mit weißen altmodischen Spitzengardinen versehen. Es sieht fast so aus, als hätten wir zu Weihnachten ein kleines Lebkuchenhaus hier im Garten vergessen.

Emilia liebt es, Johanna im Gesindehaus zu besuchen. Beide sitzen oft dort an dem dicken Holztisch und plaudern über Gott und die Welt. Manchmal holt Johanna ihre alte Nähmaschine heraus und sie entwerfen Kleider,

Röcke und Pullis oder entwickeln Schnittmuster und nähen dann.

Der Plan nach der für uns alle schlimmen Beerdigung war, dass Johanna vorrübergehend in unser Gesindehaus einzieht, damit sie in ihrer Münchener Wohnung nicht mit ihrem Kummer allein ist. Sie war jahrelang für uns da und wir wollten ihr in dieser schweren Zeit etwas zurückgeben. Außerdem würde sie so die tägliche lange Fahrt zu uns hinaus sparen und Emilia freute sich riesig, dass Johanna nun dauerhaft für sie zur Verfügung steht. Inzwischen ist die teure Stadtwohnung in München gekündigt und Johanna ist mit ihrer geliebten Nähmaschine und jeder Menge Kleidungsstücken in das rote Gesindehaus eingezogen. Möbel hat sie nicht mitgebracht. Nur ein paar Fotos von Jannis in silbernen Rahmen, einige Fotokartons, eine bunte Statue aus einem Urlaub in Afrika und ihre Lieblingsbücher.

Noch immer fehlt etwas von ihrer einstigen Heiterkeit und ihrem Frohsinn, sie scheint mir auch noch immer stiller als zuvor. Dennoch habe ich ebenfalls noch immer das Gefühl, dass es weiter besser wird.

Manchmal erzählt sie Geschichten aus Jannis‘ Schulzeit und manchmal hilft sie Emilia bei Latein und Altgriechisch. Sie hat beides von Jannis in der Zeit ihrer Ehe gelernt. Johanna hat eine besondere Gabe für Sprachen und das große Latinum und das Graecum quasi nebenbei gelernt. Und so hilft sie Emilia bei Vokabeln und Übersetzungen und erklärt ihr geduldig und verständlich, wie sie die Wörter deklinieren muss.

*

Ich setze mich an den großen, dunklen Holztisch und nehme mir das angefangene Stück Nusshörnchen von der silbernen Etagere in der Mitte des Tisches, trinke genüsslich meinen Cappuccino und schaue hinaus in den herrlichen Garten. Die bodentiefen Fenster geben einem das Gefühl, draußen zu sitzen, als wäre die schöne Natur eine Verlängerung des Zimmers. Ziemlich genau so hat damals unsere namhafte Architektin das moderne Vorhaben beschrieben. Und ich habe ihr nicht recht geglaubt, dass das funktioniert. Ich hatte eher ein schlichtes Verkaufsargument für die teure Vergrößerung der Fenster und die großzügigere Bauweise vermutet. Heute weiß ich genau, was sie damals meinte.

Das Bauernhaus von 1889 hat seinen alten Charme aber nicht verloren, obwohl alle Fenster durch moderne, bodentiefe Fenster ausgetauscht sind und die Südseite des Hauses bis zum Dach verglast wurde. Ein raffinierter Schachzug, den ich nicht missen möchte und der für die besondere Wohnqualität und das außergewöhnliche Lebensgefühl des Anwesens von besonderer Bedeutung ist. So haben wir helle, lichtdurchflutete Räume erschaffen. Im Erdgeschoss wurden außerdem Küche und Wohnzimmer zu einem großen Raum verbunden, der optisch durch einen nach allen Seiten verglasten Kaminofen getrennt ist. Eine kostspielige Angelegenheit mit einem grandiosen Ergebnis. Wir fühlen uns wohl hier und ich habe bei meinen zahlreichen Besichtigungen als Maklerin kaum ein schöneres Haus gesehen.

*

Ich höre Johanna im Flur. »Hast du Zeit noch, einen Tee mit mir zu trinken, Johanna?«, rufe ich.

»Ja, gerne. Ich komme gleich!«, antwortet sie und ich muss lächeln. Wir trinken oft morgens etwas zusammen. Sie Tee und ich Kaffee. Sie ist eine wirklich gute Freundin geworden. Ich freue mich, dass sie Zeit hat, und stehe auf, um ihr eine Tasse Tee aufzubrühen.

Sie tritt zu mir in die Küche. »Du musst mir alles von deinem Besuch in Hamburg erzählen«, sagt sie liebevoll. »Wie war es?«

Der Tee ist fertig, duftet köstlich und ich drücke noch einmal die Cappuccino-Taste für eine weitere Tasse für mich. Mit einer silbernen Gebäckzange lege ich Johanna ein Nusshörnchen auf einen kleinen türkisfarbenen Teller, nehme mir auch noch ein halbes und zünde zwei Teelichter in bunten Gläsern auf dem Tisch an.

Ich erzähle Johanna von der Immobilienveranstaltung, von den Besucherinnen und Besuchern, von interessanten Vorträgen, von dem schönen Treffen mit Silvi im Restaurant und dem kleinen Stadtbummel. Ich berichte von den besonderen Abstands- und den Hygieneregelungen am Flughafen, von Desinfektionsautomaten und von dem süßen Mädchen mit dem Marienkäfer-Trolley.

Johanna ist eine prima Zuhörerin. Ich liebe sie dafür und heute besonders. Lange gab es nicht mehr so viel zu erzählen.

»Und ich habe jemanden kennengelernt«, beende ich lächelnd meine Erzählungen. »Auf dem Flughafen hat mir jemand seine Visitenkarte gegeben.«

»Was? Das ist ja unglaublich? Wie kam es dazu?«

»Du kennst ihn vielleicht: Maximilian Lichtenstein.

Er ist ziemlich bekannt im Fußballgeschäft. Sogar die Handynummer stand auf der Visitenkarte.«

Ich berichte kurz von unserer Begegnung und muss tatsächlich etwas schmunzeln.

»Na, klar kenne ich den aus dem Fernsehen. Ist er nicht sehr krank? Ich glaube, ich habe da mal etwas gelesen. Wirst du ihn anrufen?«

»Krank? Nein. Er sah blendend aus. Und Quatsch, natürlich werde ich ihn nicht wiedersehen!«, wehre ich mit einer großen Handbewegung die Frage ab. »Warum sollte ich mich bei ihm melden? Aber lustig war es schon und er sah wirklich toll aus«, schwärme ich. »Aber anrufen? Das mache ich natürlich nicht!«, bestärke ich noch einmal meine abwehrende Haltung!

»Das passiert einem nicht oft und dürfte kein Zufall sein!«, antwortet Johanna etwas geheimnisvoll und macht eine kleine Pause. »Ich muss jetzt leider los!« Sie umarmt mich innig und lässt mich etwas nachdenklich zurück. »Danke für den Tee und hab' einen schönen Tag. Bis später.«

»Ja, du auch. Es war schön, mit dir zu sprechen.«

*

Drei Tage denke ich über die Nummer auf der Visitenkarte nach und googele zahlreiche Presseberichte über seine Arbeit im Internet. Ein paar Artikel lese ich. Ich finde nichts Privates. Es geht immer um gewonnene oder verlorene Fußballspiele oder um den Kauf von neuen jungen Spielern. Soll ich anrufen? Was soll ich sagen? Oder soll ich schreiben?

Mist, dass ich nur seine Telefonnummer habe und er nicht meine. Ich finde, der Mann sollte immer den ersten Schritt machen, die erste Nachricht schreiben. Aber das geht nun nicht. Und warum soll ich ihm überhaupt schreiben? Ich bin verheiratet und habe eine tolle Familie. Mein Leben läuft in geordneten Bahnen. Warum also sollte ich ihn anrufen? Das bringt vermutlich nur Ärger und alles durcheinander. Nein, ich werde nicht anrufen. Ist mir auch zu peinlich. Und es ist falsch und ich traue mich nicht.

Ich betrachte die silbern gerahmten Familienfotos auf dem Kaminofen. Meine Familie – Tom, Emilia und ich und ganz oft auch Johanna, die ja mit zur Familie gehört. Meine glückliche Familie bei allen möglichen Aktivitäten, im Garten, bei Sonntagsausflügen, beim Urlaub am Meer oder in den Bergen. Viele Fotos sind schon etwas älter. Auf einigen hat Emilia noch geflochtene Zöpfe und eine Zahnlücke. Das ist lang her. Wir sind eine richtig tolle Familie. Tom ist ein großartiger Vater. Die Fotos spiegeln wundervolle Augenblicke unseres Lebens. Wir sind doch glücklich.

Ich seufze tief. Nein, ich rufe nicht an. Oder doch? Mal sehen, was passiert? Ich habe es in der Hand. Ist ja nur ein Anruf und ich würde Maximilian gerne wiedersehen. Einfach nur so. Ich will nichts von ihm, aber ich möchte sehen, wie er reagiert. Außerdem hat Johanna gesagt, dass es kein Zufall war, ihn zu treffen.

Schließlich nehme ich genau aus diesem Grund tatsächlich mein Handy zur Hand und beschließe, mich zu melden. Ich sitze an meinem Schreibtisch im Büro und habe gerade eine letzte E-Mail für heute geschrieben. Es ist niemand zu Hause und ich habe das Gefühl, die Luft ist rein, ich kann es wagen! Ich traue mich. Natürlich ist mir sehr bewusst, dass ich mit dem Feuer spiele. Ja, das weiß ich. Ich erinnere mich an eine Regel, die ich mir in jungen Jahren bei meinen Dates gemerkt habe: Niemals ruft eine Frau z u e r s t an und niemals ruft sie s o f o r t an. Zu eins: Das kann ich nicht berücksichtigen, da nur ich seine Nummer habe. Und zu zwei: Drei Tage müssten reichen.

Ich gehe in die Küche und breche mit den Fingern ein Stück Nusshörchen ab, esse es gedankenverloren und starre auf das Handy in meiner Hand. Nein, ich werde ihn nicht anrufen. Ich werde eine Nachricht schreiben, entscheide ich.

Ich schreibe: *Geben Sie immer Ihre Telefonnummer weiter, wenn Sie eine Frau am Flughafen treffen?* Das erscheint mir nach kurzer Überlegung die passende Nachricht.

Nur, wenn es eine äußerst *attraktive Dame ist*, kommt spontan die Antwort.

So ein Charmeur, denke ich und muss lächeln. Ich schreibe: *Das haben Sie bestimmt schon vielen Frauen gesagt.*

Er: *Neeeein, wirklich nicht.*

Ja, ja. Ich muss lachen. *Wo störe ich gerade*?

Er: *Sie stören nicht. Ich bin auf dem Weg nach Stuttgart und sitze im Zug. Was machen Sie gerade?*

Ich: *Esse Nusshörnchen und trinke Cappuccino, bevor ich gleich wieder ins Büro gehe.*

Er: *Oh, ich liebe Nusshörnchen!!!!*

Es macht Spaß und ich bin aufgeregt. Es ist spannend und lustig zugleich. Mir fällt auf, dass ich immer wieder aufs Handy schiele, um zu sehen, ob eine weitere SMS von ihm angekommen ist. Sie sind gespickt mit persönlichen Fragen und kurzen Inhalten. Ein Schlagabtausch voller Witz und Intelligenz.

Als ich abends schlafen gehe, lese ich ein liebes *Gute Nacht* von ihm. Ich wundere mich über diese sehr persönliche Nachricht und lasse sie unbeantwortet. Morgen Vormittag werde ich schreiben. Soll er mal etwas warten. Männer sind Jäger und deshalb sollte eine Frau es ihnen nicht zu leicht machen, sonst wird es schnell langweilig für sie.

*

Guten Morgen, ich wünsche einen schönen Tag, so lese ich am nächsten Tag beim ersten Blick auf mein Handy. Ich bin allein und sitze in der Küche am Frühstückstisch. Alle anderen sind schon vor mir aufgestanden und haben das Haus verlassen.

Ich muss lächeln und freue mich über die SMS. Ich antworte: *Danke, das wünsche ich auch. Wie ist es in Stuttgart?*

Er: *Schön, aber Sie fehlen!*

Ich muss schmunzeln und finde Gefallen an der Vorstellung, mit ihm jetzt in Stuttgart zu sein. *Ja, es* wäre schön *dort zu sein. Habe heute jedoch zwei Besichtigungen*, so schreibe ich und verabschiede mich erst einmal. Ich schaue viel zu oft auf mein Handy, um zu sehen, ob er geschrieben hat.

Er wieder: Übernächste *Woche Mittwoch bin ich in München. Haben Sie am Nachmittag Lust auf einen Kaffee?*

Ich spüre mein Herz schlagen. Wow, er möchte sich mit mir treffen! Ich überlege. Ja, klar habe ich Lust auf einen Kaffee am Mittwoch. Ich überprüfe meine Termine auf meinem Handy – Mittwoch, Besichtigung um 17 Uhr. Die kann ich verschieben. Ich werde es mir einrichten. Zu groß ist der Wunsch, Maximilian wiederzusehen.

Ich warte aber noch bis zum Mittag, um die Nachricht zu beantworten. Ich schreibe: *Am* übernächsten *Mittwoch (12.07.) habe ich Zeit. Kaffee, gerne!*

Nur wenige Minuten später kommt die Antwort: *Kennen Sie das Café Paul in Nymphenburg?*

Er schickt mir einen Link von dem Café, das ich nicht kenne, und ich schaue mir auf Google Maps an, wie ich dort hinkomme. Es ist kein Problem. Mit der U-Bahn kann ich es gut erreichen. Ich schicke einen »Daumen hoch«.

Er: *Mittwoch, 16 Uhr?*

Ich: *Gerne, ich freue mich!*

Er: *Ich freue mich viel mehr!!*

Ich lege das Handy zur Seite und atme aus. Plötzlich überkommen mich Zweifel. Was mache ich da? Charlotte, du musst verrückt sein, schimpfe ich stumm mit mir selbst. Egal. Ich wage es.

Johanna. Traurigkeit.

München, 05. Juli 2023

Heute ist es besonders schlimm und ich vermisse meinen geliebten Jannis so sehr. Das kleine Bild mit dem dünnen Silberrahmen auf dem alten Sekretär aus Naturholz ist etwas verstaubt. Ich nehme ein weiches Tuch und wische sanft über das Schwarz-Weiß-Foto und betrachte es lange. Das Foto in Postkartengröße zeigt Jannis am weißen Strand von Sylt. Es war ein stürmischer, sonniger Herbsttag und der Wind hatte seine langen, inzwischen grau melierten Haare durcheinandergewirbelt. Er lächelt vergnügt, liebevoll und voller Lebensfreude in die Kamera und hält einen flachen, schwarzen, glänzenden Kieselstein vor die Linse. Er sieht aus wie ein kleines Herz.

Bei einem langen Strandspaziergang am menschenleeren Strand hatte ich den ungewöhnlichen Stein entdeckt, ihn mit den Fingern sanft gesäubert und mit einem liebevollen Kuss versehen, ehe ich ihn mit verliebtem Blick Jannis überreichte und ein »Ich liebe Dich!« hauchte. Dabei hatte ich ihm tief in seine braunen Augen geschaut. Er hatte sich sehr darüber gefreut und sich überschwänglich bedankt, mich zärtlich geküsst und versprochen, ihn als Glücksbringer immer bei sich zu tragen. Ich erinnere mich mit großer Liebe an diesen wunderschönen, sonnigen Tag in Wenningstedt. Das war nur etwa ein halbes Jahr, bevor Jannis an den Spätfolgen von Corona verstarb.

Jannis war meine große Liebe. Er war knapp dreizehn Jahre jünger als ich, ein gutaussehender Lehrer mit langen dunklen Haaren, die er meist nach hinten frisierte oder mit einem Haargummi zusammenband und an dem kein Klischee des Lehrerberufes haften blieb. Er war beliebt bei seinen Schülerinnen und Schülern, überlegte sich immer wieder, wie er den Unterricht für seine Klasse aufregend und interessant gestalten könnte. Einmal nahm er seine Gitarre mit und sang mit den Teenagern den bekannten und beliebten Ed-Sheeran-Song »Paradise«, um anschließend mit ihnen über den Songtext zu philosophieren. Wie das in den Lehrplan passte, weiß ich nicht, aber dafür erntete er ehrliche Anerkennung und große Beliebtheit.

Dann erzählte er mir von einem Internetportal, auf dem Schülerinnen und Schüler ihre Lehrer nach einem Punktesystem bewerten können. Er schnitt hervorragend ab und war einer der beliebtesten Lehrer des Gymnasiums. Viele wussten, dass er ein großartiger Mensch ist und dass er viel Begeisterung für seinen Beruf und seine Schülerinnen und Schüler aufbrachte. Er interessierte sich einfach für die Menschen. Oft saßen wir abends bei einem Glas italienischen Rotweins zusammen und er erzählte mir ausführlich von seiner Klasse, von Jana, Paul, Anna und Laila … Nach und nach waren mir die meisten Namen geläufig und ich kannte sogar einige Familien sowie die Stärken und Schwächen der jungen Leute, auch wenn ich ihnen nie begegnet war.

Mit dem Bild fest in meinen Händen gehe ich zum bodentiefen Fenster und schaue hinaus auf die Terrasse. Regen tropft auf den hölzernen Gartentisch und die Sitzgruppe sieht bei diesem Wetter grau und verlassen aus. Mein trauriger Blick bleibt an den prächtigen lilafarbenen Blüten der alten üppigen Rhododendronbüsche am Rande der Terrasse hängen. Jannis mochte diese Blumen besonders und ich vermisse ihn in diesem Moment so sehr. Ich fühle, wie sich meine Augen mit Tränen füllen, die dann langsam über mein Gesicht rinnen. Wie so oft in letzter Zeit. Jannis ist nun seit gut acht Monaten nicht mehr bei mir. Und ich vermisse ihn heute ebenso wie an den dunklen Tagen nach der schrecklichen und alles verändernden Todesnachricht. Ich vermisse ihn jeden Tag mehr, jede Stunde und jede Minute. Mehr als dreißig Jahre waren wir glücklich verheiratet. Wir waren immer zusammen. Nur einmal ist er mit einem alten Containerschiff ins ferne Mexiko gereist und hat sich damit seinen Lebenstraum erfüllt. Er war vier Wochen unterwegs. Es war die einzige Zeit, in der wir je getrennt waren. Wir waren wirklich glücklich miteinander und haben uns sehr geliebt.

Über unseren großen Altersunterschied sprachen wir gerade am Anfang unserer Beziehung oft. Jannis beteuerte immer wieder, dass das Alter bei einer Liebe keine Rolle spiele. Ich hingegen war da etwas skeptischer. Er sah blendend aus und hätte auch jüngere und hübschere Frauen haben können. Mein mangelndes Selbstbewusstsein diskutierte er in endlosen Gesprächen weg und irgendwann begriff ich, dass er es wirklich ernst mit mir meinte und dass er mich tatsächlich liebte. Auf einer besonderen tiefen Ebene waren wir eng miteinander verbunden. Ein festes Band der Liebe, des Vertrauens, der Bewunderung, aber auch der Leidenschaft und der Begierde entwickelte sich zwischen uns. Er war meine große Liebe.

Er war ein sensibler und aufmerksamer Mensch, hatte mich ständig im Blick und ein großes Gespür dafür, ob es mir gut ging oder nicht. Er schaute mich an und wusste, was los war. Es war seine Passion, mich glücklich zu machen. Welche Frau kann schon von so einer Erfahrung erzählen? Ich wusste, dass ich ein Juwel von einem Mann gefunden hatte. Er war mir so vertraut. Er war ein Teil von mir, mein zweites Ich.

*

Leider blieb unsere Ehe kinderlos. Am Anfang versuchten wir die bittere Tatsache, keine eigenen Kinder bekommen zu können, noch mit medizinischer Unterstützung abzuwenden. Aber nach mehreren vergeblichen Versuchen, doch ein Kind zu zeugen, waren wir ausgelaugt, angespannt und total auf dieses Thema fixiert. Es ging nur darum, wie sich mein Zyklus entwickelt, welche Temperatur an bestimmten Tagen auf meinem extra dafür angeschafften Thermometer angezeigt wurde und ob ich meine Regel bekommen hatte oder nicht. Die Enttäuschung, wenn es nicht geklappt hatte, war immer wieder groß. Es kostete große Kraft, wieder neuen Mut zu finden, das Gleiche noch einmal zu starten, um dann wieder die quälende Wahrheit zu erfahren, dass ich nicht schwanger bin. Das war eine Bewährungsprobe für unsere Ehe.

»Komm mal her, mein Liebling«, sagte dann Jannis eines Abends, wir saßen im Wohnzimmer, nahm mich zärtlich in den Arm und hielt mich fest umschlungen. Ohne dass wir geredet hatten, weinte ich plötzlich bitterlich. Der belastende Druck der letzten Monate schien plötzlich aus mir herauszubrechen. Jannis hielt mich einfach fest in seinem Arm, strich mir sanft und behutsam über mein Haar und wischte die unzähligen Tränen auf meinem Gesicht mit dem Ärmel seines Pullovers ab.

An diesem Abend beschlossen wir, auch ohne ein eigenes Kind glücklich zu sein. Wir akzeptierten, dass wir kein Kind bekommen würden, und nahmen das Schicksal an, ohne Verzweiflung und Groll. Tapfer richteten wir unseren Blick wieder nach vorne und waren uns selbst genug. Ich liebte meine kreativen Nähkünste, meine komplizierten Schnittmuster, meine bunten Stoffe und ich hatte meine geliebte Emilia. Ich kümmere mich seit ihrer Geburt um sie und sie ist wie ein eigenes Kind für mich.

*

Anfang März 2020 fuhren wir mit unseren langjährigen Freunden zum Skilaufen nach Ischgl. Es war eine schöne und unbeschwerte Zeit. Wir standen zeitig auf und waren die ersten am Lift, um mit unseren Skiern frische Spuren in den wunderbaren Neuschnee zu malen. Pulverschnee und Sonne!

In warme Decken gehüllt lagen wir auf bunten Sonnenstühlen abseits der überfüllten Terrasse des Panoramarestaurants und genossen den wolkenlosen, stahlblauen Himmel und die ersten warmen Sonnenstrahlen des Jahres. Wir bestellten heiße Schokolade mit Schlagobers und köstlichen Kaiserschmarren mit Apfelmus und hatten das wunderbare Gefühl, zum richtigen Zeitpunkt am richtigen Ort zu sein. Ein Trugschluss, wie sich später herausstellen sollte.

Wir mochten den malerischen, aber lebendigen Skiort Ischgl mit der einzigartigen Bergkulisse und den schneebedeckten Gipfeln, einer Vielzahl an Sport- und Unterhaltungsangeboten, aber auch mit der angenehmen Ruhe und Angeboten für Entspannung und unkomplizierten Luxus. Nur einmal sind wir zum Après-Ski in eine überfüllte Bar eingekehrt. Wir tranken Flying Hirsch, das ist Jägermeister mit Redbull, tanzten ausgelassen in Skischuhen zu *Cordula grün* und hatten eine Menge Spaß. Wir blieben nicht lange und fuhren noch im Hellen mit unseren Skiern bis direkt zu unserm Hotel. Ein ganz normaler Skiurlaub, wie wir ihn schon oft erlebt hatten.

Von München ist es nicht weit in die österreichischen Skigebiete und als geübte Skiläufer nutzten wir regelmäßig ein Wochenende für einen Skiausflug. Ischgl gehörte immer wieder zu unseren Zielen.

Wieder zu Hause zeigte Jannis dann Symptome einer Erkältung. Er fühlte sich schlapp, hatte starken Husten und nach ein paar Tagen auch leichtes Fieber. Wir dachten an eine Erkältung. Ein paar Tage zu Hause mit den üblichen Medikamenten aus unserer gut bestückten Hausapotheke würden schon ausreichen, um die scheinbar hartnäckigen Bakterien in den Griff zu bekommen. Aber es wurde schlimmer. Irgendwann hatte ich mich dann auch angesteckt und zeigte leichte Symptome einer Erkältung. Jannis hingegen ging es zunehmend schlechter. Der trockene Husten wurde stärker und er bekam nachts kaum noch Luft. Gleichzeitig wurden die ersten

Nachrichten über Corona im Fernsehen gesendet und wir verfolgten sie mit Schrecken und Bestürzung.

»Schau mal, Liebling, hier berichten sie über Ischgl.« Entsetzt griff Jannis zur Fernbedienung des Fernsehers und regulierte die Lautstärke nach oben.

Ich setzte mich zu ihm auf das weiche, mit zahlreichen Kissen und Decken bedeckte Sofa, auf dem er sich vor Tagen ein kuscheliges Daybed eingerichtet hatte, nahm seine warme Hand und küsste ihn sanft. Die neuesten Meldungen machten uns große Sorgen. Covid-19 war neu. Die Informationen darüber hatten uns bisher nur sparsam erreicht, doch nachdem wir nun die ersten Fakten, Zahlen und Berichte gesehen hatten, waren wir besorgt.

»Ich werde morgen einen Termin bei Dr. Mattern ausmachen«, entschied Jannis noch am gleichen Abend und ich konnte meine große Angst kaum verbergen. »Es wird schon alles gut werden, mein Liebling«, versuchte er mich zu beruhigen und umarmte mich liebevoll.

*

Der frühe Anruf bei unserem Hausarzt erhöhte unsere Sorgen weiter, nachdem Jannis berichtet hatte, dass wir in Ischgl im Skiurlaub waren. Wie wir vermutet hatten, ordnete unser Arzt die wenig aufwändigen Corona-Tests bei Jannis und mir an, verfügte eine vorsorgliche zweiwöchige Quarantäne zu Hause und erläuterte geduldig und freundlich das umfangreiche weitere Prozedere. Er stellte einen zeitnahen Besuch einer vom örtlichen Gesundheitsamt befugten Person in Aussicht, die die Tests bei Jannis und mir durchführen würde. Als Rückkehrer aus dem Skigebiet gehörten wir zu der besonderen Personengruppe, die unverzüglich auf das Coronavirus getestet wurde. Mit Jannis' Symptomen, die für Corona typisch zu sein schienen, befürchteten wir zumindest bei ihm ein positives Testergebnis.

Ein reservierter Arzt erschien am nächsten Tag in einem kompletten Schutzanzug, mit FFP3-Atemschutzmaske, Handschuhen und umfangreichen Testutensilien. Ich war geschockt. Die Tests bei Jannis und mir dauerten nur wenige Sekunden. Jannis war zu diesem Zeitpunkt schon in einer körperlich schlechten Verfassung. Seine anhaltende Erschöpfung machte mir Sorgen, er hustete viel und beklagte einen mangelnden Geschmacks- und Geruchssinn. Viel schlimmer war aber die Atemnot, die sich täglich verschlechterte. Noch bevor das Testergebnis bei uns eintraf, waren wir uns sicher, dass sich Jannis mit dem SARS-CoV-2 Virus infiziert hatte und dass auch ich ebenfalls die Krankheit in mir trug, auch wenn ich deutlich schwächere Symptome zeigte. Die Testergebnisse waren dann auch tatsächlich positiv.

Die daraufhin verlängerte Quarantäne brachte neue Herausforderungen mit sich, wir mussten uns erst einmal organisieren. Wer sollte unsere Einkäufe erledigen? Wer besorgte die Medikamente? Zum Glück hatten wir liebe Freunde und Nachbarn, die sich freundlich anboten und uns die Lebensmittel und Einkäufe vor die Haustür stellten.

Jannis' Zustand verschlechterte sich weiter, sodass wir nach mehreren Gesprächen mit Dr. Mattern seiner Empfehlung folgten und schweren Herzens der Einlieferung in das nahe Krankenhaus zustimmten. Wir hatten diesen schweren Schritt so lange wie möglich nach hinten geschoben, denn uns war klar, dass wir dann für eine gewisse Zeit getrennt sein würden.

Als der Krankenwagen vor unserer Tür hielt, um ihn abzuholen, standen wir bereits im Flur. Jannis war schwach auf den Beinen, doch er umarmte mich so innig, als wollte er mich nicht mehr loslassen.

»Ich liebe dich«, flüsterte ich.

»Ich liebe dich auch, mein Liebling«, flüsterte er zurück.

»Pass auf dich auf«, erwiderte ich und konnte meine Tränen nicht mehr verbergen.

Er hielt mich noch einige Momente fest, ehe er seine für ein paar Tage gepackte Tasche nahm und unsere Wohnung im vierten Stock verließ und mit dem Aufzug nach unten fuhr. Auch für ihn war es schwer. Der Krankenwagen wartete geduldig vor dem Haus.

Ich ging eilig ins helle Wohnzimmer, stolperte fast über unseren orange-grün gestreiften Ohrensessel, zog die dünne Gardine beiseite und öffnete das Fenster. Auf der ruhigen, fast menschenleeren Straße des Wohngebietes hatten sich ein paar neugierige Nachbarn vor dem Krankenwagen versammelt. Jannis wurde freundlich von einem Krankenpfleger in voller Schutzkleidung empfangen, der gefällig seine Tasche nahm. Sie wechselten kurz ein paar Worte und dann stieg mein Mann schwerfällig in den Krankenwagen ein. Ich schaute dem Rettungswagen noch lange nach, bis er um die Ecke verschwand. Traurig blieb ich am Fenster stehen und mein Blick richtete sich auf die Baumkrone der Lärche, die seitlich vor dem Fenster stand und auf der eine kleine Blaumeise lustig tanzte und sang.

Du hast es gut, kleine Meise, dachte ich und erfreute mich an dem zarten Vogel. »Für dich gibt es kein Corona und die ganze Tragödie findet ohne dich statt«, murmelte ich.

*

Ich wusste, dass die Einlieferung in das Krankenhaus die richtige Entscheidung war und auch, dass wir vielleicht schon etwas zu lange damit gewartet hatten.

Jannis rief mich aus dem Krankenhaus an, gleich nachdem er auf der Isolierstation aufgenommen worden war. »Du kannst es dir nicht vorstellen, mein Liebling, wie streng hier die Hygienemaßnahmen eingehalten werden«, berichtete er ein wenig erschöpft und beschrieb ausführlich das Prozedere der Patientenaufnahme und die Hygienemaßnahmen des Krankenhauses. »Ich vermisse dich so sehr«, hauchte er leise ins Telefon und wies auf eine hereinkommende Krankenschwester hin, die ihn zu einer anstehenden Untersuchung abholen wollte.

»Ich vermisse dich viel mehr, mein Liebling«, beendete ich schnell das Gespräch und verabschiedete mich sehnsuchtsvoll.

Nach umfangreichen Untersuchungen wurde Jannis vom ersten Tag an beatmet. Die Sauerstoffsättigung in seinem Blut war zu gering. Die Beatmung war anstrengender als gedacht und zeigte zunächst nicht den gewünschten Erfolg. Vor etwa drei Jahren hatte Jannis einen leichten Herzinfarkt erlitten, von dem er sich gut erholt hatte. Jetzt schien es, als ob die Krankheit ihm einiges abverlangte und er beinahe zu schwach war, dagegen anzukämpfen. Dennoch war ich mir sicher, dass das Ärzteteam die bestmögliche Versorgung sicherstellen würde, also hoffte ich auf eine baldige Genesung.

Eines Vormittags bat mich der behandelnde Arzt zu einem Gespräch, um ausführlich über Jannis' besorgniserregenden Gesundheitszustand zu sprechen. Er erklärte mir, dass durch die externe Beatmung schwere Nebenwirkungen möglich sein könnten, die daraus resultieren, dass die Beatmungsluft mit einem Überdruck in die Lungen gepresst würde. Der dauerhaft erhöhte Luftdruck, der sowohl beim Ein- als auch beim Ausatmen erzeugt wird, bewirkt einen hohen Druck in den Atemwegen und in der Lunge, der sich auf das Herz, die Nieren, das Gehirn, den Magen-Darm-Trakt und die Lunge selbst auswirken könnte. Er deutete mögliche dauerhafte Lungen-, Herz- und Nierenschäden an. Ich war besorgt und spürte, dass sich hier etwas Großes anbahnte. Dennoch wischte ich die schmerzliche Wahrheit und bittere Realität einfach weg und zeichnete mir in meinen Gedanken eine eigene Wirklichkeit, die wie ein sauber ausgearbeitetes Schnittmuster war.

Jannis wurde auf die Intensivstation verlegt. Ich durfte ihn weiterhin nicht besuchen. Inzwischen war er vier Wochen im Krankenhaus. Er war an Schläuche angeschlossen, die seine Beatmung übernahmen. Ab und zu hielt die einfühlsame Krankenschwester das Handy an sein Ohr und wir konnten ein paar zärtliche, sehnsüchtige Worte miteinander austauschen. Ich erinnere mich mit einem tiefen Schmerz an diese Zeit. Manchmal machte ich ihm Mut, dann fand er Worte des Trostes für mich. Jede Minute war ich in Gedanken bei Jannis und konnte mich kaum auf etwas Anderes konzentrieren. Ich war unfähig, einen Film im Fernsehen anzuschauen, und fand bei Gesprächen kein anderes Thema. Meine Gedanken reisten ständig ins Krankenhaus und kreisten um das Virus und um Jannis. Alle Berichte über Corona verfolgte ich aufmerksam und verpasste keine Sondersendung im Fernsehen. Meine Sorge war unermesslich.

Und ich war entsetzlich verzweifelt, weil ich Jannis nicht besuchen, nicht bei ihm sein konnte. Die Stunden zogen sich dahin und vergingen ausgesprochen langsam. Ich quälte mich durch den Tag. Ich quälte mich durch die Nacht. Noch immer höre ich seine leise, schwache Stimme am Telefon und seine lieben Worte, mit denen er mir täglich Trost spenden wollte. »Mach dir keine Sorgen, mein Liebling, es wird schon alles gut«, verabschiedete er sich am Telefon.

Doch ich machte mir unsagbar große Sorgen, in jedem Moment, in dem wir nicht zusammen waren und der uns trennte. Und ich empfand eine immense Unruhe.

Die behandelnden Ärztinnen und Ärzte waren jedoch zunehmend optimistisch und stellten eine baldige Genesung in Aussicht. Zu unserer Erleichterung verbesserte sich Jannis' dramatischer Gesundheitszustand tatsächlich irgendwann stetig und wir schöpften Hoffnung. Jannis schaffte es. Er war dem Tod entkommen und das Schicksal hatte es gut mit uns gemeint. Er wurde auf die normale Krankenstation verlegt. Ich hatte Besuchsrecht und saß Stunden einfach nur an seinem Bett, hielt seine

Hand und schaute ihn an, während er sanft lächelte und mich ebenfalls liebevoll betrachtete.

Wenige Tage danach wurde er aus dem Krankenhaus entlassen und wir waren überglücklich darüber. Er war zwar noch sehr schlapp, aber erholte sich gut und wir schöpften Mut und Zuversicht für die Zukunft. Die Ärzte erklärten, dass er noch vorsichtig sein sollte, und prognostizierten, dass er sportlich keine Höchstleitungen mehr bringen würde, aber das wollten wir auch nicht. Einfach da sein, einfach zusammen sein, das war unser Plan.

Wir waren überglücklich, dass er Covid-19 offensichtlich gut überstanden hatte, aber er erholte sich nicht richtig davon. Die Atemnot blieb und die schwere Kurzatmigkeit ebenfalls. Er konnte seinen geliebten Beruf als Lehrer nicht mehr ausüben, versuchte es jedoch über eine stufenweise Eingliederung. Beim Unterricht waren inzwischen Mund-Nase-Masken beim Lehrpersonal und bei Schülerinnen und Schülern verpflichtend. Die Umsetzung bereitete ihm jedoch zunehmend Schwierigkeiten, weil er durch seine Kurzatmigkeit unter den Masken kaum Luft bekam. Schließlich musste er die Realität akzeptieren und ließ sich frühzeitig pensionieren. Eine feierliche Zoom-Verabschiedung in der Schule mit allen Kolleginnen und Kollegen sowie allen Schülerinnen und Schülern tröstete ihn nur wenig darüber hinweg, dass er seinen geliebten Lehrerberuf aufgeben musste. Dennoch freuten wir uns auch auf den neuen Lebensabschnitt. Wir waren es gewohnt, viel Zeit miteinander zu verbringen, und so planten wir kleine Ausflüge und erholsame Kurzreisen und schalteten einen Gang zurück – mehr

Pausen, weniger Termine und Verpflichtungen und viel mehr Ruhe. Leider konnten wir das nicht lange genießen. Viel zu früh schlug das Schicksal wieder zu und nahm mir meinen über alles geliebten Jannis.

Maximilian. Treffen.

Zürich, Mittwoch, 12. Juli 2023

Ich erwache früh und mir ist übel, wie fast an jedem Morgen. Ich weiß nicht, ob es die Krankheit oder die Nebenwirkungen der Medikamente ist. Ist auch egal. Was würde es ändern? Dennoch, mein erster Gedanke reist zu Charlotte nach München. Ich greife nach dem Handy und schreibe ihr einen lieben Gutenmorgengruß.

Guten Morgen, Charlotte. Ich wünsche Dir einen schönen Start in den Tag und freue mich auf Dich später.

Das wünsche ich Dir auch. Freue mich auch so sehr auf Dich, kommt es sofort zurück.

Ich: *Noch 8 Stunden 45 Minuten*

Sie: *Kann es kaum erwarten. Fahre bitte vorsichtig.*

Ich: *Mache ich natürlich.*

Seit einiger Zeit tauschen wir WhatsApp-Nachrichten aus. Es macht Spaß und ich habe das Gefühl, dass ich mit ihr flirte, seit ich ihr das erste Mal am Flughafen begegnet bin. Das ist sonst nicht meine Art, aber irgendwie passierte es einfach so.

Heute Nachmittag werde ich Charlotte in München treffen. Bei dem Gedanken daran springe ich vergnügt aus dem Bett, dusche schnell und packe ein paar Sachen für zwei Übernachtungen in meinen kleinen silbernen Koffer. Ungefähr die Hälfte des Jahres verbringe ich in Hotels. In der Regel sind es sehr teure, exklusive Hotels. Immer wieder neue Zimmer, neue Betten, ein neues Bad. Der Reiz eines guten Hotels geht dabei verloren wie der Duft eines besonderen Parfums, wenn man es ständig aufträgt. Irgendwann mag man Routine, man möchte ankommen und man möchte zu Hause sein.

»Guten Morgen.« Fröhlich begrüße ich Nadja in der Küche, gebe ihr einen flüchtigen Kuss auf die Wange, setze mich an den liebevoll gedeckten Frühstückstisch mit dem teuren Porzellan im Wintergarten, in dem die ersten Sonnenstrahlen schon den Frühstückstisch erreichen. Ich überlege, ob ich die Jalousien etwas hinunterlassen soll, entscheide mich aber für die Sonne und greife nach der Zeitung.

Nadja bereitet gerade frischen Filterkaffee zu und schenkt ihn mir in eine strahlend weiße Tasse mit dem blauen »F« ein.

»Guten Morgen, es war spät bei dir gestern«, stellt sie fest und setzt sich zu mir. Sie trägt ihren weißen, dicken Morgenmantel, wie immer um diese Zeit, und ihre kurzen braunen Haare sind noch nicht frisiert. Sie wird sich später in Ruhe fertigmachen.

»Du siehst blass aus!«, fügt sie hinzu und schaut mich an.

»Ja, ich war noch lange im Büro«, antworte ich ohne weitere Erklärungen.

»Du wolltest doch etwas weniger arbeiten«, sagt sie ein wenig vorwurfsvoll. »Und wann musst du heute fahren?«

Ich höre den Vorwurf in ihrer Antwort, gehe aber nicht darauf ein. »Mir geht's prima, aber ich habe nicht gut geschlafen«, antworte ich kurz. »Matthes kommt schon in einer guten halben Stunde und ich komme erst übermorgen zurück. Ich glaube, ich habe dir erzählt, dass ich mich morgen mit Vertreterinnen und Vertretern einer

Werbeagentur treffe, mit der wir zukünftig zusammenarbeiten wollen. Sie haben ein gutes Konzept und hervorragende Referenzen«, berichte ich dennoch, ohne von der Zeitung aufzuschauen.

»Das klingt interessant. Dann wünsche ich dir viel Erfolg.« Sie nimmt einen Schluck Kaffee und schnappt sich den regionalen Teil der Zeitung, während ich den Sportteil kurz studiere.

»Hier ist ein interessanter Rückblick auf die drei Corona-Jahre. Schau mal.« Nadja dreht die Zeitung in meine Richtung und zeigt mir eine Grafik, aus der die monatliche Entwicklung der Corona-Zahlen zu entnehmen ist.

»Meine Güte, was in den letzten drei Jahren alles passiert ist«, sagt sie nachdenklich.

Ich lege die Zeitung beiseite, nehme mir ein Mehrkornbrötchen aus dem Brötchenkorb und bestreiche es mit fettarmem Quark und roter Marmelade.

»Da hast Du recht. Die Welt hat sich durch Corona radikal verändert. Zu Beginn der Pandemie im Jahr 2020 infizierten sich in dem beschaulichen Skiort Ischgl in Oberösterreich hunderte Menschen mit dem bösartigen Virus. Mit rasender Geschwindigkeit verbreitete sich das Virus weiter. In Deutschland traten Ende Januar 2020 erste Erkrankungsfälle auf und im Februar 2020 wuchs die Zahl der neuen Fälle so rasant an, dass immer mehr Bundesländer betroffen waren«, berichte ich nachdenklich die Bilder der Vergangenheit, die mir bis heute noch präsent im Gedächnis sind.

»Ja, und Nordrhein-Westfalen war am schwersten betroffen,« erinnert sich Nadja ebenfalls noch sehr genau.

»Bei einer Karnevalssitzung in der Nähe von Köln wurden doch mehrere Personen infiziert.«

»Das war der Kreis Heinsberg«, führe ich ihre Gedanken zu Ende. » Später waren alle europäischen Länder betroffen. Italien, Spanien, Deutschland, Großbritannien …, und irgendwann war es in allen Ländern auf der Welt. Unfassbar, was bisher alles geschehen ist.«

Ich trinke den letzten Schluck Kaffee aus meiner Tasse und schaue auf die Uhr.

»Ich muss leider schon los. Was machst du in den nächsten Tagen?«

»Ich habe mich heute in der Stadt mit Freundinnen verabredet und morgen Nachmittag kommen doch meine Eltern zu Besuch und bleiben eine Nacht. Es ist wirklich schade, dass du nicht dabei sein kannst. Sie hätten dich sicher gerne getroffen.«

Ach, Mist, den Besuch meiner Schwiegereltern habe ich völlig vergessen, aber ich lasse es mir nicht anmerken.

»Das ist wirklich sehr schade. Ich komme erst spät abends zurück, da werden sie schon wieder auf der Heimreise sein. Richte ihnen liebe Grüße von mir aus. Beim nächsten Mal bin ich dann wieder dabei.«

Ich stehe vom Frühstückstisch auf, ohne das Geschirr oder zumindest meine Tasse abzuräumen. Es hat sich so ergeben, dass Nadja den Haushalt erledigt und das Frühstück vorbereitet. Manchmal hole ich am Wochenende Brötchen. In dieser Beziehung leben wir noch ein altes Rollenmuster.

Wir verabschieden uns flüchtig und ohne viele Worte. Ich schnappe meinen Koffer und meine Jacke und verlasse das Haus. Draußen wartet Matthes schon im Auto, um mich zum Bahnhof zu fahren.

»Guten Morgen, Maximilian. Wie geht es dir heute?«, ruft er freundlich.

Ich steige hinten ins Auto ein. Das haben wir zu Beginn der Pandemie als Vorsichtsmaßnahme gegen eine Corona-Infektion festgelegt. »Guten Morgen, mein Lieber! Ganz gut geht es. Ich habe heute einen wunderbar weiblichen Termin in München. Gib Gas. Das darf ich nicht verpassen!«

»Ach, wie interessant. Ein weiblicher Termin, wie schön! Wir werden rechtzeitig am Bahnhof sein«, verspricht er. »Und wie sind deine Blutwerte?«

»Alles in Ordnung, keine Verschlechterung. Das lässt hoffen. Fühle mich aber trotzdem nicht so gut und mir ist schon wieder schlecht. Die Medikamente bringen mich um.«

»Oh, das tut mir leid. Soll ich noch mal anhalten? Brauchst du ein Mineralwasser?«

»Nein, nein, es ist schon in Ordnung. Zügig zum Bahnhof bitte. Die Frau wartet«, antworte ich schmunzelnd. Matthes lacht und wirft mir einen kurzen Blick über den Rückspiegel zu.

Ich lächele etwas spitzbübisch und freue mich, dass ich ihn in meine Geheimnisse einweihen kann. Er ist ein guter Zuhörer, ein wertvoller Freund, ein enger Vertrauter. Matthes arbeitet seit fast dreißig Jahren für mich. Ich sehe ihn öfter als meine Familie.

*

Mit dem Zug erreiche ich München in gut dreieinhalb Stunden. Ich checke in das Hotel *Bayerischer Hof* ein, genieße ein kleines Mittagessen in einem nahen Restaurant und fiebere voller Spannung und mit großer Vorfreude dem Treffen mit Charlotte entgegen. *Bin schon in München angekommen,* schreibe ich ihr, woraufhin sie zurückschreibt: *Ich freue mich.*

Ach, ich bin so gespannt auf sie! In den letzten Tagen war es spannend, mit ihr zu schreiben, sie ist intelligent und witzig und positiv.

Mit dem Taxi lasse ich mich zu dem kleinen Café in einem wunderschönen, gelben Jugendstilhaus mit alten, dunklen Rundbogenfenstern in Nymphenburg fahren. Ich war vor etwa einem Jahr mal zufällig hier und habe auf der Terrasse einen vorzüglichen Kaffee getrunken und ein leckeres Stück Kuchen gegessen. Außerdem liegt es etwas abseits der Stadt und die Gefahr, gesehen zu werden, ist recht gering. In München kennen mich viele Menschen und ich habe keine Lust, durch die Begleitung einer gut aussehenden Dame ins Gerede zu kommen.

Ich habe Glück, auf der Terrasse ist noch ein Tisch unter einer blühenden Linde im Schatten frei. Die junge Bedienung trägt einen Mundschutz, genau wie ich, als ich eintrat. Am Tisch lege ich ihn routiniert ab. Inzwischen habe ich mich an das Straßenbild der Menschen mit Mundschutz gewöhnt. Diese Vorsichtmaßnahme wird uns wohl noch weiter begleiten. Eine Ansteckung durch das Virus ist um circa 70 % reduziert, wenn ein medizinischer Mund-Nasen-Schutz getragen wird, habe ich heute Morgen wieder gelesen.

Mit dem Blick auf meine Armbanduhr stelle ich fest,

dass ich zwanzig Minuten zu früh bin. Ich bestelle ein stilles Wasser und kann meine große Aufregung nicht verbergen. Menschen kommen und gehen. Die alte Traditionsbäckerei mit dem angrenzenden Café ist wegen seiner ausgezeichneten Backwaren und der vielfältigen Auswahl an Bioprodukten beliebt und über das Stadtviertel hinaus bekannt. Auf meinem Handy checke ich die eingehenden E-Mails, aber ich kann mich kaum konzentrieren. Immer wieder lasse ich meinen erwartungsvollen Blick über die dicke Buchsbaumhecke schweifen und beobachte den von Birken umsäumten Eingang.

Plötzlich steht sie da! Charlotte. So wie ich sie in meiner Erinnerung hatte. Hübsch, groß, schlank und mit blonden Haaren. Sie trägt einen schwarzen Mundschutz, enge Jeans und einen blauen Blazer mit einer blauen Seiden-Bluse darunter. Dazu weiße Turnschuhe und eine moderne Handtasche über dem Arm. Unsicher bleibt sie am Eingang stehen und blickt sich suchend um.

Ich winke ihr zu. Sie erblickt mich, winkt zurück und kommt zum Tisch. Ich erhebe mich galant und gehe ihr einen Schritt entgegen. Ein Händeschütteln vermeiden wir und irgendwie ist die Begrüßung etwas ungeschickt, weil wir nicht wissen, wie wir es anstellen sollen.

»Hallo«, sagt sie lächelnd und legt ihren Mundschutz ab. »Ich bin Charlotte.«

»Hallo, Charlotte, ich freue mich wirklich, dich zu sehen«, sage ich steif und weise auf den Platz auf der schweren Holzbank mir gegenüber. Ich spreche sie einfach mit Du an. In unseren vielen Nachrichten sind wir steif beim Sie geblieben. Unüblich für eine WhatsApp-Konversation, aber mir war die Distanz am Anfang recht. Außerdem bin ich noch »old school« und die Regeln des guten Benehmens sind mir wichtig.

Sie setzt sich und strahlt mich an. »Es freut mich auch, dich kennenzulernen«, erwidert sie freundlich. Sie schaut mir lange in die Augen und ihr sympathisches Lächeln scheint kein Ende zu nehmen.

Ich habe mich auch wieder gesetzt und suche nach einer Aufgabe, an der ich mich festhalten kann. »Was darf ich dir zu trinken bestellen? Ich empfehle ein Stück von der Marzipantorte«, sage ich schnell.

»O ja, das klingt gut. Gerne.« Sie nickt.

Ich bestelle zwei Cappuccinos und zweimal Marzipantorte, ohne Charlotte aus den Augen zu lassen. Sie ist wirklich toll. Ihre braunen Augen sind groß und lassen fast einen Blick in ihre Seele zu. Jedenfalls finde ich das gerade. Sie trägt nur wenig Lippenstift und ich bin ganz angetan von ihrer Art, wie sie das Gespräch beginnt und routiniert die Situation meistert. Ich hingegen bin unsicher, auch wenn ich es durchaus gewohnt bin, vor vielen Menschen zu reden. Aber eben nicht bei einem Date mit einer so tollen Frau. Ich stottere rum, während sie sich entspannt zurücklehnt und mir aufmerksam zuhört. Aber nach wenigen Minuten habe ich mich gefangen und meine gewohnte Selbstsicherheit ist zurück.

Wir sprechen über Corona, über die Krise. Charlotte erzählt von dem Einbruch des Immobilienmarktes während der Pandemie, von ihren Anstrengungen, als Maklerin wieder Fuß zu fassen, und von neuen Ideen der Vermarktung. Sie berichtet von ihrer Familie, von Emilia und Johanna. Und sie erwähnt kurz ihren Ehemann Thomas, ohne näher darauf einzugehen.

»Das Fußballgeschäft ist ein Haifischbecken«, erzähle ich und erläutere ihr die komplizierten Zusammenhänge und das verflochtene Management eines Fußballclubs. Dann komme ich auf meine Familie. »Ich bin seit mehr als 23 Jahren mit Nadja verheiratet und führe eine glückliche Ehe«, beschreibe ich unumwunden meinen Familienstatus. »Nadja hat Multiple Sklerose, MS, aber sie kommt inzwischen gut damit zurecht. Wir haben zwei Töchter. Franzi besucht die 11. Klasse und wohnt noch zu Hause und Julia studiert in Berlin.«

Damit waren erst einmal die wichtigsten Dinge gesagt. Wir sind also beide verheiratet und haben Familie, aber dennoch sitzen wir uns hier gegenüber, mein Herz rast und ich bin aufgeregt wie ein Teenager. Vielleicht geht es ihr ebenso, aber dann kann sie es gut verbergen.

*

Wir sprechen immer wieder über Corona, dieses Thema scheint weitaus unverfänglicher als private Themen. Inzwischen werden Hygienebestimmungen und Abstandsregelungen gut umgesetzt und die Menschen haben gelernt, mit ihnen zu leben und sie in den Alltag zu integrieren. Nach dem ersten Lockdown im April 2020 und den wochenlangen Schließungen ab November 2020 bis weit ins Jahr 2021 hat sich inzwischen ein beruhigender Normalzustand in der Bevölkerung eingestellt. Mund-Nasenschutz und Abstandsregelungen sind ebenso normal geworden wie das Zähneputzen am Morgen. Zwar gibt es immer noch Infektionsfälle, aber nach dem 2. strengen Lockdown konnte man die Infektionszahlen bisher dauerhaft unter einen Inzidenzwert von 50 senken, also 50 Infektionen pro 100.000 Einwohner innerhalb sieben Tage. Es ist geschafft – das Coronavirus ist eingedämmt.

*

Ein Impfstoff wurde etwa vierzehn Monate nach Ausbruch des Virus entwickelt und aufgrund nachdrücklicher Empfehlungen aus Wissenschaft und Politik sowie großen Impfkampagnen in den sozialen Medien in der Bevölkerung gut angenommen. Die bundesweite Impfstrategie war zu Beginn holprig und der Impfstoff konnte nicht in ausreichender Anzahl geliefert werden. Daneben vertrauten viele Menschen schlichtweg der Impfung nicht. Dennoch kehrte irgendwann die Normalität zurück. Deutschland meisterte die schwerste Krise nach dem Zweiten Weltkrieg gut und steht im internationalen Vergleich der Länder bezogen auf die Fallzahlen und Todesfälle recht gut da. Die Regierung wurde jedoch für Ihre Entscheidungen stark kritisiert, konnte jedoch damit die flächendeckende Ausbreitung des gefährlichen Virus SARS-CoV-2 weitestgehend verhindern. Die Politikerinnen und Politiker trafen in der schwierigsten Zeit der Krise kluge und soziale Entscheidungen und verhinderten damit die großflächige Ausbreitung des gefährlichen Virus SARS-CoV-2.

Daneben erholte sich die stark gebeutelte Wirtschaft aufgrund der milliardenschweren Unterstützungsproramme der Bundesregierung langsam und stetig wieder. Viele Klein- und Mittelbetriebe, Künstler und Soloselbständige waren jedoch die Verlierer der Pandemie. Wo man sich umhörte, gab es Insolvenzen und Betriebsschließungen: der Kosmetikladen an der Ecke, die kleine Boutique in der Innenstadt, renommierte Restaurants und Hotels und sogar einige Kinos schlossen den Kinobetrieb.

Die strengen Entbehrungen und Einschränkungen waren nach dem zweiten Lockdown noch lange in den Köpfen der Menschen, aber sie verblassten mehr und mehr. Gaststätten, Restaurants, Bars und Kinos wurden wieder geöffnet und die Unternehmen arbeiteten schnell wieder mit voller Kraft und in Vollbeschäftigung. Auch die nationalen und internationalen Fluggesellschaften nahmen langsam ihre Flugrouten wieder auf. Die Automobilindustrie fuhr die Produktionen besonders hier in München und Ingolstadt wieder auf.

»Heute früh habe ich in der Zeitung gelesen, dass COVID-19 sich wohl doch auf eine Schwangerschaft und das ungeborene Kind auswirkt«, bemerkt Charlotte. »Bisher gab es keine Hinweise, dass Schwangere durch das Virus ein erhöhtes Risiko für sich oder für das Kind haben. Sie durften deshalb unabhängig an allen für sie geeigneten Arbeitsplätzen beschäftigt werden. In Korea sind jedoch in den letzten Wochen vermehrt Kinder mit Missbildungen geboren worden. Sie schrieben in dem Artikel von schwersten Fehlbildungen in der frühen Schwangerschaft sowie von Schädigungen in der Wachstumsentwicklung der Föten.«

»Davon habe ich noch nichts gelesen«, entgegne ich nachdenklich und muss an eine junge Angestellte in unserem Sekretariat denken, die im fünften Monat schwanger ist.

»Man hat festgestellt, dass sich das Virus während der Schwangerschaft auf das Kind übertragen kann und zu einer Häufung von schweren Fehlbildungen oder gar dem Fehlen von Gliedmaßen und Organen bei Neugeborenen führen kann. In Korea sind bereits 500 Babys betroffen. Und es kam zu einer erhöhten Zahl von Totgeburten«, fährt Charlotte fort.

Totgeburten und Fehlbildungen – das ist ja grausam. »Das habe ich nicht gewusst.« Ich bin erschrocken über Charlottes Ausführungen. Mich beeindruckt ihr Wissen, außerdem könnte ich ihr stundenlang zuhören und sie dabei anschauen. »Hoffentlich bleibt es bei diesen wenigen Fällen«, füge ich hinzu. Wären mehr Schwangere und Kinder betroffen, wäre das fatal, kaum auszudenken. Ich schiebe diesen Gedanken weit fort.

Zu diesem Zeitpunkt können wir noch nicht wissen, wie grausam das Virus wirklich ist und wie schnell die Meldungen von Korea nach Deutschland schwappen sollen.

*

Charlotte und ich essen den köstlichen Kuchen, zu dem ich sie einlade, und wir beschließen, noch ein kleines Stück an der Isar entlangzulaufen. Ich genieße ihre Nähe und fühle mich zu ihr hingezogen. Fast hätte ich ihre Hand genommen, aber das wäre zu früh und das würde auch gegen die immer noch geltenden Abstandsregeln verstoßen. Aber der Gedanke daran gefällt mir.

Wir verabschieden uns und vereinbaren kein neues Treffen. Aber wir wollen uns schreiben. Kaum im Hotel angekommen, lese ich schon die nächste Nachricht von ihr: *Danke für den leckeren Kuchen. Es war sehr schön mit Dir und ich habe es genossen.*

Schnell schreibe ich zurück: *Ich habe zu danken!*

Charlotte. Sturmfolgen.

München, 19. Oktober 2021

Wir verteilen ein Puzzle mit tausend Teilen auf dem Esstisch. Johanna hat die Randteile herausgesucht, die Emilia ohne viel Mühe, aber mit großer Begeisterung zusammenpuzzelt. Ich sortiere die eckigen Teilchen nach Farben. Emilia findet das Motiv richtig cool – ein Bild mit einem weiblichen Fabelwesen und zwei Babywölfen, die im Mondschein heulen. Die meisten Puzzleteile sind braun, hellbraun, dunkelbraun oder schwarz. Wirklich schwer. Nur die Stücke des Mondes in einem hellen Grau sind leicht zu finden.

»Schau, Emilia, hier ist noch ein Randstück«, sagt Johanna erfreut.

Emilia schnappt sich eilig das begehrte Puzzleteil. »Das kann ich gut gebrauchen«, antwortet sie fröhlich und probiert es gleich am unteren Rand aus. »Passt genau«, ruft sie vergnügt.

Ach, ich liebe diese herrlich ruhigen Abende mit einem Kaminfeuer in unserem schönen Haus. Sehr oft verbringt Johanna den Ausklang des Tages bei uns, insbesondere, wenn Tom eine Probe mit der Band hat und nicht zu Hause ist. Ich frage sie häufig, ob sie den Abend bei uns verbringen möchte. Am Anfang war es ihr unangenehm, sie zierte sich und ich musste zigmal beteuern, dass wir uns freuen, wenn sie kommt. Inzwischen bleibt sie gerne. Wir bereiten gemeinsam das Abendessen zu, spielen etwas und unterhalten uns. Sie hat die Möglichkeit, im Gästehaus zu schlafen, wenn es spät geworden ist. Und ab und zu nutzt sie das auch, wenn ihr Mann sie nicht zu Hause erwartet. So wie heute Abend.

Das Radio in der Küche ist an und ich singe die deutschen Schlager der achtziger Jahre leise mit. Plötzlich ertönt ein dumpfer Knall. Ich zucke zusammen. »Was war das für ein Geräusch?«

»Wahrscheinlich ist einer der großen Terrakotta-Blumentöpfe auf der Terrasse von dem starken Sturm umgefallen«, vermutet Johanna und blickt erschrocken in Richtung Küchenfenster zum Garten, von wo das Geräusch zu hören war.

Emilia blickt ängstlich zur Tür.

»Ich sehe nach, was das war«, sage ich entschlossen und erhebe mich vom Tisch. Die Jalousien sind schon heruntergelassen und ich betätige die kleine elektrische Fernbedienung, um sie zu öffnen. Vorsichtig entriegele ich die Terrassentür und ein heftiger Windzug drückt die Tür mit voller Wucht auf, so dass ich sie kaum festhalten kann. Es zieht und augenblicklich fegt eine Böe Puzzleteile vom Tisch. »Ach du meine Güte«, rufe ich erschrocken und schließe die Terrassentür sofort wieder. »Was für ein Sturm.«

»Heute Nachmittag wurde in den Nachrichten gemeldet, dass ein schlimmer Sturm über den Süden Deutschlands hinwegfegt«, erklärt Johanna aufgeregt. »Sie haben sogar eine Warnung für bestimmte Regionen ausgesprochen.«

»Ach, das habe ich gar nicht gehört«, antworte ich gelassen. »Das wird schon nicht so schlimm sein.« Damit setze ich mich wieder an den Esstisch und konzentriere mich auf die tausend Puzzleteile, während Emilia auf dem Boden nach den heruntergefallenen Stücken sucht.

Johanna lässt die Rollos wieder herunter und wirft noch ein Stück Holz in den Kamin. Im Radio spielen sie weiter die alten vertrauten Lieder aus meiner Jugendzeit.

Emilia setzt sich wieder zu uns und erzählt von ihren Freundinnen und Freunden, von Marie, Leonie, Sara und von Philip. Sie plappert fröhlich drauflos, während wir die Puzzleteile geduldig aneinanderreihen. Die Zeit verfliegt im Nu und es ist fast 22 Uhr, als ich Emilia ermahne, ins Bett zu gehen.

Auch Johanna lehnt sich zurück, betrachtet das zur Hälfte fertige Puzzle und schaut auf die Uhr. »Zeit für mich, schlafen zu gehen«, sagt sie und erhebt sich langsam vom Tisch.

Plötzlich klingelt es an der Haustür. Wer kann das sein? Erschrocken schauen wir uns an.

»Wartet bitte«, sage ich und gebe Johanna mit einem kurzen Blick zu verstehen, dass sie hier im Esszimmert bei Emilia bleiben soll. Ein Klingeln zu so später Zeit kann nichts Gutes bedeuten, denke ich und gehe mutig zur Tür.

Durch die seitliche Glasscheibe der Haustür kann ich zwei Personen in dunkler Kleidung erkennen. Die Bewegungsmelder haben das Licht außen eingeschaltet und ich erkenne, dass es Polizeibeamte sind.

»Tom!«, schießt es mir in den Sinn. Es ist etwas passiert, wird mir plötzlich bewusst. Noch bevor ich die Haustür öffne, bin ich mir sicher, dass etwas Schlimmes geschehen ist.

»Guten Abend, sind Sie Frau Stein?«, fragt eine junge Polizistin mit blondem Pferdeschwanz sachlich und ich erschrecke fast zu Tode. In der Dunkelheit sieht sie in Uniform und dem dunkelblauen Mundschutz wirklich zum Fürchten aus. Was will die Polizei?

»Ja«, antworte ich nur, es hat mir die Sprache verschlagen. Was ist bloß geschehen? Meine Knie beginnen zu zittern und ich suche mit der Hand nach Halt am Türrahmen.

»Ist Herr Thomas Stein Ihr Mann?«, fragt der andere Beamte. Ich nicke nur und bringe erneut ein fast wortloses »Ja« heraus.

Die Polizistin mit dem blonden Zopf sieht mich an. »Ihr Mann hatte einen schweren Unfall. Ein großer Baum ist auf sein Auto gestürzt. Es sieht nicht gut aus«, informiert sie mich sachlich und macht dann eine kurze Pause. »Nur knapp hat der Baum seinen Kopf verfehlt, aber das Dach des Autos wurde eingedrückt. Der nachfolgende PKW-Fahrer hat unverzüglich den Rettungswagen angerufen. Ihr Mann wurde mit einem Hubschrauber ins Klinikum gebracht«, erklärt sie dann weiter.

Ich starre die Beamten nur an. Was? Ein Unfall? Ich suche nach Worten, ringe nach Luft und presse meine Hand entsetzt auf den Mund. Ich will schreien, weinen, aber ich bekomme keinen Laut heraus. O mein Gott!

»Wenn Sie möchten, begleiten wir Sie gerne ins Klinikum«, bietet der Polizist an.

Ich nicke nur und bringe mühsam einen Satz hervor. »Warten Sie bitte einen Moment, ich komme sofort.« Tränen schießen mir in die Augen. Ich wende mich um und will zurück in die Küche gehen. Vor der Tür halte ich inne, atme tief durch und wische die Tränen aus meinem Gesicht. Ich muss stark ein, denke ich, für Emilia.

Erwartungsvoll schauen Johanna und Emilia vom Puzzle auf, als ich den Raum betrete.

»Was ist denn los«, fragt Emilia aufgeregt.

»Das ist die Polizei. Papa hatte einen Unfall und liegt im Krankenhaus. Ein Baum ist durch den Sturm auf sein Auto gestürzt«, bringe ich mühsam hervor und berichte kurz von dem weiteren Unfallhergang, den mir die Polizisten gerade geschildert hatten. Mit aller Kraft versuche ich eine möglichst sachliche Schilderung und verberge mein Zittern und meine Angst. »Die Polizisten werden mich ins Krankenhaus fahren«, beende ich meine Ausführungen.

Johanna ist entsetzt, steht auf, schaut mich mit besorgten Augen an und umarmt mich liebevoll. »Ach du meine Güte, aber es wird schon nicht so schlimm sein«, flüstert sie aufmunternd.

»Darf ich mitfahren?«, fragt Emilia aufgeregt.

»Nein, nein, Johanna bringt dich ins Bett und ich berichte dir morgen, wie es Papa geht«, antworte ich schnell, gebe ihr einen flüchtigen Kuss auf die Wange und verabschiede mich. »Gute Nacht, ihr Lieben.« Ich schnappe meine Jacke von der Garderobe, laufe schnell die Treppe nach oben und suche im Schlafzimmer und Bad mit zittrigen Händen ein paar Sachen für Tom zusammen.

Die Polizisten warten noch vor der Haustür, als ich das Haus verlassen, und ich bin froh, dass sie mich ins Klinikum fahren. Ich wäre viel zu aufgeregt, um selbst zu fahren.

Auf der Fahrt schildern sie mir noch einmal detailliert den tragischen Unfallhergang. Auf einer breiten, regennassen Landstraße sind durch den Sturm mehrere alte Kastanien umgefallen. Toms Auto war das Erste, das von einem dieser Bäume getroffen wurde. Er hatte Glück, die schwere Kastanie erwischte den Wagen nur im vorderen Bereich. Leider aber so, dass das Dach des Fahrzeugs nach unten gedrückt und Tom gefährlich eingequetscht wurde. Die Feuerwehr musste das Auto aufwändig aufschneiden, um ihn zu befreien. Er war ohnmächtig. Man brachte ihn mit einem Hubschrauber ins Krankenhaus. Über den Gesundheitszustand können mir die Polizeibeamten keine weiteren Auskünfte geben.

»O mein Gott«, denke ich flehend, »bitte lass ihn leben!«

Im Klinikum werde ich bis kurz vor die Intensivstation geführt und durchlaufe eine Vielzahl von Hygienestandards. Ich benutze Händedesinfektion, setze eine FFP2- Atemmaske auf und ziehe sterile, grüne Kleidung über. Eine junge Ärztin empfängt mich in einem kleinen Ärztezimmer und bietet mir einen Stuhl an. Das Licht ist dämmrig. Die Regale an den Wänden mit unendlich vielen schlecht sortierten Büchern wirken unruhig und spiegeln meinen Gemütszustand wider. Die Ärztin im weißen Kittel mit Plastik-Namensschild wirkt müde und hat wahrscheinlich schon eine lange Schicht hinter sich. Ich setze mich ihr gegenüber an den unaufgeräumten Schreibtisch und sie schildert mir sachlich den ernsten lebensbedrohlichen Gesundheitszustand.

Tom wurde in ein künstliches Koma versetzt. Die ersten Untersuchungen haben eine Schädigung der Wirbelsäule ergeben. Deshalb musste sein Körper zunächst völlig ruhiggestellt werden. Ich höre die medizinischen

Erläuterungen wie in Trance, kann gar nicht genau folgen und versuche mir doch alles zu merken. Meine Hände zittern und ich krampfe sie zusammen, um mir selbst etwas Halt zu geben.

»Wir können heute leider nichts mehr für Ihren Mann tun«, schließt die Fachärztin ihre ausführlichen Erklärungen. »Wir müssen bis morgen abwarten.«

»Darf ich zu ihm?«, frage ich kurz und sehe sie flehend an.

»Leider nein«, antwortet sie ein wenig zu sachlich. »Das wäre in der jetzigen Situation zu gefährlich. Wenn in diesem Zustand noch eine Corona-Infektion hinzukommen würde, könnte das für Ihren Mann überaus kritisch sein«. Sie steht auf. »Sie können ihn aber sehen. Kommen Sie bitte.« Sie steht auf und führt mich auf den Flur.

»Wir gehen in den Intensivbereich. Dort können Sie sich in dem an das Intensivbett angrenzenden Bereich noch etwas aufhalten, wenn Sie möchten. Durch eine Scheibe können Sie ihren Mann sehen«, erklärt sie nun etwas freundlicher und deutet auf die Bereiche mit blauen, gepolsterten recht modernen Stühlen und kleinen runden Tischen, die durch bodentiefe Plexiglasscheiben von den Intensivbetten getrennt sind.

»Es tut mir leid, aber so sind die Bestimmungen in der Pandemie. Ich bin froh, dass ich Ihnen immerhin den kleinen Aufenthaltsbereich in Sichtweite Ihres Mannes anbieten kann. Durch umfangreiche Umbaumaßnahmen wurde diese Möglichkeit geschaffen. Noch vor einem halben Jahr hätte ich Sie nach Hause schicken müssen. Da durften keine Angehörigen hier auf dieser

Station anwesend sein. Nicht einmal, wenn es Menschen noch schlechter ging als ihrem Mann heute.«

»Ja, danke«, antworte ich kurz und versuche ein Lächeln, das die junge Ärztin unter meiner Maske wahrscheinlich nicht sehen kann. Ich kann mir nicht vorstellen, dass es Menschen noch schlechter geht als Tom! Sie kann mich nicht trösten und ich bin nah dran, meine Bitte zu wiederholen. Aber ich will keinen Ärger machen und habe schnell eingesehen, dass es zwecklos ist, meine Anwesenheit am Intensivbett einzufordern.

Ängstlich schaue ich in den sterilen, funktionalen Raum der Intensivstation, in dem Tom leblos auf einem Bett liegt und erschrecke zutiefst. Mein Gott, denke ich verzweifelt und beginne leise zu weinen. Tränen rinnen über meine Wangen. Eine Vielzahl blinkender, medizinischer Geräte schüchtert mich ein.

Tom ist durch mehrere Schläuche mit zahlreichen medizinischen Geräten verbunden. Ein dünner Schlauch führt in seine Nase. Der Schlauch eines Beatmungsgeräts führt zu seinem reglosen Mund. Das leise Pumpen der Maschine ist zu hören. Daneben klingt in regelmäßigen Abständen wiederkehrend ein hoher akustischer Laut. Eine Intensivschwester in grüner Kleidung steht neben dem Bett und bedient einen Computer. Ihre Augen lächeln mich an und sie gibt mir ein Zeichen, dass alles gut ist. Oder zumindest meine ich, das an ihrem Blick erkennen zu können. Sie deutet auf den blauen modernen Stuhl und ich bewege mich leise darauf zu. Der Schock sitzt tief in mir. Heute Mittag war die Welt noch in Ordnung. So schnell ändert sich das Blatt. Ich habe Angst, möchte schreien, weinen, aber besinne mich und setze mich auf den Stuhl, ohne Tom aus dem Blick zu lassen. »Du musst es schaffen«, flüstere ich fast lautlos. »Bitte kämpfe!«

Nach einiger Zeit kommt die nette Intensivschwester zu mir und streicht mir besorgt über den Arm. »Sie können ruhig nach Hause fahren und morgen wiederkommen. Wir können heute nichts mehr ausrichten. Vielleicht schlafen Sie ein bisschen.«

Ich bin müde. Es muss lange nach Mitternacht sein. »Nein, nein«, antworte ich dennoch entschieden. »Ich bleibe.«

Meine Gedanken reisen von dieser hoffnungslosen Krankenstation zu den schönen Fotos auf unserem Kamin und zu den vielen wundervollen Urlauben, die wir gemeinsam miteinander erlebt haben. Wir führen eine gute Ehe. Glaube ich. Auf alle Fälle sind wir ein gutes Team und geben Emilia ein gutes Zuhause.

Jetzt, wo Tom so messerscharf hier am Rande des Lebens steht, frage ich mich, ob ich je richtig glücklich war mit ihm? Wie würde er die Frage beantworten? Liebt er mich eigentlich noch? Ist er glücklich in unserer Ehe? Wir haben lange nicht darüber gesprochen. Ich weiß nicht, wie es ihm geht. Hat er Sehnsüchte? Wünsche, Träume? Er beklagt sich nie. Er macht seine Arbeit und wir leben irgendwie in unserem schönen Haus zusammen. Stimmen uns ab, planen etwas gemeinsam. Aber Nähe? Liebe? Wir haben beim Kauf des Hauses getrennte Schlafzimmer eingeplant. Weil Tom meistens nach seinen Auftritten mitten in der Nacht nach Hause kommt. Nähe und Zärtlichkeit gehen dabei verloren, auch wenn wir uns das nicht eingestehen wollen.

Ob er mich schon betrogen hat? Als Schlagzeuger in einer Band hätte er bei seinen vielen Auftritten sicher Gelegenheit dazu. Ich hatte aber noch nie die Annahme dazu. Würde ich es überhaupt merken? Spürt man das als Frau? Keine Ahnung. Wir haben schon lange nicht mehr intensiv gesprochen. Wenn ich ehrlich bin, hatten wir auch schon lange keinen Sex mehr miteinander. Ich sehne mich auch nicht danach. Und Tom gibt keine Signale, dass ihm etwas fehlt. Irgendwie läuft das bei uns so. Aber es ist gut, wie es ist. Und es funktioniert.

Ich nehme mir vor, dass ich mal etwas Leckeres kochen werde, sobald er wieder fit ist, und dass ich ihn dann fragen werde, ob er glücklich ist. Ob er mich noch liebt?

Irgendwie gelingt es mir, auf dem Stuhl etwas zu schlafen. Ich lehne mich mal links, mal rechts auf die Lehne, dann lege ich meinen Kopf an die Plexiglasscheibe. Es ist früh am Morgen, als die Schwester mir noch einmal vorschlägt, nach Hause zu fahren. Dieses Mal stimme ich zu, bleibe noch einen Moment an der Plexiglasscheibe stehen, schenke der Krankenschwester noch einen besorgten Blick und verlasse den Intensivbereich. Im Ärztezimmer hinterlasse ich meine Handynummer und vergewissere mich, dass man mich wirklich informiert, sobald sich Toms Gesundheitszustand ändert, und verspreche, dass ich später wiederkommen werde.

Ich bestelle mir ein Taxi, das schnell eintrifft, und lasse mich müde nach Hause fahren. Mein Kopf ist leer. Ich bin erschöpft, kann nicht mehr denken und sehne mich nach einer Dusche und einer Tasse Kaffee und vielleicht nach ein paar Stunden Schlaf.

Es ist noch alles ruhig, als ich zu Hause ankomme.

Ich wasche meine Hände, mache mir eine Tasse Kaffee und ein wunderbarer Kaffeeduft erfüllt den Raum. Das ist besser als der Geruch im Krankenhaus, denke ich. Ich öffne die Jalousien und setze mich an den schweren Holztisch, auf dem das Puzzle noch unfertig liegt. Fein säuberlich sind die Puzzleteile nach Farben sortiert. Das Sortieren hat mir als Kind immer die meiste Freude bereitet, denke ich und schaue, ob ich noch ein Puzzleteil anlegen kann. Aber es gelingt mir nicht. Müde und kraftlos bleibe ich so noch einen Moment sitzen und wärme meine Hände an dem Kaffeebecher. Was für eine Nacht!

Charlotte. Lichtblick.

München, 20. Oktober 2021

Wie schnell sich das Leben ändern kann, denke ich angsterfüllt und muss weinen. Verzweiflung steigt in mir auf. Was, wenn Tom es nicht schafft, wenn er nicht mehr aufwacht? Was mache ich dann? Was sage ich Emilia? Das darf nicht geschehen! Das darf einfach nicht geschehen. Er muss es schaffen. Die Ärztin hat mir Hoffnung gemacht. Ich stütze mich darauf. Bitte kämpfe, Tom, mein Liebling, mein geliebter Tom, denke ich wieder und wieder.

Noch gestern um diese Zeit war das Leben unbeschwert und völlig in Ordnung. Wir hatten keine Sorgen. Es war lächerlich, dass wir uns über die Rhododendronpflanzen auf der Terrasse gestritten haben. Tom wollte die Pflanzen einpflanzen, damit er sie im Sommer nicht so viel wässern muss, und ich wollte, dass sie in den Töpfen bleiben. Verrückt war das, so unbedeutend und absolut unwichtig.

Ich höre Emilias Wecker im Obergeschoss und schaue auf die Uhr. 6:15 Uhr. Ich trinke meinen Kaffee aus, erhebe mich und stelle die leere Tasse auf die Spüle, bevor ich das Müsli für Emilia vorbereite und den Tisch decke.

Ich gehe langsam die Treppe ins Obergeschoss, überlege, wie ich Emilia die Situation erkläre, versuche, die richtigen Worte vorzubereiten. Geräuschlos öffne ich die Tür ihres Zimmers.

»Guten Morgen, mein Schatz«, flüstere ich und ziehe die Jalousien in ihrem Zimmer hoch. Die erste Morgendämmerung fällt zart in das fröhliche Mädchenzimmer, in denen die Farben Rosa und Pink immer noch überwiegen. An den Wänden hängen zahllose Fotos von Freundinnen und unbeschwerten Momenten. In einem Fischernetz sind sorgsam Erinnerungen, Bilder und Tickets von schönen Erinnerungen der letzten Jahre einsortiert.

Emilias Schreibtisch ist ein alter Holztisch, auf dem Stifte, bunte Hefte und Bücher unaufgeräumt herumliegen. Davor steht ein ergonomisch moderner Bürostuhl, auf dem sie ihre Kleidung für den heutigen Tag ordentlich parat gelegt hat. In der Mitte des großen Zimmers liegt ein kuschliger Teppich mit farbigen bunten Farbquadraten in kräftigen Farben, der sich unter meinen nackten Füssen sehr angenehm anfühlt.

Ich setze mich zu Emilia auf die Bettkante und streiche ihr die Haare aus dem Gesicht. Sie schläft fast noch und hat ihren uralten Zottelhund im Arm. »Guten Morgen, Mama«, sagt sie verschlafen. »Wie geht es Papa?«

Ich versuche, bei der Wahrheit zu bleiben, stelle es aber nicht ganz so schlimm dar, wie ich es empfunden habe. »Papa geht es nicht so gut. Er ist stark verletzt und soll sich nicht bewegen. Deshalb haben ihn die Ärzte in einen Tiefschlaf versetzt. Weißt du, im Schlaf bewegt man sich ja nicht so sehr«, erkläre ich und fahre fort: »Sie werden heute noch weitere Untersuchungen mit ihm machen. Vielleicht ist die Wirbelsäule verletzt. Das ist hier.« Ich fahre mit meiner Hand über ihre Wirbelsäule.

Sie kichert und zieht die Decke über den Kopf. Ich verzichte darauf zu erklären, welche Folgen eine Wirbelsäulenverletzung haben könnte. Ich möchte sie nicht beunruhigen.

»Wird er wieder gesund?«, fragt sie besorgt.

»Das hoffe ich. Wir müssen abwarten, bis alle Untersuchungen gemacht wurden. Erst dann sehen wir, wie schwer die Verletzung ist.« Wir sehen uns an, noch kann ich in ihren Augen keine große Angst erkennen. Ich umarme sie liebevoll und gebe ihr einen Kuss auf die Wange. »Dann steh mal auf, mein Schatz. Frühstück ist schon fast fertig. Ich fahre später noch einmal in die Klink. Johanna wird da sein, wenn du aus der Schule kommst. Ich rufe dich aber sofort an, wenn du zu Hause bist, und berichte dir, wie es Papa geht«, fahre ich schließlich so zuversichtlich wie nur möglich fort.

»Darf ich ihn besuchen?«, fragt sie, während sie sich im Bett verschlafen aufrichtet.

»Wir schauen mal, wie der Tag heute läuft«, antworte ich unverbindlich. Mir ist bewusst, dass der heutige Tag entscheidend für den weiteren Heilungsverlauf ist, aber ich möchte Emilia nicht ängstigen und ihr nicht die Tragweite der Situation erläutern. Außerdem möchte ich nicht, dass sie Tom so sieht, wie er gerade im Krankenhaus liegt. Leblos, mit Schläuchen an lebenserhaltende Geräte angeschlossen. Der Anblick würde sie sicher zu Tode erschrecken und sie würde ihn sicher nie vergessen. Sie soll unbeschwert zur Schule gehen und sich auf ihre Schulsachen konzentrieren.

»Wir schreiben heute Deutsch«, sagt sie aufgeregt und springt aus dem Bett.

»Dann beeile dich, mein Schatz, ich gehe schon mal

runter und warte mit dem Frühstück auf dich.« Ich wende mich zur Tür, zwinkere ihr zu und gehe.

Wieder in der Küche mache ich mir einen Toast und drücke noch einmal auf den Kaffeeknopf der Kaffeemaschine. Emilia kommt fröhlich die Treppe hinuntergesprungen. Sie trägt einen kurzen Minirock mit einer dicken Strumpfhose und einen übergroßen Kapuzenpulli in Knallgelb. Sie sieht toll aus. Die langen Haare sind offen und nur auf dem Kopf mit einer kleinen Spange zusammengesteckt. Schnell isst sie ihr Müsli und fragt noch einmal nach dem Unfallhergang, den ich ihr mit kurzen Worten schildere. »Ruf mich bitte auf jeden Fall an, wenn ich aus der Schule komme«, bittet sie.

»Natürlich, mein Schatz«, verspreche ich ihr.

Sie schnürt ihre dicken schwarzen Boots, schnappt ihren Rucksack und wirft mir einen Kuss zu.

»Mundschutz nicht vergessen!«, rufe ich. »Ich hab' dich lieb, mein Schatz«, rufe ich ihr vom Küchentisch aus zu.

»Hab ich. Ciao, ich dich auch, Mama«, ruft sie fröhlich zurück und verschwindet durch die Haustür.

Schnell springe ich unter die Dusche, bevor ich Johanna über die aktuelle Situation informiere. Die ersten Sonnenstrahlen durchdringen bereits den Morgennebel, als ich den Garten zum kleinen Gästehaus durchquere und den runden Messingring, der die Klingel ersetzt, dreimal gegen die dicke Holztür schlage. Es dauert einen Moment, bis Johanna öffnet. Sie telefoniert.

»Komm herein, meine Liebe«, begrüßt sie mich liebevoll, umarmt mich liebevoll und führt mich in den hellen Wohnbereich, den die Morgensonne mit einem wunderschönen, warmen Licht erfüllt. »Kleinen Moment bitte, ich telefoniere gerade mit Jannis. Bitte setz dich aber schon.«

»Kein Problem, und liebe Grüße an Jannis!«, rufe ich ins Telefon und stelle mir vor, wie sehr Jannis seine Johanna in der letzten Nacht vermisst hat. Johanna hat schon oft erzählt, dass Jannis nicht einschlafen kann, wenn sie nicht bei ihm ist. Er vermisst sie dann so sehr. Irgendwie gefällt mir der Gedanke.

Johanna beendet das Gespräch und begrüßt mich noch einmal herzlich. Sie trägt ein olivgrünes weites Leinenkleid mit einer langen Kette und einer kuscheligen langen, grauen Strickjacke, keine Schuhe und der orange Nagellack auf den Fußnägeln passt perfekt zu ihrem Outfit. Ihr dichtes Haar ist mittig auf dem Kopf mit einem roten Tuch zusammengebunden.

Die vielen Holzeinbauten strahlen in der Morgensonne. Dennoch brennen auf dem Tisch zwei dicke Kerzen, als wollte Johanna damit der Gemütlichkeit noch eine Krone aufsetzen.

»Möchtest du ein Glas Tee und ein paar frische Früchte? Ich frühstücke gerade«, sagt Johanna und führt mich zum Esstisch, auf dem Porridge und leckere Früchte auf edlem Porzellan für ein gesundes Frühstück angerichtet sind.

»Ja, gerne«, antworte ich erschöpft. In dieser liebevollen und gemütlichen Atmosphäre vergesse ich fast meinen Schmerz und verspüre sogar etwas Appetit.

Johanna holt ein weiteres blauweißes Gedeck aus dem alten Buffetschrank und gießt mir köstlich duftenden Tee in eine große Tasse. In dem dünnen, edlen Porzellan bekommt der Tee eine besondere Note und erfüllt den Raum mit einem feinen angenehmen Duft. Johanna setzt sich zu mir und sieht mich fragend an. »Wie geht es Thomas?«

»Es sieht ernst aus«, antworte ich bedrückt. »Wir müssen abwarten, wie sich sein Zustand in den nächsten Tagen entwickelt. Thomas wurde in ein künstliches Koma versetzt, um die Wirbelsäule zu schützen. Die Ärzte vermuten eine Stauchung der Wirbelsäule, aber sie konnten das Ausmaß noch nicht feststellen. Dazu werden heute weitere Untersuchungen und ein MRT gemacht. Sie vermuten außerdem innere Verletzungen«, berichte ich unter Tränen.

Johanna nimmt mich in den Arm und hält mich, während mir die Tränen über die Wangen laufen. Ich habe das Gefühl, dass ein Ventil geöffnet wurde. Die große Aufregung und Angst des gestrigen Abends, der Schock über die Unfallnachricht und die schlaflose Nacht erfassen mich plötzlich.

»Es wird schon alles gutgehen«, sagt Johanna sanft und streicht mir tröstend über den Rücken. »Thomas ist stark. Er wird das schaffen.«

Als meine Tränen versiegen, berichte ich ihr von den Informationen, die mir die Polizei zum Unfallhergang gegeben hat, und von den weiteren Gesprächen mit den behandelnden Ärzten.

»Du musst stark sein und daran glauben, dass alles gut wird. Schenk Thomas Kraft und Energie über deine Gedanken. Stell dir vor, dass er wieder laufen kann, wie er im Garten mit Emilia rumtollt und wie er seine geliebte Musik macht. Lass keinen anderen Gedanken zu. Schenke ihm die Energie des Lebens und glaube daran, dass er es schafft«, sagt Johanna eindringlich. Sie hat sich neben mich gesetzt und einen Arm auf meiner Schulter gelegt. Ihre Nähe tut mir gut.

Ich atme tief durch. Wenn das so einfach wäre. Viel zu viele meiner Gedanken erwachsen aus der Angst um ihn. Viel zu viele Gedanken sind mit Traurigkeit und Hoffnungslosigkeit verbunden.

»Lass es nicht zu, dass negative Gedanken überwiegen. Du bist die Schöpferin deiner Gedanken und nur du kannst sie steuern. Denke positiv, das ist das Einzige, was du tun kannst. Und bete«, fährt Johanna fort.

Beten? Wie lange habe ich schon nicht mehr gebetet? Ich weiß auch nicht, wann ich das letzte Mal in der Kirche war, und jetzt soll ich beten? Das ist absurd. Und doch, was kann ich anderes tun, als daran zu glauben, dass Tom wieder gesund wird?

Wir bleiben noch einige Zeit am Tisch sitzen. Ihr Arm ist immer noch auf meiner Schulter und streichelt mich sanft. Ich trinke den inzwischen lauwarmen Tee und wir sprechen noch ein paar organisatorische Dinge durch, bevor ich zurück ins Haus gehe. Emilia muss ein Mittagessen bekommen, die Einkäufe müssen erledigt werden. Wir überlegen, ob Tom im Krankenhaus etwas braucht, wenn er wach wird, was ich ihm mitnehmen könnte.

Dann verabschiede ich mich von Johanna, bedanke mich für den leckeren Tee und umarme sie noch einmal herzlich. Wie schön, dass wir sie haben, und wie schön, dass ich sie um Hilfe bitten kann, ohne ein schlechtes

Gewissen haben zu müssen. Und wie schön, dass ich mich auf sie verlassen kann.

*

Die folgenden Wochen sind geprägt von Hoffen und Bangen, von kleinen Schritten und verzweifelten Rückschlägen, vom Aufbäumen gegen das Schicksal und von der Zuversicht, dass alles gut wird. Ich fahre so oft es geht ins Krankenhaus. Immer wenn ich zu Hause bin, habe ich ein schlechtes Gefühl, weil ich nicht bei ihm bin. Ich habe Angst, dass etwas passiert, wenn ich nicht an seiner Seite bin. Daneben muss ich für Emilia da sein – Schulaufgaben, Klausuren, Verabredungen, Besuch beim Zahnarzt, Treffen mit Freunden. Alles soll seinen gewohnten Gang gehen. Für meine Arbeit finde ich keine Zeit, keine Ruhe. Es gibt einige Projekte, die ich einfach absage. Das wäre noch vor Wochen undenkbar gewesen. Wir haben uns finanziell noch nicht komplett vom Kauf des Bauernhauses und den umfangreichen Renovierungsarbeiten erholt. Es sind immer noch Rechnungen zu zahlen. Irgendwie müssen wir es schaffen. Daneben fallen nun auch Toms Einnahmen komplett weg. Er wird für seine Musik bezahlt, stellt in der Regal am Tag nach einem Auftritt eine Rechnung an den Veranstalter oder bei privaten Feiern an die Gastgeber. Termine müssen abgesagt und Lösungen gefunden werden. Eine turbulente Zeit zwischen Hoffnungslosigkeit und Verzweiflung, zwischen Schwarz und Weiß.

An die Geräte und Maschinen habe ich mich inzwischen gewöhnt. Ich war inzwischen so oft in diesem Intensivbereich, dass es mir keine Angst mehr macht. Und Tom erholt sich zu unserer Erleichterung recht gut.

Nach fünf Tagen im künstlichen Koma wird die Aufwachphase eingeleitet. Ich bin jede Minute an seiner Seite oder vielmehr hinter der Plexiglasscheibe und beobachte die Veränderungen seines Gesundheitszustandes mit Anspannung.

Es ist ein Segen und das größte Glück, als er zum ersten Mal seine Augen öffnet. Die Ärzte erlauben mir dabei zu sein. Seine Hand darf ich wegen einer möglichen Infektionsgefährdung nicht berühren, auch wenn ich es zu gerne getan hätte. Liebevoll lächelt er mich an, aber vielleicht bilde ich mir das auch nur ein. Ich bin so glücklich. Er hat es geschafft.

Nach wenigen Tagen, an denen Tom noch immer leblos auf dem Bett liegt und nur ab und zu kurze Wachphasen zeigt, gibt er durch schwache Handzeichen zu erkennen, dass er sein Handy und seinen Kalender haben möchte. Das ist ein Meilenstein auf dem Weg des Gesundwerdens. Die Ärzte konnten nicht abschätzen, inwieweit sein Gehirn beeinträchtigt wurde und ob es vielleicht Lücken im Gedächtnis und weitere Beeinträchtigungen gibt. Die Fragen nach dem Handy und seinem geliebten Kalender geben mir Hoffnung. Wenn er danach fragt, kann er sich wahrscheinlich auch erinnern.

Nach weiteren zwei Wochen, in denen wir erste mühevolle und liebevolle Worte miteinander sprechen, wird Tom in eine Spezialklink für Komapatienten in der Nähe von Landshut verlegt. Die Fahrt zu ihm ist dann zwar länger für mich, aber das Ärzteteam versichert mir, dass die Fachkräfte dort auf seine Bedürfnisse besser eingehen können und weitere gesundheitliche Fortschritte zu erwarten sind.

Es ist ein langer Weg. Tom macht kleine Schritte und wir sind voller Hoffnung für eine komplette Heilung. Nach einem detaillierten Plan finden Untersuchungen, Physiotherapien, Ergonomie und eine Reihe von weiteren Reha-Maßnahmen statt. Ich bin wann immer es geht an seiner Seite. Auf eine seltsame Weise schweißt uns der Unfall zusammen. Ich bin in meinen Gedanken immer bei ihm und wünsche ihm jeden Abend per WhatsApp eine gute Nacht und schicke ihm jeden Morgen einen lieben Gutenmorgengruß.

Die Zeit vergeht langsam und Johanna managt den Haushalt und Emilia großartig, während ich mich um Tom, unsere Finanzen und nebenbei um mein Immobilienbüro kümmere. Ich bin ständig erschöpft, schlafe wenig und bin immer im Stress.

Es dauert weitere acht Wochen, bis sich ein Normalzustand allmählich wieder einspielt. Tom wird in eine Rehaklinik überwiesen und dort findet der Aufbau seiner Muskeln mit einem leichten Krafttraining statt. In dieser Zeit brauche ich nicht ständig an seiner Seite sein und wir besuchen ihn nur am Wochenende. Auch Johanna begleitet Emilia und mich bei diesen Besuchen. Nach weiteren sechs Wochen haben wir es dann geschafft und ich kann Tom nach Hause holen.

Ich erinnere mich noch an meine guten Vorsätze aus der ersten Nacht im Krankenhaus. Ich werde mich um Tom bemühen. Werde unsere Ehe etwas aufpäppeln. Ihn vielleicht mehr wahrnehmen. Nähe finden und wir werden mal etwas Schönes zusammen machen. Wie mir das gelingen soll, weiß ich noch nicht. Und ich soll erst später merken, wie schwer dieser Vorsatz werden sollte.

Tom. Träume.

München, 24. Mai 2022

Der Wecker klingelt um 7.00 Uhr. Ich bin schon lange vorher wach und kann nicht mehr einschlafen. Wie so oft liege ich bereits um 5 Uhr morgens in meinem Bett und warte, bis der Tag beginnt und die Sonne das Leben erweckt. Die Minuten scheinen nachts langsamer zu verstreichen als am Tag. Und die Gedanken sind nachts dunkler als am Tag. Das empfinde ich nach meinem Unfall besonders. Immer noch schmerzen mein Rücken und die rechte Schulter dauerhaft. Am schlimmsten sind aber die Kopfschmerzen. Ein schlimmer, stechender Schmerz kommt plötzlich und es scheint mir der Kopf zu zerbersten, immer dann, wenn ich mich zu viel belaste. Aber was ist zu viel? Ich kenne die Grenze nicht.

Der Schmerz kommt plötzlich und ist dann so stark, dass ich mich nur in ein abgedunkeltes Zimmer legen möchte. Und dann brauche ich Ruhe. Ruhe. Ruhe. Wie Migräne sei das, sagte mein Arzt. Mit Medikamenten kann ich dauerhaft eine Besserung und Entspannung erzielen, aber das bedeutet auch eine dauerhafte medikamentöse Dosierung. Und das will ich nicht.

Insgesamt erhole ich mich nur schleppend von den Folgen des schweren Unfalls im letzten Jahr und finde nur langsam in mein Leben zurück. Das Schicksal hat es gut mit mir gemeint. Ich lebe noch. Das ist die gute Nachricht!

Es fällt mir zunehmend schwerer, den Alltag zu bewältigen. Körperlich ist das neue Leben eine große Herausforderung. Die normalen Abläufe des Tages bedeuten eine hohe physische Anstrengung für mich und ich stoße oft an meine Grenzen. Ein Auftritt mit der Band, wie ich ihn früher so sehr liebte, ist unvorstellbar für mich.

Auch wenn es jetzt in der Corona-Pandemie nur wenige Auftritte vor kleinem Publikum gibt, würde ich diese nicht schaffen. Zu anstrengend. Ich bin einfach noch nicht fit. Daneben gehöre ich jetzt zu den Risikopatienten und muss ganz besonders auf Abstands- und Hygieneregeln achten. Kontaktbeschränkungen nehme ich ernst und lege für mich einen strengen, fast schon peniblen Maßstab an. Ich vermeide soweit es geht Kontakte. Gehe kaum aus dem Haus. Treffe kaum Menschen. Lebe in meiner kleinen Welt. Ich will mein mir neu geschenktes Leben nicht leichtfertig und unüberlegt aufs Spiel setzen. Das ist nicht einfach, denn ich war es gewohnt, mich in der Masse der Menschen zu bewegen, vom Publikum gefeiert zu werden und einen nicht enden wollenden Schlussapplaus auf der Bühne zu genießen. Und jetzt? Stillstand. Lähmung. Stagnation.

Nur wenige Kontakte lasse ich zu. Mit den Jungs von meiner Band stehe ich im telefonischen Kontakt, oder sie kommen mal auf ein Glas Wein vorbei. Aber das ist selten und wird immer seltener, weil ich mich bei ihnen kaum melde.

Mein Geist scheint nach dem Unfall stark beansprucht, nicht so fröhlich und etwas schwermütig zu sein. Es nervt mich, dass ich nicht mehr so fix bin. Für alles brauche ich länger, weil mein Körper nicht mehr so mitmacht wie früher. Ich bin zehn Jahre älter als Charlotte, aber bisher spielte der Altersunterschied keine Rolle. Plötzlich scheint sich das Leben neu zu sortieren. Was gestern noch war, zählt heute nicht mehr, fühlt sich heute anders und falsch an.

Ich kenne Charlotte nun fast seit zwanzig Jahren. Nach einem Auftritt mit der Band stand sie allein am Tresen eines Veranstaltungslokals und trank eine Cola aus einer kleinen Flasche mit einem Strohhalm. Ich hatte gerade mit der Band den Auftritt beendet und holte mir ein kühles Bier an der Bar, als ich ihr quasi in die Arme lief. Schüchtern murmelte sie etwas von »Glückwunsch zu dem tollen Konzert« und lobte unseren Auftritt und ich erwiderte irgendeine Höflichkeit. Ich bin nicht gut darin, mit Frauen zu flirten, bin eher schüchtern, obwohl ich mein Leben lang auf Bühnen gestanden habe. Aber immer in der zweiten Reihe. Als Schlagzeuger sitzt du hinten. Hinter den anderen der Band. Hinter dem Sänger und hinter dem Mann am Keyboard. Meistens werde ich gar nicht wahrgenommen. So kommt es mir vor. Das ist meine Rolle und das zieht sich durch mein Leben. Die zweite Reihe einnehmen und nicht die erste.

An dem Abend, als ich Charlotte kennenlernte, redete sie irgendetwas Belangloses und ich ließ mich auf das Gespräch ein. Ich ließ mich auf sie ein. Sie sah toll aus, trug eine enge Bluejeans und ein kariertes offenes Hemd lässig über einem engen T-Shirt, unter dem sich ihre runden Brüste wölbten. Ihre blonden langen Haare waren vom Konzert verschwitzt und hingen strähnig in ihr Gesicht. Sie sah sexy aus, fand ich. An diesem Abend lud ich sie zu einer weiteren Coke und zu unserem nächsten Konzert ein. Und sie kam tatsächlich. Sie liebte unsere Musik: Rock, etwas Punk, manchmal Balladen und meine selbstkomponierten emotionalen Lieder. An diesem Abend tauschten wir Telefonnummern aus und ich verliebte mich in sie. Und ich liebe sie bis heute.

Mühsam stehe ich aus dem Bett auf und bin leise, damit ich Charlotte im Nebenzimmer nicht aufwecke. Ich werfe einen Blick durch die angelehnte Tür in ihr Zimmer und der Lichtstrahl des Flures fällt auf ihr Bett. Sie schläft friedlich und sieht engelhaft aus. Noch einen Moment bleibe ich in der Tür stehen, bevor ich leise die Buchenholztreppe in den Wohnbereich hinuntergehe. Inzwischen weiß ich, welche Stufen beim Auftritt knarren, und lasse diese aus, damit es nicht zu laut wird. Ich schalte das Licht in der Küche an, hole mir einen Orangensaft aus dem Kühlschrank und trinke einen Schluck direkt aus dem Tetra Pak. Geräuschlos nehme ich mir ein Glas aus dem Schrank, fülle es und setze mich an die Küchenbar, die wir gewöhnlich morgens für das schnelle Frühstück nutzen.

Die Küchenuhr an der Wand zeigt 5:31 Uhr. Viel zu früh, um aufzustehen. Mein Blick wandert durch den angrenzenden fast dunklen Wohnraum und bleibt bei den Urlaubsfotos auf dem Kamin hängen. Ich betrachte ein schönes Portraitfoto von Charlotte, das wir in unserem letzten Urlaub auf Mallorca gemacht haben. Sie sieht fantastisch aus und ihre Augen strahlen. Plötzlich wird mein Herz ganz schwer.

Charlotte ist mir fern. Ich spüre ihre Nähe nicht mehr. Nicht tags und nicht die Sehnsucht und das Verlagen in der Nacht. Sie ist mir so fern. Fern von meinem Herzen.

Wann habe ich sie verloren? Meine Charlotte. Wir waren so ein tolles Liebespaar.

Früher haben uns Freunde um unsere Liebe beneidet. Charlotte, die Businessfrau mit einem eigenen Immobilienbüro, und ich, ein sensibler kreativer Künstler, der nichts Anderes kann als Schlagzeug spielen und Lieder komponieren. Und dennoch hat sie genau das an mir geliebt. Und ich habe sie für ihr großartiges Organisationstalent bewundert und für ihren Geschäftssinn geliebt. Ich liebe ihre Freude und positive Lebensenergie, mit der sie durchs Leben geht. Klug schätzt sie Entscheidungen ab, überlegt immer den nächsten Schritt und plant blitzschnell eine Struktur für das weitere Vorgehen. Sie ist toll!

In ihrem Berufsleben hat sie sich im Laufe der Jahre einen wertvollen Erfahrungsschatz und ein breites Fachwissen über die Bewertung und Vermarktung von Immobilien angeeignet. Sie verfügt über ein weitreichendes Netzwerk und zahlreiche persönliche Kontakte zu langjährigen Kundinnen und Kunden. Und sie pflegt die Kontakte. Das ist ihre Stärke. Sie versendet Weihnachtskarten und oft handschriftliche Grüße oder einen Blumenstrauß zum Geburtstag. Charlotte liebt Menschen. Das ist ein Vorteil in ihrem Beruf. Das macht es anderen leicht, auch sie zu lieben. Viele Kundinnen und Kunden schätzen ihre natürliche und bodenständige Art und ihr freundliches Wesen. Damit hebt sie sich vom schlechten Image ihres Berufsstandes ab und ist mit ihrem Immobilienbüro sehr erfolgreich.

Wir waren ein tolles Paar. Ein großartiges Liebespar. Hatten aufregenden Sex. Waren fasziniert und total ineinander verschossen. Jetzt ist es in unserem Leben ruhiger geworden. Wir hatten eine Menge Ziele und wollten unbedingt dieses wunderschöne Bauernhaus umbauen. Wir haben die beste Tochter der Welt und sind wohl in der zweiten Hälfte des Lebens angekommen. Aus unserem Verliebtsein ist eine verlässliche Partnerschaft geworden. Alles funktioniert wunderbar und ist gut organisiert. Wie ein Schweizer Uhrwerk. Das ist Charlottes Verdienst. Wir sind so, wie meine Eltern und vielleicht auch deren Eltern waren. Wir sind so, wie ich es früher nie sein wollte. Nie!

Dennoch habe ich manchmal verrückte Ideen. Erst neulich habe ich davon geträumt, eine coole Segeltour vor Kapstadt zu machen und Südafrika zu erleben. Ich stellte mir vor, den großartigen Kruger-Nationalpark zu besuchen und die Big Five zu beobachten: Leoparden, Löwen, Nashörner, Elefanten und Kaffernbüffel. Ich malte mir aus, mit einem Wohnmobil die Traumstraßen der tollen Garden Route entlangzufahren und die malerischen Küstenstädte anzuschauen. Ach, das wäre es!

Ich habe Fantasien, die mit mir durchgehen. Manchmal spielt Charlotte keine Rolle darin. Sexuelle Fantasien, die ich nie mit ihr teilen würde. Das sind meine Gedanken. Es sind meine Sehnsüchte und Träume. Ich spüre dabei, dass ich ein Mann bin, auch wenn ich mich hier zu Hause nicht so fühle. Hier bin ich ein zuverlässiger Partner, ein guter Freund und ein liebevoller Vater. Ich will mich nicht beschweren. Bei wem auch? Das Leben hat sich so entwickelt und ich habe es zugelassen. Dafür gibt es keine Schuldigen.

Vielleicht ist die Corona-Pandemie etwas schuld daran.

Meine Reisepläne kann ich einstampfen, bevor ich sie wirklich zu Ende geträumt habe. Fernreisen in exotische Länder sind auch jetzt, mehr als zwei Jahre nach Beginn der Pandemie für mich als Risikopatient undenkbar. Damit muss ich mich abfinden. Damit muss ich leben. Es fällt mir schwer, das zu akzeptieren, und es macht mich traurig. Oft macht es mich so traurig, dass mir der Antrieb fehlt, den Tag zu bewältigen. Und ich schlafe schlecht.

Ich trinke mein Glas Orangensaft leer, erhebe mich mühsam und stelle es in die Spüle, bevor ich langsam die Treppenstufen zu meinem Zimmer hinaufgehe und in meinem Bett auf den Morgen warte. Heute habe ich um 11.20 Uhr einen Termin bei meinem Physiotherapeuten und vielleicht werde ich nachher noch den Rasen mähen, wenn es trocken bleibt.

In meinem Zimmer knipse ich die Nachttischlampe an und setze mich aufrecht auf mein Bett. Das Licht lässt einen schmalen Lichtkegel in den ansonsten dunklen Raum fallen. Oft nutze ich die Stunden am Morgen, um mit meinem frischen Geist Texte für neue Lieder zu schreiben. Dafür liegt ein kleines schwarzes Büchlein mit festem Einband und ein blauer feiner Stift unter meinem Bett. Ich hole beides hervor und überlege. Es ist still.

Es werden nicht immer Liedtexte. Manchmal sind es auch Gedanken oder Gedichte. Manchmal ist es wirklicher Mist, und manchmal ist es gut. Aber das ist egal. Meistens sieht es keiner.

Ich schlage das Buch auf einer wahllosen Seite auf und male eine kleine Blume an den oberen Rand der leeren Seite, weil ich noch nicht weiß, was ich schreiben soll.

Wo war er geblieben
der Mann
den er verstand
Der Mann
der mit seiner Kraft und Sehnsucht alles erreichen
konnte
Der Mann
der die Welt entdeckte und in Unbekanntes eintauchte
Nun saß er hier
Die Jahre hatten ihn weich gemacht
wie das Fleisch
das an ihm herabhing
Seine einstmals starken Arme
mit denen er den Rhythmus angab
waren erschlafft
Er war verständnisvoll und sanft
wollte stark und frei sein
Die Sehnsucht trieb ihn
weg von ihr
zurück zu sich
Sich spüren
auch mit Schmerz
sagte seine Seele
Er musste laufen
weit
weg

(Fanny Hill)

Maximilian. Der Verein.

Zürich, 18. Juli 2023

Das Büro ist leer. Es ist früher Abend, die Mitarbeiterinnen und Mitarbeiter unseres Fußballvereins *Red Lights* sind schon nach Hause gegangen. Ich bin erschöpft und knipse das Licht in dem gläsernen Neubau über meinem mit Schriftstücken überhäuften Schreibtisch an und sinke auf den schweren, ledernen Chefsessel. Wir haben die Büros des traditionellen Fußballclubs vor einiger Zeit mit modernen Regalsystemen ausgestattet. Die zum Teil geschlossenen Regale in Lichtgrau mit passenden Chromleisten sind zeitgemäß und fast schon mondän. Alles ist hell und freundlich. Es gab ein paar Diskussionen in der Geschäftsleitung wegen der modernen Möblierung, denn ich bestand darauf, meinen alten, dunklen Schreibtisch aus Kirschbaum, der mich schon mein halbes Berufsleben begleitet hatte, zu behalten.

An der Wand hängen bunte Wimpel, verblichene Fähnchen und gerahmte Fotos, die von der langjährigen Geschichte des Vereins und von unseren geschätzten Sponsoren erzählen. Damals war *Red Lights* noch auf Erfolgskurs. Es gibt sogar ein Foto im DIN-A4-Format mit mir und Angela Merkel, aber das ist schon etwas älter.

Wir haben gewonnen. Drei Punkte, fünfter Tabellenplatz. Das ist gut und gibt uns etwas Spielraum zu Tabellenplatz sechs. Damit spielen wir nicht um den Klassenerhalt. Unser Ziel ist das erste Drittel der Tabelle. Im letzten Jahr haben wir drei neue junge Spieler eingekauft, die großes Potential haben. Um die fußballerische Leistung des Fußballvereins muss ich mir keine Sorgen machen. Vielmehr bereitet mir die finanzielle Situation des Vereins Kopfschmerzen. Die Pandemie hat unseren Verein in den finanziellen Abgrund gestürzt. Wochenlang konnten wir keine Einnahmen generieren. Es gab keine Ticketverkäufe und keine Werbeeinnahmen. Selbst für Dauerkartenbesitzer mussten Lösungen gefunden werden. Die Gehälter laufen dennoch weiter. Natürlich sind sie viel zu hoch, aber wir haben die Jagd nach dem Geld jahrelang mitgemacht, sie stetig vorangetrieben. Das System ist absurd, unerklärbar und grotesk. Die Gehälter der Spieler sind auf ein horrendes Niveau gestiegen. Verträge mit gigantischen Ablösesummen wurden unterzeichnet. Schon Jugendliche verdienen Summen, die jeden Maßes entbehren und in keinem Verhältnis zu anderen Arbeitsverhältnissen stehen.

Keiner hätte je an eine Krise gedacht. Unser Club stand auf einer soliden Basis und genoss internationale Anerkennung. Mit den kalkulierbaren Einnahmen von Fernsehübertragungen, Spielerverkäufen, Sponsoren und Ticketverkäufen war ein florierendes Unternehmen entstanden. Bis Corona kam und sein Schwert mitten ins Herz unseres renommierten Fußballclubs stieß.

Zu Beginn waren wir überzeugt, dass wir Corona umschiffen könnten, dass wir nicht betroffen sein würden. Doch viel zu schnell breitete sich das Virus aus und es war eine der ersten Maßnahmen der Regierung, Großveranstaltungen und insbesondere Fußballspiele nicht mehr stattfinden zu lassen. Und auch die ersten Fußballspiele unseres Vereins fielen aus. Zunächst ganz, dann wurde unter starken Hygieneregelungen, aber ohne Zuschauer gespielt, ohne Shakehands, ohne Einlaufkinder und ohne Teamfotos und mit der Auflage, den Gesundheitszustand der Fußballspieler vor jedem Spiel zu testen und zu dokumentieren.

Unser Fußballverein konnte nur dank privater finanzieller Bürgschaften weiter bestehen. Sie sicherten uns die Liquidität weitestgehend. Die Spieler und das Management verzichteten auf Teile ihrer Gehälter, aber auch das konnten wir nicht lange aufrechterhalten.

Wegen der schwierigen finanziellen Situation des Clubs versuche ich nun Sponsoren zu gewinnen. In der Vergangenheit war das ein Klacks. Fußball gilt in der Schweiz als angesehener Volkssport und genießt ähnlich wie in Deutschland eine große Beliebtheit. Zwar konnten wir noch nie mit den großen deutschen Fußballclubs mithalten, dennoch waren unsere Stadien immer voll und die Fans standen mit einer besonderen Verbundenheit hinter uns. Die soliden kleinen und mittelständischen Schweizer Firmen trugen unseren Fußballverein finanziell. Farbige Werbebanner in den Fußballstadien versprachen eine hohe Aufmerksamkeit. Daneben begeisterten die Fußballspiele alle Gesellschaftsschichten und genossen eine gewaltige Akzeptanz. Das wussten die Sponsoren und es gab also gute Argumente für langjährige Werbepartnerschaften.

Doch die Corona-Krise brachte gerade den Klein- und Mittelstandsbetrieben einen harten Kampf ums Überleben. Viele Werbepartner brachen uns weg, da viele Unternehmen in Konkurs gingen. Unsere Verträge wurden von Insolvenzverwaltern abgewickelt. Nur selten wurden rückständige Beträge angewiesen. Ganz oft wurden die Verträge einfach aufgelöst, weil kein Geld mehr da war.

Letzte Woche hielt ich eine Rede bei einer Veranstaltung in Zürich. Ich sprach über Fußball, Teambuildingmaßnahmen, Erfolgsstrategien und fußballerisches Know-how mit dem Ziel, weitere Sponsoren für unseren Fußballclub zu gewinnen. Mehr als 250 Vertreterinnen und Vertreter von mittelständischen Unternehmen waren anwesend. Im Mittelstand war die Bereitschaft, den Verein zu unterstützen, bisher noch groß. Firmeninhaber der meist familiengeführten Unternehmen sind oft begeisterte Fans unseres Vereins. Doch auch bei dieser Veranstaltung war nun eine große Zurückhaltung zu spüren. Viel zu drückend sind die Sorgen der Unternehmen noch immer. Wahrscheinlich wird dieser Zustand auch noch lange anhalten. Natürlich muss es weitergehen. Doch die Unternehmen müssen erst wieder schwarze Zahlen schreiben, bevor sie in einen Fußballverein investieren. Das Kreditvolumen wurde in der Krise von vielen ausgereizt. Nur langsam nimmt die Wirtschaft wieder Fahrt auf. Nur langsam erholen sich die Unternehmen von den schwindelerregenden Ereignissen der letzten 3 Jahre und nur langsam fassen sie wieder Mut und investieren in die Zukunft.

Ich vermittle Leidenschaft, die Nähe zu unserm Club und baue persönliche Kontakte auf. Die Firmen erhalten den kostenlosen Zugang zur VIP-Lounge für alle Spiele, die besten Banden- und Werbeplätze und weitere Vergünstigungen. Eine Win-win-Situation. Ein Sieg für die Mannschaft bedeutet zwei Tage Freude und dann die volle Konzentration auf das nächste Spiel. Es ist Stress pur, ein Job im Haifischbecken. Die Phasen von Vorbereitung und Nachbereitung sind kurz. Keine Zeit, ein gewonnenes Spiel zu genießen. Nach einem Sieg trägt dich eine Welle der Euphorie, du fühlst dich einfach gut. Nichts ist erotischer als Erfolg. Du bist ganz oben, aber dann auch wieder ganz unten. Nur im Fußball sind die Höhen so hoch und die Tiefen so tief.

Ich erinnere mich an Zeiten, in denen wir Woche für Woche Niederlagen kassierten. Acht Wochen lang! So ein Zustand bringt dich an deine Grenzen. Du denkst, du musst den Sog aufhalten, aber es liegt nicht in deiner Hand. Der Druck wächst. Auch nach Jahren im Fußballgeschäft habe ich kein Mittel gefunden, diesem Druck zu entgehen. Du denkst, du musst dich ducken, es wird dich nicht erwischen, aber du schaffst es nicht. Wie eine Welle holt es dich ein. Du wirst nervös, suchst Schuldige, verurteilst unsinnigerweise Spieler oder Schiedsrichter oder haderst mit dem Fußballgott. Wenn es denn einen gibt. Niederlagen sind unfair. Meistens.

Natürlich habe ich mir eine gewisse Gelassenheit angeeignet und gehe in der Öffentlichkeit professionell mit Siegen und Niederlagen um. Aber im Inneren bin ich auch nur ein Mensch, verwundet, enttäuscht und gestresst, wenn es nicht so läuft, wie es laufen soll.

Mein Terminkalender ist voll. Wie immer. Ein Termin folgt dem nächsten. Jeden Tag, jede Woche. Momentan ist es besonders stressig, fast schon zu viel. Ich reise täglich und bin ständig auf Bahnhöfen und Flughäfen unterwegs. Es gehört zu meinem Beruf und ich liebe es so. Ich liebe das Leben, wenn es in Bewegung ist. Stillstand kenne ich nicht. Auch Erholung gönne ich mir nur recht selten.

Mit meiner Krankengeschichte und als Risikopatient in der Pandemie müsste ich das Reisen und die Begegnungen mit Menschen radikal reduzieren. Eigentlich. Mein Leben fand seit Jahren auf der Überholspur statt. Immer. Ich bin es gewohnt, in diesem Takt und mit dieser Geschwindigkeit zu leben. Und ich will es mit aller Gewalt. Gerade jetzt, wo meine Krankheit mich mehr und mehr einnimmt. Wo der Tod jeden Tag an der Türe klingeln könnte. Ich weiß es genau. Aber ich will LEBEN!

Ich spüre meine Krankheit. Jeden Tag, jede Nacht und nahezu in jeder Stunde, in jeder Minute. Die zunehmende Erschöpfung. Die grenzenlose Müdigkeit. Die Abgeschlagenheit. Das Unwohlsein. Kein Appetit. Meine blasse Haut. Durchfall von den vielen Medikamenten, die ich täglich schlucken muss.

Natürlich spüre ich, dass ich kürzertreten muss. Ich nehme auch weniger Termine als früher an. Es sind immer noch zu viele.

Sehr oft schon hat Nadja mir geraten einen Gang runterzuschalten. Weniger zu arbeiten. Im Garten auszuruhen. Früher nach Hause zu kommen. Weniger zu reisen. Gefleht hat sie. Gebettelt. Es liebevoll versucht, sauer reagiert und hitzige Schlachten mit mir ausgefochten. Auch von meinen Freunden höre ich diese gut gemeinten Ratschläge. Aber was soll ich machen, wenn ich nicht mehr arbeite? Im Liegestuhl warten, bis ich sterbe? Nein. Auf keinen Fall. Ich liebe meine Arbeit. Ich liebe meine Termine und die Begegnungen mit den Menschen dabei.

Und so lange es geht, werde ich mich nicht unterkriegen lassen und mein Leben so weiterführen, wie ich es genau jetzt mache.

Wir wollen in Zürich ein Nachwuchsleistungszentrum aufbauen, ähnlich wie auf Schalke. Die Planungen laufen schon seit Jahren und wurden während der Corona-Pandemie ausgesetzt. Heute habe ich die konkrete Umsetzung des Plans wieder aufgenommen und mir ein Spiel der U19 angeschaut, um zwei vielversprechende junge Spieler zu sichten. Gleichzeitig fanden zähe Verhandlungen für einen möglichen Spielertransfer mit dem Vorstand des Fußballklubs statt.

Die Jungs haben Talent. Alle. Die meisten trainieren hart, doch es ist ein langer Weg bis zur Bundesliga, den nur die wenigsten schaffen. Aber das Spiel findet nicht nur auf dem Rasen statt. Sehr schnell sind die jungen Spieler wertvolle Gesprächspartner für die Presse. Sie stehen im Rampenlicht und werden von Fans umjubelt und angehimmelt. Das muss gelernt sein. Hier lauern Gefahren für einen jungen, unerfahrenen Menschen. Dazu müssen die Leistungen stimmen. Der Druck wächst und die Konkurrenz untereinander ist enorm.

*

Vom Schreibtisch meines Büros habe ich eine wunderbare Aussicht auf die Stadt. Die getönten Fenster sind groß und bodentief. Ich lasse meinen Blick über die Dächer der Stadt schweifen. Die späte Abendsonne erzeugt eine märchenhafte Postkartenidylle. Alles ist friedlich und ruhig. Ich prüfe mein Postfach. Jede Menge Schreiben und Briefe liegen dort. Ich werde sie in den nächsten Tagen anschauen und schiebe sie in meine Aktentasche. Ich schreibe Charlotte einen lieben Abend-Gruß und dass ich an sie denke. Das zaubert ein Lächeln in mein Gesicht, auch wenn nicht sofort eine Antwort zurückkommt.

Dann schalte ich den PC ein und gebe bei Google »Leukämie« ein.

Irgendwann, es ist spät in der Nacht, nehme ich die Brille ab, reibe mir die Augen, schalte das Licht aus und den PC ab.

Ich fahre nach Hause. Das alte Gartentor rattert laut. Ich sollte es mal ölen oder nachschauen, warum das so ist, kommt es mir in den Sinn. Ich parke den wuchtigen SUV auf dem Außenstellplatz neben den üppigen Buchsbäumen. Leise öffne ich die schwere Haustür unserer repräsentativen Villa. Vor ein paar Jahren konnten wir mit etwas Glück dieses wunderschöne Anwesen mit dem herrlichen Garten und dem alten Baumbestand erwerben. Wir ließen das Dach in Naturschiefer eindecken und moderne weiße Sprossenfenster einbauen. Das Haus ist ein Juwel.

Alles ist ruhig. Geräuschlos hänge ich mein Jackett an die Garderobe und schleiche in die offene Wohnküche. In dem gläsernen Kaminofen glimmen noch die letzten Holzscheite und es ist schön warm hier. Nadja und Franzi schlafen wohl schon im Obergeschoss, wie ich es erwartet hatte. Ich öffne den großen Kühlschrank und finde eine Schale mit Kartoffelsalat. Er ist mit Essig und

Öl angemacht. Ich nehme mir eine Gabel aus der Schublade und esse im Stehen aus der Schüssel. Viel zu kalt.

Müde ziehe ich meine hellbraunen Lederschuhe aus und gehe in Socken lautlos die Treppe hinauf. Ich knipse kein Licht an. Der Mond scheint durch die Fenster und spendet genug Licht, dass ich den Weg auch so finde. Seit ein paar Jahren schlafe ich im ehemaligen Kinderzimmer von unserer großen Tochter Julia. Es sind genau sechs Jahre. Nachdem sie zum Studieren nach Berlin gegangen ist, bin ich im Mädchenzimmer eingezogen. Meine Frau sagt, sie fühle sich durch meine unregelmäßigen Reisen gestört. Sehr oft komme ich erst spät in der Nacht nach Hause oder muss morgens früh los. Das nervt sie und dann kann sie nicht wieder einschlafen. Das verstehe ich. Halbwegs. Und ich will sie ja nicht stören. Aber manchmal vermisse ich ihre körperliche Nähe. Manchmal vermisse ich die Wärme ihres Körpers. Und wenn ich es mir recht eingestehe, vermisse ich auch den Sex. Na ja.

Ich gehe kurz ins Bad und lege mich ins Bett. Was für ein Tag! Mein Blick fällt auf ein verblasstes Pferdeposter und ich versinke in einen tiefen, traumlosen Schlaf.

Charlotte. Wagnis.

Palma de Mallorca, 27. Juli 2023

Wir schreiben uns wundervolle Nachrichten. Jeden Morgen werde ich mit einem liebevollen Gruß geweckt und abends verabschiedet Maximilian mich mit zärtlichen Worten in die Nacht. Das macht mich glücklich und ich bin fast süchtig danach. Mein Handy ist mein ständiger Begleiter, denn so habe ich das Gefühl, dass Maximilian mir nahe ist.

Besuch mich doch auf Mallorca. Golf-Hotel Son Vida. Ich bin vom 26. bis 31. Juli dort, lese ich eines Morgens auf meinem Handy. Ich sitze allein am Frühstückstisch und wollte gerade abräumen. Ich fühle mich überrumpelt. Was für eine Einladung! Ich kann ihn doch nicht einfach so auf Mallorca besuchen. Was denkt er sich?

Das geht leider nicht, antworte ich kurz. Er weiß doch, dass ich Familie habe. Wie soll das funktionieren? Ich kann hier nicht einfach verschwinden und nach Mallorca fliegen.

Schade, es wäre bestimmt schön, kommt sofort seine Antwort zurück.

Bist Du ohne Familie da? Ohne Mannschaft? will ich es nun genau wissen.

Ja, nur ein paar Tage zum Ausspannen, erklärt er. *Du kannst also ruhig kommen. Wir legen uns an den Pool und gehen etwas Leckers essen.*

Das klingt wirklich verlockend. Ich habe schon lange nicht mehr an einem Pool gelegen und hätte richtig große Lust darauf.

Vielleicht kommst Du morgens mit einer frühen Maschine und fliegst abends spät wieder zurück, schlägt er vor.

Das ist verrückt, denke ich. Aber den Gedanken daran finde ich mehr als spannend. Der Flug von München nach Palma ist ein Katzensprung, dauert nur etwas mehr als zwei Stunden. Und vielleicht sind die Flüge günstig, weil immer noch nicht viele aufgrund der Pandemie nach Mallorca reisen. Soll ich es wagen? Für einen Tag nach Mallorca?

Ich überlege es mir, antworte ich unsicher, lege das Handy auf den Tisch und schiebe es seufzend von mir.

Der Gedanke an ein mögliches Treffen auf Mallorca geht mir den ganzen Tag nicht mehr aus dem Kopf und auch in der Nacht denke ich darüber nach. Wir könnten zum ersten Mal richtig viel Zeit miteinander verbringen. Das wäre mehr als eine Verabredung zum Kaffee wie vor einigen Wochen. Wir könnten uns wirklich kennenlernen. Ich habe so viele Fragen an ihn. Ich male mir alles in bunten Farben aus – Maximilian und ich in einem Restaurant, bei Kerzenschein und mit leckeren Tapas. Wir würden am Pool liegen. Wie schön ist das denn? Ich muss lächeln und mir gefällt der Plan mehr und mehr. Doch wie soll ich das organisieren?

Charlotte, was überlegst du denn da, ermahne ich mich selber. Was erhoffe ich mir davon? Ich bin glücklich verheiratet. Will ich das alles mit einem solchen Treffen wirklich aufs Spiel setzen? Was mache ich, wenn Tom davon erfährt? Wie soll ich ihm das erklären?

Andererseits könnte ich vielleicht einen Tag organisieren. Donnerstags ist Emilia lange in der Schule und sie könnte danach bei einer Freundin übernachten. Das machen die Mädels oft und es ist kurz vor den Ferien, da passiert nicht viel in der Schule. Tom hat donnerstags wieder Probe mit seiner Band und ich könnte vielleicht sagen, dass ich meine Eltern am Tegernsee besuche und den Tag mit ihnen verbringe. Das wäre zwar eine massive Notlüge und das habe ich noch nie gemacht, aber vielleicht wäre es eine Möglichkeit.

Morgens hin, abends zurück – das muss doch gehen. Nur um Maximilian zu treffen? Verrückt! Woher nehme ich auf einmal diesen Leichtsinn? Das darf ich nicht machen. Ich weiß, dass es falsch ist, und doch beflügelt mich der Gedanke und zaubert ein Lächeln auf mein Gesicht. Es nicht zu tun, würde ich sicher bereuen.

So denke ich hin und her. Ich kann nicht einschlafen. Ich stelle es mir schön vor. Irgendwie spüre ich, dass ich es machen muss. Der Wunsch, es zu tun, ist viel stärker als die Disziplin, es zu lassen.

Am nächsten Morgen wache ich schon vor dem Klingeln des Weckers auf und in meinen ersten noch verschlafenen Gedanken sehe ich Maximilian und mich auf Mallorca. Wir schlendern Hand in Hand an einem weißen Strand entlang und schauen uns verliebt an. Ich lächle bei diesem schönen Gedanken. Bin ich etwa verliebt? Oder ist es nur die Lust auf ein Abenteuer? Keine Ahnung, aber ich weiß jetzt sicher, dass ich den Flug nach Mallorca buchen muss.

Den gesamten Vormittag denke ich darüber nach, wie ich diesen abwegigen Plan umsetzen könnte. Ich kann mich nicht so recht auf die Fertigstellung eines Exposés einer Eigentumswohnung konzentrieren, beginne die Arbeit, hole mir einen Kaffee, mache mich wieder und wieder an den Text und kann keinen klaren Gedanken fassen. Gegen Mittag gehe ich in mein Büro, schließe die Tür und checke die Flüge von München nach Palma. Am Donnerstag sind sie teurer als gedacht, aber machbar. Ich wäge sämtliche Vor- und Nachteile gegeneinander ab, schiebe mein schlechtes Gewissen beiseite und dann traue ich mich. Ich drücke auf den roten Button »BUCHEN« und buche den Flug um 8.45 Uhr ab München und den Rückflug um 21.05 Uhr.

Ich sitze für einen Moment da und starre auf den Bildschirm. Boa, ich fliege nach Mallorca, denke ich aufgeregt, muss aber lächeln und freue mich plötzlich sehr darauf. Schnell will ich Maximilian die Neuigkeit mitteilen. *Ich komme am 27. Juli nach Mallorca,* schreibe ich nervös und bin gespannt, was er dazu sagen wird.

Oh, wie schön, ich freue mich sehr! Wann wirst Du ankommen? Ich hole Dich gerne vom Flughafen ab, wenn Du möchtest, kommt sofort seine Nachricht zurück.

Wow, er holt mich vom Flughafen ab, denke ich freudig, das ist ja klasse. Außer dem kurzen Treffen in dem Café in München und ein paar dutzend Nachrichten haben wir uns ja noch gar nicht kennengelernt. Und nun holt er mich vom Flughafen in Palma ab! Ich bin begeistert und freue mich riesig.

*

Palma de Mallorca, Spanien. Der Landeanflug ist rucklig. Ich hatte Glück und habe in der ausgebuchten Maschine einen Fensterplatz vorne bekommen. Der Mittelsitz ist aufgrund der zu beachtenden Abstandsregelungen nicht besetzt und ich trage einen Mundschutz. Ich drücke meine Nase unter der Maske neugierig an die ovale Scheibe und kann die trockene Landschaft mit den gewaltigen Olivenbaumplantagen und die kleinen Fincas aus Sandstein aus der Höhe sehen.

Wenig später durchlaufe ich ungeduldig die nervige Sicherheitsprozedur und die gewissenhafte Passkontrolle. Die quälende Frage nach der passenden Kleidung habe ich mit einer langen und viel zu warmen Jeans, Sandalen und einer weißen Seidenbluse beantwortet. Ein kurzer Rock befindet sich sorgsam gefaltet im Handgepäck. Außerdem habe ich heute früh bequeme Pumps in meine Reisetasche gepackt.

Ich trete aus der überfüllten, lauten Flughafenhalle, nehme unverzüglich meinen Mundschutz ab, weil es so warm ist, und brauche einen kleinen Moment, um mich zu orientieren. Hupende Taxis, Menschengewirr, staubige Mietwagen, eine Vielzahl weißer Kleinbusse mit bunten Werbeaufschriften und große Reisebusse lassen mich für Sekunden bewegungslos verharren. Hier scheint der Tourismus wieder in gewohnter Weise angelaufen zu sein. Nach wochenlangem Lockdown auf Mallorca 2020 blieben anschließend die Urlauber weg. Hotels und Restaurants mussten schließen mit der Folge, dass zahlreiche Flugrouten nach Palma gecancelt wurden. Heute ist das touristische Treiben hier am Flughafen so, wie ich es vor Corona-Zeiten kennengelernt hatte.

Ich bin nervös, neugierig und gespannt zugleich. Was wird mich erwarten? Ich weiß es nicht, ist auch egal, vor allem freue ich mich darauf, Maximilian wiederzusehen. Für den Bruchteil einer Sekunde schießt mir ein schlechtes Gewissen und der Gedanke an Emilia in den Sinn. Sie ist gut versorgt bei ihrer Freundin Marie und wird dort übernachten. Tom probt heute Abend mit der Band und kommt wie immer erst spät nach Hause. Ich werde wahrscheinlich noch vor ihm zurück sein. Egal.

Ich muss schmunzeln und fühle mich wie ein Teenager bei seinem ersten Urlaub ohne Eltern. Aber ich bin kein Teenager. Ich bin eine starke Frau, die normalerweise genau weiß, was sie will. Ich bin 42 Jahre, glücklich verheiratet, habe eine tolle Tochter, ein gut laufendes Immobilienbüro und stehe auf dem Flughafen von Palma, um einen Mann zu treffen, den ich vor ein paar Wochen zufällig kennengerlernt habe.

Verrückt muss ich sein. Völlig verrückt!

Ich warte vor dem Ausgang in einem blauen Panda, erscheint plötzlich eine Nachricht auf meinem Handy.

Ich folge der Menschenmenge auf den Vorplatz des Gebäudes und prüfe im Spiegelbild eines verschmutzten Fensters mein Aussehen. Durch meine weiße Bluse schimmert leicht mein BH. Die Sandalen sind flach. Meine blonden Haare sind lässig zu einem Pferdeschwanz gebunden.

Blauer Panda – ich schaue mich suchend um. Es wimmelt von kleinen Mietautos, die viel zu nah an mir vorbeifahren. Menschen rufen, winken und eilen umher. Ein Baby weint. Das laute Rattern der Kofferrollen kommt aus allen Richtungen. Wie um alles in der Welt soll ich hier einen blauen Panda finden? Ich gehe in Richtung Parkhaus. Die Sonne blendet mich und ich setze die Sonnenbrille auf. Nervös schaue ich auf mein Handy. Nichts. Ich bleibe vor dem Parkhaus in der Sonne stehen. Wenn er nicht kommt, würde ich ... Ja, was wäre, wenn er jetzt nicht kommt, kommt es mir plötzlich in den Sinn.

Da! Ein blauer Panda rollt auf der Straße langsam näher. O mein Gott, was mache ich hier? Ich winke. Der Wagen hält und ich laufe hinüber.

Er ist es und hält am Straßenrand. Ich bleibe stehen und spähe durchs Seitenfenster. »Hallo.«

»Hallo, bitte schnell einsteigen«, ruft er betont fröhlich und schaut mir entgegen. »Ich darf hier nicht parken.«

Ich öffne die hintere Tür, werfe meine Umhängetasche auf die Rückbank und springe vorn auf den Nebensitz. Er fährt langsam los. Im Radio läuft *A SKY FULL OF STARS* von *Coldplay*. Ich mag den Titel.

»Wie war der Flug?«, fragt er höflich und wirft mir beim Fahren einen schnellen Blick zu.

»Gut. Es hat alles prima geklappt«, antworte ich immer noch aufgeregt und betrachte ihn lange, während er das Auto sicher aus dem Flughafentumult manövriert.

Maximilian trägt ein weißes T-Shirt mit einem riesigen Schriftzug vorne. Eines von diesen Shirts, die man für ein paar Euro an jedem Strand kaufen kann. Ist das der stilvoll gekleidete Mann mit Anzug, Krawatte und buntem Einstecktuch, den ich in München getroffen habe?

Natürlich habe ich Maximilian gegoogelt, an jenem Abend nach unserem ersten Treffen, und ich habe unzählige Informationen erhalten. Es gab viele Einträge zu seiner Arbeit im Zusammenhang mit deutschen, schweizerischen und internationalen Fußballklubs, mit Fußballverbänden und Spielern. Seine Meinung ist unter

Fußballexperten gefragt. Er schwimmt nicht mit dem Strom der Funktionäre. Das beschert ihm in der Öffentlichkeit Anerkennung und in seinen Reihen einige Gegner. Dabei geht es um Geld. Es geht um den Transfer von Spielern und um Positionen in anerkannten Verbänden. Es geht um Macht und eine Zeitung schreibt sogar von Gier.

Ich habe auch einiges über die FIFA gelesen und nach einem direkten Zusammenhang zwischen seiner Person und der FIFA gesucht. Aber nein, eine Verbindung scheint es nicht zu geben. Aber ich fand zahlreiche Berichte und Interviews über die komplizierten Strukturen und Hierarchien im internationalen Fußballgeschäft. Ich habe von Korruption und dunklen Machenschaften gelesen und weiß nicht, ob er damit etwas zu tun hat. Hinweise gab es nicht. Mich interessiert der Mann im weißen T-Shirt neben mir.

»Aufgeregt?«, fragt er.

Ich schaue ihn an. »Ähmm, ja etwas«, gestehe ich zögernd. Soll er ruhig wissen, dass ich nicht so abgebrüht bin und so etwas öfter mache. Aber ich habe Lust auf dieses Abenteuer. Was soll schon passieren? Ich habe nichts zu verlieren. Oder doch? Egal! »Wohin fahren wir?«, frage ich.

»Ich zeige dir mein Hotel. Und wenn du Appetit hast, könnten wir gemeinsam etwas essen gehen«, schlägt er vor.

Ich spüre gerade alles, aber keinen Appetit. »Ja, sehr gerne«, antworte ich dennoch.

Wir plaudern über den Flug, das Wetter und die kleinen Orte auf Mallorca, die jeder von uns schon besucht hat.

»Schön, dass du da bist«, sagt er plötzlich, schaut mich an und lächelt.

Ich lächle zurück und blicke in seine Augen. »Ja, das finde ich auch.«

Wir fahren zum Hotel, ein wunderschönes historisches Gebäudeensemble im typisch spanischen Stil mit einem angrenzenden 18-Loch-Golfplatz. Es ist herrlich gepflegt, ausgesprochen sauber und sehr geschmackvoll. Und es ist wunderbar ruhig.

»Ach, ist das schön hier«, rufe ich begeistert, als wir davorstehen, schaue mich um und könnte gerade die ganze Welt umarmen. Es duftet herrlich nach frischen Sommerblüten. Die Sonne wärmt meine Haut. Es fühlt sich an, als ob ich in eine unwirkliche Welt abgetaucht bin. Von Corona ist hier nichts zu spüren. Gar nichts. Alles fühlt sich leicht und unbeschwert an.

Der prächtige Garten der Anlage mit üppigen Blumen, Hecken, und Sträuchern ist herrlich und liebevoll gestaltet. Eine wunderschöne rosa und weiße Blütenpracht bannt meinen Blick. Ich bleibe stehen, will gar nicht weitergehen und bin wie verzaubert von diesem grandiosen Anblick. Es ist wunderschön! Vorbeikommende Menschen grüßen uns freundlich. Niemand trägt eine Mund-Nase-Maske und wir auch nicht. Ich gebe Maximilian einen flüchtigen Kuss der Begeisterung auf seine Wange und lächle ihn strahlend an. »Es ist wirklich klasse hier.«

»Wir gehen zum Poolrestaurant«, schlägt er vor und lächelt zurück.

»Ja, gerne«, sage ich sofort, lasse mich einfach treiben, kann gar nicht alles aufnehmen, was gerade um mich herum geschieht. Ich war doch schon oft auf Mallorca, warum nur sind die Blumen heute schöner als an anderen Tagen? Warum riecht es heute besser? Hat die Sonne eine angenehmere Wärme?

Im Poolrestaurant suchen wir uns einen netten Platz abseits der anderen Gäste, direkt neben einem knorrigen Zitronenbaum. Ich höre das Summen von Bienen …

»Möchtest du vielleicht eine Suppe essen?«, reißt mich Maximilian aus meinen Gedanken.

»Was?«, ich sehe ihn überrascht an, dann lächle ich. »Ja, gerne.« Ich mustere ihn. »Warum bist du hier? Hast du berufliche Termine in diesem Hotel?«, frage ich und bin davon überzeugt, dass er hier geschäftlich unterwegs ist.

Aber er schüttelt den Kopf. »Nein, ich mache Urlaub. Ich fliege gelegentlich nach Mallorca, um etwas zu auszuspannen. Manchmal begleiten mich meine Töchter. Aber sie hatten diesmal keine Zeit.«

»Und deine Frau?«, frage ich neugierig.

»Auch keine Zeit«, antwortet er knapp. »Ich bin alleine hier.«

Ich habe das deutliche Gefühl, dass das Thema damit geklärt ist.

Ein netter Kellner mit indischem Aussehen und in komplett weißer Kleidung begrüßt uns nun überaus freundlich und wir bestellen zweimal Gazpacho, eine kalte spanische Suppe, und Limettenwasser mit Eis. Beschwingt serviert er unsere kühlen Getränke und Maximilian plaudert belanglos über das gute Wetter der letzten Tage und über die Vorzüge des luxuriösen Hotels.

Ich beobachte ihn dabei, ohne richtig zuzuhören, und muss lächeln – er sieht so gut aus! Abgelenkt esse ich die kühle Suppe. Sie ist wirklich köstlich, aber ich bekomme nur schwer etwas runter. Nun bin doch wieder aufgeregt und lasse lieber Maximilian reden. Was soll ich auch über mich erzählen? Mein Leben ist nicht spektakulär. Es ist schön und völlig in Ordnung. Es gibt nichts, was ich ändern würde. Oder doch? Lasse ich absichtlich ein paar Zweifel in meinen kurzen Ausführungen erkennen? Nicht bewusst. Aber hin und wieder stelle ich mein Leben ein klitzekleines bisschen infrage.

Ich weiß nicht, wie lange wir hier sitzen und erzählen, ich schaue auch nicht auf die Uhr und habe die Zeit vergessen, zu sehr bin ich getragen von einer freudigen Glückseligkeit. Meine Aufregung ist wieder verflogen und ich genieße jede Minute. Nur ganz am Rande nehme ich Urlauber wahr, die am Tisch neben uns Platz nehmen, etwas bestellen und wieder verschwinden.

Irgendwann nähert sich ein älteres, gut gekleidetes Ehepaar unserem Tisch. »Grüß Gott, Herr Lichtenstein«, grüßt der nette Herr freundlich und nickt auch kurz in meine Richtung, bevor er sich wieder Maximilian zuwendet. »Wie geht's Ihnen denn? Wir wollen ja nicht stören, aber was sagen Sie denn zum Bayern-Spiel am letzten Sonntag? Also, ich finde, die standen viel zu viel hinten drin und hätten eindeutig mehr nach vorne spielen müssen.«

Der sympathische Senior redet sich mit seiner subjektiven Betrachtungsweise des Spielverlaufs in Rage. Seine Frau nickt ungeduldig und zieht ihn am Ärmel. Es ist ihr offensichtlich unangenehm. »Komm, Hermann, lass die Herrschaften doch mal in Ruhe«, sagt sie mit bayerischem Akzent.

Ich lehne mich zurück und schaue interessiert zu, während sich Maximilian aufmerksam auf die Frage zum Fußballspiel des netten Herrn einlässt und geduldig seine Sichtweise des Fußballspiels erläutert. Ob jemand merkt, dass ich nicht einmal weiß, um welches Spiel es geht? Ich muss gestehen, dass ich die Sportseite meiner Tageszeitung als Letztes und wenn keine Zeit ist gar nicht lese. Heute früh hatte ich keine Zeit.

»Aber Sie haben durchaus recht und sie haben dennoch verdient gewonnen«, beendet Maximilian schließlich freundlich das Gespräch, gibt aber keinen Spielraum für eine Fortsetzung der Konversation und signalisiert mit einem Blick zu mir, dass das Thema nun erledigt ist.

Das entzückende Ehepaar verabschiedet sich höflich. Die Dame wünscht noch einen guten Tag und ich überlege, in welcher Beziehung sie mich wohl neben Maximilian sieht oder was sie sich denkt. Sehr vertraut sieht das hier mit uns aus.

Maximilian sieht jetzt wieder mich an, nur mich. »Ich habe zwei Liegen im Schatten für uns reserviert. Wollen wir hingehen?«, schlägt er jetzt vor.

»Ja, gerne, aber an einen Bikini habe ich nicht gedacht«, antworte ich zögernd. Die Vorstellung, mich im Bikini neben ihn auf eine Liege zu legen, behagt mir nicht. Mein Rückflug ist erst spät. Was hatte ich mir vorgestellt, mit ihm den ganzen Tag zu machen? Sonnenbaden ist für Mallorca in dieser Jahreszeit absolut selbstverständlich, aber irgendwie lag das gestern noch außerhalb meiner Vorstellungskraft.

»Dann zeige ich dir das Hotel«, schlägt er vor.

Erleichtert wegen diesem weitaus besseren Plan und

neugierig auf das schöne Hotel schlendere ich an seiner Seite am großen Pool entlang, durch den Sport- und Wellnessbereich, in dem einige Gäste ihren Workouts nachgehen, kurz durch die edlen Restaurants, um schließlich zu dem nahen Zimmertrakt zu gehen. Immer wieder begegnen uns Gäste, die uns höflich und freundlich grüßen.

Maximilian öffnet eine dunkle Zimmertür auf der dritten Etage und wir betreten eine wunderschöne, helle Suite mit flauschigem Teppichboden, dunklen Möbeln aus Mahagoni und sorgsam ausgewählten Accessoires in bunten Farben. Dicke, farbenfrohe Kissen mit großen Blumenmustern zieren das gemütliche Bett, über das eine strahlend gelbe Tagesdecke eng gespannt ist. In der Mitte liegen weiße Handtücher liebevoll zu einer Blume gefaltet. Darauf sind ein paar rosa Blütenblätter verstreut. Es ist großartig. Durch meine zahlreichen Urlaube habe ich schon in vielen erstklassigen Hotels übernachtet und immer wieder begeistern mich schöne Hotelzimmer und eine liebevolle Ausstattung.

»Es ist wirklich wunderschön hier«, schwärme ich und schaue mich um. Und dann frage ich mich, was ich hier auf Mallorca eigentlich mache, tagsüber in einem wunderschönen Hotelzimmer mit einem Mann, den ich toll finde, aber den ich kaum kenne. Und ich frage mich, ob mein Plan vielleicht doch nicht gut überlegt war und ob ich gerade eine große Dummheit mache. Nein, ich habe nicht vor, den Nachmittag mit ihm im Bett zu verbringen! Es soll keine Affäre werden und ich bin nicht nach Mallorca gereist, um mit diesem wirklich großartigen

Mann hier in intimer Zweisamkeit zu enden. Ganz sicher nicht. Also, was machen wir hier? Ich stehe mitten im Raum und sehe zu, wie Maximilian zur Balkontür geht.

Er öffnet die breite Balkontür und tritt hinaus. Ich folge ihm. Nebeneinander stehen wir da, vor uns ein atemberaubendes Panorama, die karge und doch liebliche Landschaft Mallorcas, und in der Ferne kann ich das blaue Meer sehen. Wir lehnen uns an das Geländer und lassen den Moment wirken.

»Was für ein wunderschöner Blick«, seufze ich irgendwann.

»Da drüben kannst du ein paar Schiffe sehen.« Er zeigt zum Meer. »Das da, ganz in der Ferne, ist eines von diesen riesigen Kreuzfahrtschiffen, die inzwischen wieder in Palma anlegen. Die Reisebranche hatte während der Corona-Krise besonders bei den luxuriösen Kreuzfahrtschiffen erhebliche Einbußen zu verzeichnen. Sie erholt sich nur langsam, weil die Menschen noch ängstlich sind und nur zögerlich solche Reisen buchen«, erklärt er.

»Ich würde auch noch keine Reise auf einem Kreuzfahrtschiff buchen, obwohl ich wirklich Lust dazu hätte. Gerade an Bord eines Schiffes scheint es mir problematisch, den erforderlichen Mindestabstand einzuhalten«, entgegne ich.

»Ja, du hast recht, obwohl die Reedereien versichern, dass die Reisen inzwischen wieder gefahrlos gebucht werden können. Na ja, was sollen sie sagen? Sie kämpfen um Gäste und versuchen mit attraktiven Reisezielen und günstigen Preisen das Geschäft anzukurbeln und das wird wohl noch einige Zeit so bleiben.«

Wir reden und reden und ich stelle unzählige Fragen. Was machen deine Kinder? Warst du schon oft hier? Was machst du so, wenn du hier bist. Erzähl mir bitte etwas von deiner Arbeit und, und, und … Er beantwortet sie alle und erzählt mir von sich, seiner Familie, aus seinem Leben. Ich merke, wie routiniert er darin ist, aber auch, dass seine Antworten aufrichtig sind. Sie sind spannend und alles ist mit etwas Humor versehen. Es macht Spaß, ihm zuzuhören.

Ich schaue ihn immer wieder an. Er gefällt mir. Ja, dieser Typ Mann gefällt mir. Er ist kein Macho, eher stilvoll und klassisch, nicht modern, sondern bodenständig, gebildet und humorvoll. Er ist sportlich, vielleicht ist dynamisch das bessere Wort.

Wir stehen noch auf dem Balkon, als im Zimmer mein Handy klingelt. »Oh, ich muss da mal ran«, entschuldige ich mich, springe ins Zimmer und suche meine Tasche, die ich achtlos beim Hereinkommen auf einen Sessel geworfen hatte. Es ist Emilia. »Hallo, mein Schatz, wie war die Schule?«, frage ich schnell.

Emilia berichtet kurz, dass sie jetzt bei Marie sei und sie in der Schule die Matheklausur zurückbekommen hätte. Stolz erzählt sie, dass sie eine Zwei geschrieben hat.

»Das freut mich wirklich, mein Schatz, toll gemacht. Herzlichen Glückwunsch«, lobe ich sie. »Dann wünsche ich euch einen schönen Tag, liebe Grüße an Marie und ihre Eltern, und wir sehen uns morgen nach der Schule. Ich liebe dich, mein Schatz.«

Etwas aufgewühlt drücke ich das Handy aus. Ich habe Emilia nicht gesagt, wo ich bin, und in der Unbekümmertheit ihrer Jugend hat sie zum Glück auch nicht gefragt. Ihre Mutter ist auf Mallorca und besucht einen Mann. Meine Güte, warum habe ich das gemacht. Ich fühle mich schlecht und habe ein superschlechtes Gewissen.

»Deine Tochter?« Maximilian tritt ins Zimmer und reißt mich aus meinen Gedanken. Ich kann ihn im Gegenlicht kaum sehen.

»Ja, Emilia ist heute bei ihrer Freundin Marie. Sie ruft nach der Schule immer kurz an, wenn ich nicht daheim bin. Es ist alles in Ordnung. Sie hat in Mathe eine Zwei«, berichte ich sachlich, ohne mir mein schlechtes Gewissen anmerken zu lassen. Ich betrachte ihn, er steht plötzlich dicht vor mir und ich spüre seine Nähe.

Er fährt mit der Hand sanft über mein Gesicht, über meine Haare und schaut mir tief in die Augen. »Du bist wunderschön«, flüstert er. Und plötzlich küsst er mich zärtlich. Ich spüre seine Lippen auf meinem Mund und erwidere seine sanften Küsse, während ich meinen Blick nicht von seinen Augen lasse. Behutsam streicht er mir dabei über die Schultern, über meine Bluse. Langsam führt er mich zum Bett. Er wirft achtlos die aus Handtüchern geformte Blume zu Boden und zieht mich sanft auf das Bett. Wir küssen uns, erst zärtlich und dann leidenschaftlicher. Er liegt auf mir. Ich spüre seine Erregung. Ich spüre seine leidenschaftlichen Küsse und gebe sie gierig zurück. Ich will … Und doch, nein, so schreit es in mir. Genau das will ich nicht. Wie dumm wäre es, nach Mallorca zu fliegen, um mich diesem Mann hier und jetzt hinzugeben? Nein, ich bin verheiratet, habe lange gesucht, bis ich mich endlich festgelegt habe. Ich kann doch jetzt nicht mit Maximilian im Bett landen und das alles gefährden.

Er spürt meine Unsicherheit, hält inne und rettet die Situation, als ob er von seinen eigenen Gefühlen ebenso überrascht ist. Er liegt neben mir, atemlos. »Lass uns etwas essen gehen«, schlägt er vor. »Ich habe heute früh einen Tisch in einem tollen Lokal hier in der Nähe reserviert.«

Ich bin dankbar für diesen Vorschlag, checke die Zeit und berichte von meinem geplanten Rückflug heute. »Zeit genug, um ein Restaurant aufzusuchen«, schließe ich, drehe mich auf die Seite, stütze den Kopf auf eine Hand und sehe ihn an.

Auch er wendet sich mir zu. »Du kannst gerne noch eine Nacht bleiben«, sagt er sanft. »Ich könnte noch ein Zimmer für dich buchen.«

Ich spüre mein Herz schlagen. »Nein, ich muss zurück, heute noch. Emilia wartet«, flüstere ich. Ich bin überzeugt, genau das Richtige zu tun.

Kurz darauf fahren wir zu einem kleinen Restaurant ganz in der Nähe. Ein typisch spanisches Lokal aus Backstein mit rustikalen dunklen Holztischen und einem wunderbaren Ambiente. Die Flammen der langen, weißen Kerzen flackern im Wind. Einheimische unterhalten sich laut, nur wenige braungebrannte Touristen haben den Weg hierher gefunden. Wir bestellen spanische Tapas, Hühnchen, Salat, Gemüse, Oliven und andere Köstlichkeiten. Das Essen wird auf vielen kleinen weißen Tellerchen serviert und ist vorzüglich. Das luftige Brot ist warm und in dicke Scheiben geschnitten. Der freundliche Ober serviert köstlichen schweren Rotwein.

Ich kann meinen Blick nicht von ihm lassen. Wir erzählen aus unserem Leben. Es ist wahnsinnig interessant, seine Geschichten zu hören. Wir lachen viel und ausgelassen. Es ist ein unbeschwerter Abend und ich vergesse die Zeit. Wir sind uns so nah und vertraut. Ab und zu bemerke ich, wie er hereinkommende Gäste kurz grüßt. Ob man ihn hier auch kennt? Sieht so aus.

Ein wunderschöner Abend geht zu Ende und ich bin ein wenig traurig, als er mich zum Flughafen fährt. Wir reden nicht viel im Auto. Anscheinend haben wir heute genug gesprochen. Ich fühle mich getragen von meinen Gefühlen und von den Schmetterlingen in meinem Bauch. Während der Fahrt nehme ich seine Hand, lege sie auf ein Bein und streichele sie sanft. Er schaut mich liebevoll an und lächelt. Wir verabschieden uns im Auto mit einem innigen und leidenschaftlichen Kuss. Ich wünschte, er würde nicht enden, und ich möchte auch nicht zurückfliegen.

»Bis bald«, sagt er zärtlich, als wir uns verabschieden. »Ich werde dich vermissen.«

»Ich werde dich auch vermissen«, antworte ich, schaue in seine Augen und ein tiefes Gefühl der Sehnsucht steigt schon jetzt in mir hoch. Ich steige aus und bleibe noch stehen, winke, sehe ihn davonfahren. Lange schaue ich dem blauen Panda hinterher, bis er verschwunden ist. Dann betrete ich gedankenverloren das nahe Flughafengebäude. Es ist spät geworden. Mein Flug wird bald aufgerufen. Ich muss mich beeilen.

Ich bin erfüllt, getragen von den wunderschönen Momenten und unvergesslichen Augenblicken dieses unglaublichen Tages. War das ein Traum oder Wirklichkeit? Es war so schön, ja, außergewöhnlich. Ich bin überwältigt von den intensiven Gefühlen. Was ist geschehen? Habe ich mich verliebt?

Ich bin gut angekommen. Danke für den schönen Tag, schreibe ich, als ich zu Hause müde ins Bett falle. Tom ist noch nicht da und somit kann ich in meinen Gedanken noch einmal den wunderbaren Tag genießen.

Ich habe zu danken. Es war so schön, dass Du da warst! Danke, dass Du den weiten Flug auf Dich genommen hast. Das werde ich Dir nie vergessen, schreibt er zurück.

Maximilian. Sichtweise.

Palma de Mallorca, 27. Juli 2023

Son Vida. Mallorca. Sie ist schlagfertig, nicht aufdringlich und ihre Nachrichten haben Witz und sind mit einem schönen Sprachgefühl formuliert. Außerdem verwenden wir keine Emojis. Das gefällt mir. Ich weiß nicht viel über sie. Fast gar nichts. Ich habe ihren Namen im Internet bei Google eingegeben. Sie hat ein Immobilienbüro in München. Eine Villa, ein paar schöne Häuser und Wohnungen werden auf ihrer Internetseite zum Verkauf angeboten. Die Internetseite ihrer Firma hat eine edle Aufmachung mit einem klassischen grünen Logo und einem feinen Schriftzug. Ausgefallene und interessante Immobilien.

Ich habe mir ein paar Tage Urlaub genommen. Wieder einmal. Sonne soll sich positiv auf meinen Gesundheitszustand auswirken. Ich versuche alle sechs Wochen nach Mallorca zu fliegen. Im Winter reise ich nach Gran Canaria. Zumindest war das in den letzten 2 Jahren auch trotz der strengen Corona-Auflagen möglich.

Nach meiner Leukämiediagnose vor gut zwei Jahren bestimmt die Krankheit mehr und mehr mein Leben. Sie ist präsent. Durch meine Müdigkeit. Durch mein Unwohlsein. Jeden Tag, jede Nacht, jede Stunde, immer. Ich habe zwei Blöcke Chemotherapie hinter mich gebracht. Die Blutwerte sind im Moment ganz gut und stabil. Mir geht's gut. In den letzten Jahren habe ich viel über diese Krankheit gelesen, mich für alternative

Medizin interessiert und einiges auf Anraten von Ärzten, Heilpraktikern und Freunden ausprobiert. Das Thema Leukämie gab es vor meiner Erkrankung in meinem Leben nicht. Es war weit weg. Niemals habe ich mir über Krankheiten Gedanken gemacht. Ich bin seit Jahren auf der Überholspur unterwegs. Vom Erfolg gekrönt, vom Leben verwöhnt. Jetzt sitzt mir das Sterben im Nacken wie ein dicker Elefant, den ich nicht bewegen kann. Ich versuche damit umzugehen, aber es ist schwierig. Nichts ist mehr, wie es war.

Ich nehme täglich eine Handvoll kleiner weißer, gelber und grauer Tabletten. Gewissenhaft. Nie vergesse ich eine Kapsel. Mit etwas Wasser. Vor dem Frühstück, zu den Mahlzeiten und vor dem Schlafengehen. Ich habe eine olle Plastikschachtel dafür, mit einer Aufteilung für die einzelnen Wochentage, wie man sie in den Krankenhäusern bekommt: MONTAG, DIENSTAG, MITTWOCH, DONNERSTAG, FREITAG, SAMSTAG, SONNTAG.

Das Gift mit dem Gift bekämpfen. Das ist lustig. Nein, es ist nicht lustig, sondern es ist lästig. Mehr als lästig. Die Einnahme macht mir bewusst, wie krank ich bin. Sie erinnert mich jeden Morgen und jeden Abend an meinen hoffnungslosen Zustand, den ich nicht verbessern kann. Eine Tablette für das Herz, eine für den Magen, eine zum Entwässern … Und die Vitamine A, B und D. Die gute Nachricht: Die Tabletten halten meine Krankheit in Schach. Ja, zurzeit geht es mir gut. Verhältnismäßig. Die schlechte Nachricht: Es gibt jede Menge Nebenwirkungen. Müdigkeit ist die schlimmste.

Ich kann meiner Arbeit nicht mehr mit der notwendigen Energie nachgehen. Aber ich kämpfe jeden Tag gegen diese Tatsache an. Denn ich liebe meinen anstrengenden Job und genieße es, in der Öffentlichkeit zu stehen. Ja, ich stehe gerne im Mittelpunkt. So ist das. Das mag ich. Da fühle ich mich wohl. Ich genieße die Anerkennung, die Wertschätzung der Menschen, die sich um mich scharen. Es erfüllt mich mit Stolz und ist mir eine Ehre. Menschen wollen mit mir zusammen sein. Ich bekomme zig Einladungen zur irgendwelchen Veranstaltungen. Man setzt mich gerne auf die Gästeliste. Es war ein langer Weg dorthin, ich habe hart dafür gearbeitet. So etwas kommt nicht angeflogen. Es ist ein fortlaufender Prozess und ich ernte nun die Früchte dieser Arbeit. Aber ich habe den Menschen auch etwas zu sagen. Ich habe einen klaren Sachverstand, liebe es, die Dinge einfach und transparent zu formulieren. Man muss Fakten sortieren und so einfach wie möglich erklären. Das macht meinen Erfolg aus. Deshalb mögen mich die Menschen.

»Hallo, Herr Lichtenstein, wie geht es Ihnen?«, höre ich zigmal, wenn ich unterwegs bin. Die Menschen kennen mich.

Der Vorstand einer großen Bank hat einmal gesagt: »Schließe nur die Geschäfte ab, die du verstehst.« Genau so praktiziere ich seit Jahren mein Business. So handhabe ich das mit allen Verträgen. Verstehe, was du tust, und es wird ein Erfolg. Dabei messe ich mit dem Maß der Menschlichkeit und der Fairness und natürlich mit dem klaren Verstand. Eigentlich ist es einfach.

*

Ich fliege wieder nach Mallorca. Hier buche ich immer dasselbe Hotel. Ich liebe es hierherzukommen. Ich mag die Leichtigkeit der Spanier und die freundliche, spanische Gastlichkeit.

»Venir aquí, señor! Por favor, señor!«

»Sí, sí.« Ich muss schmunzeln. Auch wenn ich nicht alles verstehe, fühle ich mich hier sehr wohl. Im Hotel werde ich häufig erkannt. Die Menschen grüßen freundlich oder reden mit mir über das Wetter und ganz oft über Fußball. Es stört mich nicht.

Ich habe mir den Leihwagen heute Vormittag an der Rezeption des Hotels organisiert. Abends bringe ich ihn wieder zurück, habe ich versprochen. Um 8:00 Uhr bin ich schon mit Paulo zum Tennis verabredet. Es ist heiß. Wir spielen lange, ich gewinne knapp. 6:4, 3:6 und 6:4. Schweißgebadet springe ich kurz unter die Dusche und gönne ich mir noch ein Getränk an der Poolbar. Dort schütte ich mir ein Ananaseiswasser über mein Poloshirt. Mist. Na ja, wird schon gehen. Zum Umziehen bleibt keine Zeit. Ich muss mich beeilen. Ich muss zum Flughafen. Der Fleck auf meinem Shirt trocknet zu einem krustigen, gelben Klecks ein. Nein, so kann ich sie nicht abholen. Der Blick auf die Uhr verbietet mir noch einmal aufs Zimmer zu laufen. Eilig gehe ich zum nahen Parkplatz, wo das Mietauto geparkt wurde, und fahre los.

Unterwegs stoppe ich den Wagen im Parkverbot. Der Laden für Touristen hat T-Shirts für fünf Euro. Ich nehme ein weißes. »I love Mallorca« steht vorne in fetten, schwarzen Lettern, mit einer Sonne in Gelb. Eigentlich nicht mein Stil. Egal.

Ich fahre weiter und spüre, dass ich bei den Gedanken an Charlotte etwas nervös werde. Wieder und wieder habe ich in den letzten Tagen an ihre dunklen Augen denken müssen. Sie sind schön, das hatte ich in dem Café in München schon gesehen und sie hat ein zauberhaftes Lächeln. Bei unserem Treffen in dem hübschen Café habe ich mich gleich in sie verliebt. Da waren dieser tiefe Blick in ihre schönen Augen, das intensive Gespräch und diese atemberaubende Nähe, die ich sofort gespürt habe. Ich wollte ihre Hand nehmen, habe mich aber nicht getraut. Sie lässt mich leben. Oder zumindest habe ich das Gefühl wieder zu leben. Ich spüre mich wieder. Ich habe Schmetterlinge im Bauch, wenn ich an sie denke. Es fühlt sich gut an. Es fühlt sich richtig an. Warum kommt Charlotte jetzt tatsächlich nach Mallorca? Warum besucht sie mich? In meinem Kopf male ich mir die schönsten Szenarien aus, träume die kühnsten Träume.

Ich bin rastlos durch mein Leben gerast, immer weiter, immer weiter und immer auf der Suche. Vielleicht habe ich jetzt das gefunden, was ich jahrelang gesucht habe. Vielleicht. Vielleicht bin ich aber auch nur müde und suche nach Ruhe. Kann Charlotte mir das Gefühl geben, angekommen zu sein? Finde ich bei ihr Ruhe? Oder ist es viel zu spät für mich? Darf ich noch nach Liebe und Glück streben? Oder will ich es einfach noch mal wissen? Ich empfinde Freude, Glück und Dankbarkeit. Darf ich mich nach Liebe sehnen? Jetzt noch? In meinen Gedanken fantasiere ich, wie es wäre, wenn ich mit Charlotte leben würde. Ist das abwegig? Total unrealistisch? Ich kenne sie kaum, aber jede Nachricht, die wir uns schreiben, trägt mich näher zu ihr. Meine Charlotte. In meinen Träumen bist du mir so nahe. In meinen Träumen liebe ich dich so sehr.

Darf ich es wagen? In meinem Zustand? Ich bin todkrank. Ich habe es ihr noch nicht einmal gesagt. Ich kann natürlich nicht erwarten, dass sie sich in mich verliebt oder mit mir leben will. Wer will schon mit jemandem zusammen sein, bei dem die Tage gezählt sind? Das kann ich wirklich nicht erwarten, es wäre töricht, egoistisch und dumm.

Aber dennoch, wenn Charlotte dazu bereit wäre, würde ich mich darauf einlassen. Ich würde mich von Nadja trennen. Ich würde mit Franzi und Julia sprechen. In meinen Gedanken male ich mir diesen Weg aus. Ich male mir meine Zukunft mit den farbigsten Buntstiften auf meinem gedanklichen Zeichenpapier aus. Meine Zukunft, meine jämmerliche Zukunft.

Ob meine Mädchen es verstehen würden? Nein, ich denke nicht. Sie lieben ihre Mutter. Sie würden mir vorwerfen, dass ich unsere Familie zerstöre, dass ich Nadja mit ihrer Krankheit und ihrer ungewissen Zukunft alleine lasse. Ich würde meine Töchter Franzi und Julia enttäuschen. Zu groß wäre der Schmerz darüber, dass ich sie verlasse. Nadja hat nur für unsere Familie gelebt. Sie hat ihren Beruf als Lehrerin an einer Grundschule an den Nagel gehängt, als Julia auf die Welt kam, und dann kam Franzi. Danach hat sie nicht mehr gearbeitet. Wir haben das damals so vereinbart. Das war unsere Familienplanung. Ich verdiene das Geld für unseren Lebensunterhalt, sie bleibt zu Hause und kümmert sich um die Mädchen und den Haushalt.

Und heute bin ich an diesem Punkt und würde einfach gehen, sie alleine lassen. Natürlich könnte sie das Haus behalten und wäre finanziell abgesichert. Um Geld müsste sie sich keine Gedanken machen. Sie könnte wunderbar leben, könnte kostspielige Urlaube machen wie bisher und sogar unsere Haushälterin weiter beschäftigen. Sie müsste nur ihr Leben in den Griff bekommen.

Vielleicht würden Franzi und Julia mich trotz ihrer Wut und Enttäuschung sogar verstehen. Wenn sie mir ihre Zustimmung geben würden, würde ich gehen. Einfach so. In ein neues Leben. In ein Leben voller Liebe.

Aber Nadja ist schwach. Ihre chronische Krankheit macht sie abhängig von mir. Ich hätte ein gutes Gefühl, wenn sich Franzi zunächst etwas um sie kümmern würde. Sie wäre für Nadja eine wertvolle Unterstützung, aber ich kann ihr nicht die ganze Verantwortung für ihre Mutter übertragen. Das geht nicht. Irgendwann würde auch sie zum Studieren aus dem Haus und vielleicht sogar in eine andere Stadt gehen. Und dann?

Unsere Lebensplanung sah ganz anders aus. Wir wollten an diesem Punkt unseres Lebens ferne exotische Länder bereisen, eine Finca auf Mallorca kaufen und das Leben genießen.

Tja, Dinge ändern sich. Und ich kann noch nicht einmal sagen, dass ein anderer Schuld daran trägt. *Ich* habe das Ruder in der Hand. *Ich* muss die Entscheidungen treffen. Aber zum Glück nicht heute.

*

Ich sehe Charlotte sofort. Toll sieht sie aus. Sie trägt

einen Pferdeschwanz und wirkt noch jünger, als ich sie in Erinnerung hatte. Die Sonnenbrille ist riesig. Die Jeans ist ein Stück nach oben gekrempelt. Keine schlechte Idee bei der Wärme. Eine Tasche mit wirren Fransen hängt lässig über ihrer Schulter. Sie ist der Typ Frau, den man sich noch einmal im Rückspiegel anschaut, nachdem man an ihr vorbeigefahren ist. Irgendwie sexy.

Ich rolle langsam mit dem Verkehr, sehe, wie sie sich umschaut, nach mir sucht. In meinem Kopf rasen die Gedanken: Was mache ich hier eigentlich? Muss ich ein schlechtes Gewissen haben? Nadja, kommt es mir in den Sinn. Nein, nicht daran denken. Ich wische die Gedanken fort wie lästige Brotkrümel auf einem Frühstückstisch. Mein Blick klebt an Charlotte. Sie ist attraktiv und ich habe den großen Wunsch, sie zu treffen. Ist doch nichts dabei.

Maximilian. Leukämie.

Zürich, 02. August 2023

Ich beende das Gespräch und lege den Hörer auf das Telefon in meinem Büro. Es ist fast Mittag. Mein Arzt hat mich gerade über das Ergebnis der Blutwerte informiert. Ich atme tief durch bleibe einen Moment am Schreibtisch sitzen und beschließe die Mittagspause außerhalb des Büros zu verbringen.

»Ich gehe bei *Robert* etwas essen. Sie können mich auf dem Handy erreichen, wenn etwas ist«, rufe ich Anne, meiner langjährigen Sekretärin, zu, nehme den Mantel von der Garderobe, setze den Mundschutz auf und verlasse eilig das Büro.

Nervös renne ich die Treppe hinunter zur Pforte. Ich bin immer angespannt, wenn der Anruf meines Arztes kommt und auch heute brauche ich etwas frische Luft nach dem Gespräch.

Kühle Luft strömt mir entgegen und ich eile zu dem kleinen Restaurant ganz in der Nähe, in dem ich freundlich vom Inhaber begrüßt werde. Mein Stammplatz ist frei. Ich desinfiziere meine Hände am dem Desinfektionsspender am Eingang des Restaurants und setze mich an den kleinen runden Tisch am Fenster. Sofort streife ich die Maske ab und bestelle gebratenen Lachs mit Reis und Gemüse und ein Wasser, ohne in die Karte zu schauen. Von hier habe ich einen wunderschönen Blick auf die kleine belebte Gasse, in der Passanten in wunderschönen Läden und Boutiquen bummeln und einkaufen.

Es war eine gute Nachricht: Meine Werte sind gut.

Stabil, fast unverändert. Die schonungslosen Parameter meines Wohlbefindens. Ich bin oft abgekämpft. Entkräftet. Ausgelaugt. Aber ich mache weiter, will nicht schwächeln. Mühevoll komme ich durch den Tag, gönne mir kleine Pausen, die niemand in meinem Umfeld bemerkt.

Der Kontakt zu Charlotte tut mir gut. Ich lerne viele Menschen kennen. Ab und zu überreiche ich eine Visitenkarte oder gebe meine Telefonnummer weiter, wie man das so macht. Daraus entwickeln sich lockere Bekanntschaften. Davon habe ich viele. Bei Charlotte war das anders. Sie ist besonders.

»Wie geht es Ihnen?«, ist eine Frage, die ich nicht mehr hören kann. Was soll ich sagen? Man erwartet ein »Gut«. Smalltalk.

Bei der Erwähnung meiner Diagnose und einer ehrlichen Darstellung meines Gesundheitszustandes schaue ich meistens in betrübte Gesichter. Oft erhalte ich dann lieb gemeinte Ratschläge über neue Therapien, gut wirkende Medikamente oder traurige Krankengeschichten. Vergessen ist meine großartige und anstrengende Arbeit der letzten Jahre. Vergessen sind meine großen Anstrengungen und Bemühungen, die verkrusteten Strukturen im nationalen und internationalen Fußball aufzubrechen. Vergessen ist das brillante Netzwerk mit kompetenten Experten und exzellenten Fachleuten aus dem Fußballgeschäft der ganzen Welt, das ich in den letzten Jahren stetig ausgebaut habe.

Plötzlich bin ich nur noch krank, hilflos wie ein Tiger in einem viel zu kleinen Käfig. Eingesperrt in einem kranken Körper. Schwach. Keiner fragt mehr nach Kompetenzen und Erfolgen. Sie lassen mich, schonen mich und tänzeln um mich herum mit mittleidigen und besorgten Blicken. Dann fühle ich mich nackt, hilflos und ohnmächtig. Das wollte ich nie. Das passt gar nicht in mein Leben.

Ein Patient auf dem Weg zum Sterben.

Erst neulich war ich mit Nadja bei meinem geschätzten Freund und Kollegen Andreas auf einem Sommerfest eingeladen. Uns verbindet eine berufliche und inzwischen sehr freundschaftliche Beziehung. Die Feier fand im großen Garten seiner Prachtvilla statt. Nach den Corona-Regeln waren 50 Gäste erlaubt. Eine mit weißen Hortensien geschmückte Treppe führte von der imposanten Villa mitten in den wunderschönen Garten, der von einer alten Buchsbaumhecke umsäumt und mit üppigen Blumengestecken, Lampions und weißen Luftballons geschmückt war.

Von der Freitreppe hielt der Gastgeber eine Begrüßungsrede und ging dabei fast zwanzig Minuten auf die für diese Feierlichkeit festgelegten Abstandregelungen und das Hygienekonzept ein. Alle geladenen Gäste wurden schon im Vorfeld registriert, um die Kontaktverfolgung sicherzustellen. Tanzen war verboten, ebenso Personengruppen von mehr als fünf Personen an einem Stehtisch.

Der Champagner wurde in riesigen Champagnerkübeln serviert. Es gab Flying-Buffet und ein cooler Jazzmusiker spielte auf und erzeugte eine chillige Atmosphäre, die wohl jeder Gastgeber auf seiner Party haben will. Viele der zahlreichen Gäste kamen aus dem Fußballgeschäft und waren mir bekannt. Sogar Vertreterinnen und Vertreter vom Fernsehen waren geladen.

»Wie geht es Ihnen, Herr Lichtenstein?«, fragte eine Pressevertreterin.

Wieder diese Frage! »Prima. Wunderbar!«, antwortete ich gut gelaunt.

»Ich habe gehört, dass Sie an Leukämie erkrankt sind. Das tut mir sehr leid. Sind Sie denn noch im Fußballgeschäft tätig?«

»JAAAAA!«, wollte ich schreien! JAAAA, denn ich lebe noch und bin noch nicht tot.

Ich habe es nicht gesagt.

»Ja, natürlich bin ich noch im Fußballgeschäft tätig. Mir geht es sehr gut«, war meine kurze und höfliche Antwort.

Früher hätten sich die Gespräche ausschließlich um Fußball gedreht. Um Spieler-Transfers, um hohe Ablösesummen und um Neuverpflichtungen. An diesem Abend wurde ich immer wieder gefragt, wie es mir geht und ob ich Beeinträchtigungen durch meine Krankheit habe. Beeinträchtigungen! Natürlich habe ich Beeinträchtigungen. Ich habe L e u k ä m i e ! Was denkt ihr denn? Es scheint wichtiger zu sein als meine Erfolge und meine fachliche Kompetenz. Ich habe mich darüber geärgert. Richtig geärgert und bin schon früh mit Nadja heimgefahren.

*

Der Kellner serviert den Wein und das Wasser, reicht mir den Corona-Kontaktzettel und reißt mich aus meinen blöden Gedanken.

Ich trinke einen kleinen Schluck aus dem dünnen

Wasserglas und streiche meinen Anzug am Ärmel glatt. Neuerdings trage ich bunte Einstecktücher, passend zur Krawatte. Ich bin nicht modisch, keinesfalls, aber ein Einstecktuch finde ich gut.

Zu Beginn meiner schrecklichen Krankheit wollte ich die Leukämie nicht wahrhaben. *Ich* sollte krank sein? Ich habe die steile Leiter des rühmenden Erfolgs in Windeseile bestiegen. Habe nie nach rechts und links geschaut, immer nur nach vorne. Mir sind Macht und Erfolg wie von selbst zugeflogen. Aber ich habe auch hart daran gearbeitet. Und ich habe es geliebt. Ich liebe es immer noch. Es ist die Sucht nach Anerkennung, die aber immer nur von kurzer Dauer ist und für die ich jeden verflixten Tag neu in den Ring steigen muss. Ich muss kämpfen, ich muss mich zeigen, präsent sein. Und ich muss gewinnen.

Ja, es hat seinen Preis und den zahlt die Familie. Meine liebe Frau, meine zwei wunderbaren Töchter, die quasi ohne ihren Vater aufgewachsen sind. Das ist in meiner Branche so. Der Job kennt keine Wochenenden. Das Wort »Sonntagsbraten« kommt im Wortschatz meiner Familie nicht vor. Auf unzähligen Hochzeiten und Feiern haben sie ohne mich getanzt. Ich war ein Schatten, ein Phantom, irgendwo unterwegs, aber nie am richtigen Ort. Alles war wichtiger. Ich musste die Welt retten. Dabei sein, wenn wichtige Entscheidungen im Verein getroffen wurden. Das ging nicht ohne mich. Wenigstens kam es mir so vor. Wie viele Schulveranstaltungen habe ich wohl verpasst? Auf wie vielen Kindergeburtstagen war ich nicht dabei, als meine Mädchen ihre bunten Geburtstagsgeschenke auspackten? Ich kann sie nicht zählen.

Die Gedanken daran schmerzen wie eine offene Schürfwunde, sie tun richtig weh. Sie lassen mein einsames Herz krampfen. So sehr, dass ich denke, keine Luft mehr zu bekommen. Ich Idiot. Womit habe ich mein Leben vergeudet? Warum habe ich nie die Zeichen erkannt? Zeichen, die mir sagten, was wirklich wichtig ist im Leben. Es muss sie doch gegeben haben, ich bin mir ziemlich sicher. Aber ich, Maximilian Lichtenstein, hatte nur den lächerlichen Fußball im Kopf. Wie dumm von mir. Wie unsagbar dumm und einfältig ich war. Dafür gibt es keine Entschuldigung, aber vielleicht finde ich eine unzureichende Erklärung. Ich weiß, es ist eine flehende Bitte um Verständnis. Ich will es wenigstens versuchen: Für mich ist Fußball eben nicht lächerlich. Er ist bedeutsam. Fußball ist mein Leben. Ich kann es nicht ändern. So einfach ist das. Ja, so ist das!

Fast unsichtbar und mit freundlichem Blick serviert der Ober den Lachs mit der Beilage auf einem rechteckigen weißen Teller. Der Ober kennt mich aufgrund meiner zahlreichen Besuche sehr gut und kann vielleicht einschätzen, dass mir gerade nicht nach Plaudern zu Mute ist. Vielleicht denkt er, was für ein seltsamer alter Kautz.

Vor ein paar Wochen habe ich meinen 60. Geburtstag gefeiert. Als ich jung war, nahmen Väter noch keine Elternzeit. Es war selbstverständlich, dass der Mann das Geld verdiente und die Frau sich um den Haushalt kümmerte und die Kinder versorgte. Heute erscheint es mir wie eine antike Stellungnahme aus einer anderen Zeit. Die Veränderung der Lebenskonzepte ist aber erst in den letzten Jahren rasant vorangeschritten.

Meine Frau zog die Kinder groß. Meine Hemden sind auch heute noch gebügelt, wenn ich meinen silbernen Koffer für kurze Aufenthalte zu Hause packe. Zwei Hemden, Krawatte, Unterwäsche, Waschzeug, Schlafanzug und neuerdings die erforderlichen Tabletten. Routine. Es funktioniert gut. Wir sind ein eingespieltes Team. Ich habe Nadja viel zu verdanken. Doch auch sie ist krank. Nadja hat seit einigen Jahren MS, Multiple Sklerose. MS ist eine Erkrankung des zentralen Nervensystems und verläuft in Schüben, die mehr und mehr die Körperfunktionen beeinträchtigen. Der letzte Schub kam vor ungefähr drei Jahren. Im Moment geht es ihr gut. Man weiß nie, wann der nächste Schub kommt, wie stark er ist und welche Körperfunktionen betroffen sind. MS kann zu Lähmungen führen. Es ist eine tückische Krankheit. Ruhe tut Nadja gut. Sie darf sich nicht aufregen.

Wir checken Termine. Ich gebe bekannt, wann und wo ich bin. Woche für Woche, Tag für Tag. Es gibt keinen Freiraum, keine Lücke im Terminkalender. Nur die wertvolle Urlaubszeit legen wir gemeinsam fest. Ab und zu kann ich Nadja zu einer Fernreise überreden. Ich fahre von Termin zu Termin, von Auswärtsspiel zu Auswärtsspiel. Oft reise ich mit der Mannschaft zu den Spielen oder ins Trainingslager.

Die Zeit im Auto nutze ich, um zu telefonieren. Matthes fährt und ich gebe Interviews, mache Telefonkonferenzen und führe Gespräche über Verträge mit Spielern und Spielerberatern. Matthes kennt mich, meine Arbeit und meine Familie. Matthes ist ein wichtiges Bindeglied in der Fremde. Er bekommt das Feedback nach einer

Veranstaltung, mit ihm teile ich die Emotionen. Alles diskret, versteht sich. Matthes ist ein Fels in der Brandung. Er hält sich zurück, gibt keine unerwünschten Kommentare oder Tipps. Er hört mir einfach zu. Und vor allen Dingen ist er loyal, trägt nichts nach außen. Eine großartige Eigenschaft, die ich zu schätzen weiß.

Kurz nach meiner Diagnose wandte ich mich hilfesuchend an alle möglichen Menschen in meinem Umfeld. Ich erzählte ihnen alles von meiner Krankheit. Ich suchte nach Erklärungen, Trost, Fakten, Wahrheiten, Heilungsmöglichkeiten, nach einem Wunder. Heute habe ich einfach nur Angst, unglaubliche Angst. Aber es bleibt bei mitleidsvollen oder hilflosen Gesichtern und lieb gemeinten, höflichen und distanzierten Genesungswünschen.

Ich will schreien! Hört mich hier keiner? Ich sterbe. Es verpufft in der Stille meiner Gedanken.

Wie in Trance zahle ich, gebe ein großzügiges Trinkgeld und verabschiede mich freundlich. Ich werfe dem Ober aber dann doch noch einen freundlichen Gruß und eine überschwängliche Handbewegung zu, als ich das Lokal verlasse. Müde laufe ich wieder zum Büro. Es wird ein langer Tag.

*

Am nächsten Morgen dreht sich das Rad weiter. Ein Termin jagt den nächsten. Ich habe ein Gespräch bei einem Hamburger Verein und eine Veranstaltung am Abend.

»Wir begrüßen herzlich Herrn Maximilian Lichtenstein, Sportmanager und internationaler Fußballexperte, und bitten um ein Statement zum Wandel im internationalen Fußballgeschäft«, moderiert mich ein junger Mann in einem dunkelblauen Anzug an.

Ich spreche über meine Lieblingsthemen, über Macht, Geld und Einfluss, über Kooperationen, Funktionäre, Sponsoren und über die Begeisterung für Sport. Ich spanne einen Bogen von den Spielern und der Talentsuche zu den Spielerberatern und den millionenschweren Transfers und rede immer wieder über Geld. Meine Meinung ist gefragt. Mit Leichtigkeit finde ich die richtigen Worte. Ich weiß, worauf es besonders ankommt und was die Menschen interessiert. Ich punkte mit Fakten, Zahlen, mit einem großen Wissen und wertvoller Erfahrung, die ich mir in langen Jahren angeeignet habe.

Die Menschen sind begeistert, ich ziehe sie in meinen Bann. Wie so oft. Der Veranstalter ist zufrieden, der Saal ist voll, na ja, die nach den Abstandsregelungen zugelassenen Plätze sind besetzt, und ich rede mehr als eine Stunde ohne Skript nach einem Plan, den ich mir in Gedanken auf dem Weg hierher zurechtgelegt habe.

Damals, gleich nach der Diagnose, nahm die Presse meine Krankheit auf wie die Steppe das Wasser nach einer langen Trockenheit. Beinahe jedes Detail erzählte ich, vieles wurde öffentlich gemacht. Darüber zu sprechen, half mir, mit der Leukämie umzugehen. Die Reaktionen meines Gegenübers beobachtete ich dabei genau. Finde ich Hoffnung? Kann mir jemand etwas über das Gesundwerden erzählen? Vielleicht erfahre ich etwas Neues? Gibt es eine neue Therapie, neue Medikamente?

Viele Journalisten sind mir vertraut, einige kenne ich

schon zwanzig Jahre oder länger. Die Zusammenarbeit lief stets fair, häufig beinahe schon freundschaftlich. Wenig Distanz. Das machte die Beziehungen besonders. Ich war zu Interviews bereit. Auch am Samstagabend, nach jedem Spiel. Ich äußerte mich über private Fragen. Warum nicht? Ich habe eine wunderbare Familie. Es gibt keine Skandale, kaum Tabus.

»Erzähl nicht so viel über unser Privatleben«, verlangte Nadja eines Tages. »Das geht doch niemanden etwas an.«

»Ach«, wehrte ich ab, »wir haben doch nichts zu verbergen«, entgegnete ich gelassen und machte mir keine Gedanken darüber. Bisher waren die Berichte über uns immer wohlwollend und ausnahmslos positiv und voller Anerkennung. Warum also sollte ich mich verstellen? Die Presse mochte mich und die Journalisten waren nicht aufdringlich. Sie waren es nie und sind es auch heute noch nicht. Ich versorge sie mit Informationen und sie bringen einen Bericht über unseren Verein. Das ist ein Geben und Nehmen in diesem Geschäft.

Erst viel später habe ich bereut, dass ich so ausgiebig über meine Krankheit berichtet habe. Es hat mich schwach und angreifbar gemacht. Plötzlich sahen die Menschen mich nur noch als einen kranken Mann und nicht mehr als erfolgreichen Manager, der in der Öffentlichkeit steht. Kann jemand, der so krank ist, seinen Job noch vernünftig verrichten? Ab einem gewissen Zeitpunkt spürte ich diese Frage in den Interviews ständig zwischen den Zeilen. Nein, sie sprechen es nicht aus. Das verbieten Anstand und Höflichkeit. Aber die bittere Tatsache steht im Raum – ich bin todkrank, verletzlich und kraftlos. Über die Krankheit zu sprechen wie über einen sonnigen Herbstspaziergang war ein Fehler. Das muss ich mir heute eingestehen.

Charlotte. Wahrheit.

München, 16. August 2023

Mein unaufgeräumter Schreibtisch platzt aus allen Nähten und ich verfeinere ein Exposé für den Verkauf einer Eigentumswohnung. Es ist gut und ich bin zufrieden mit meiner Arbeit, die mich den ganzen Vormittag beschäftigt hat – brillante Fotos, eine mit viel Sprachgefühl entworfene Beschreibung und der Preis der Wohnung ist dem Markt angemessen. Ich habe ein gutes Gefühl für den bevorstehenden Verkauf. Die Wohnung ist sehr schön, liegt in einer guten Wohngegend und ich gehe davon aus, dass es nicht lange dauen wird, einen Käufer zu finden.

Gewissenhaft überfliege ich noch einmal das Geschriebene und klicke den Button, um das Exposé in den gängigen Internetportalen freizuschalten. Go! In der Regel erhalte ich bis zum Abend des gleichen Tages die ersten Anfragen. Die Zinsen sind niedrig wie nie. Es ist einfach eine gute Zeit, um eine Immobilie zu erwerben. Allerdings lassen sich die Banken heute auf keine einhundertprozentigen Finanzierungen mehr ein, wie es noch vor wenigen Jahren der Fall war. Das haben sie aus der Krise im Jahr 2008 gelernt. Die Grunderwerbssteuer und die Kaufnebenkosten sind gerade in Ballungsräumen extrem gestiegen. Diese Kosten müssen bei der Finanzierung berücksichtigt werden und so verlangen Banken nicht nur 120 % Sicherheit, sondern auch ein Eigenkapital von dreißig bis vierzig Prozent. An diesen Hürden scheitern viele Finanzierungen. Junge Familien legen Ersparnisse heute nicht mehr auf Sparbüchern an. In der Regel werden Gelder langfristig für eine spätere Rente gebunden. Und die Beleihung genau dieser Werte wird oft von den Banken ausgeschlossen. Ich habe es mehrfach in den letzten Jahren erlebt, dass Kunden eine Immobilie kaufen wollten, aber kurz vor dem Notartermin an der Finanzierung scheiterten.

»Am Freitag habe ich einen Aufritt mit der Band.« Tom steht plötzlich neben meinem Schreibtisch.

Ich habe ihn gar nicht kommen hören und sehe überrascht auf. »Was hast du gesagt?« Ich schaue ihn an. »Sorry, ich war so in meine Arbeit vertieft«, entschuldige ich mich fast erschrocken.

»Wir spielen am Freitag mit der Band«, wiederholt er den mühevollen Versuch, mir einen weiteren Termin mit seinen Jungs von der Band schonend beizubringen.

»Aber das ist schon die dritte Veranstaltung in dieser Woche. Du wolltest deine Aufritte mit der Band doch reduzieren«, entgegne ich etwas ungehalten.

Er zuckt mit den Achseln und sieht mich entschuldigend an. »Ja, ich weiß. Es tut mir wirklich leid. Ein Freund feiert Geburtstag und eine andere Band hat kurzfristig abgesagt. Wir konnten nicht Nein sagen. Außerdem wird es gut bezahlt.«

»Schon in Ordnung«, erwidere ich sichtlich genervt.

»Ich bereite uns ein kleines Mittagessen zu. Hast du Zeit, zum Essen runterzukommen?«

»Ja, das ist lieb. Ich brauche noch 15 Minuten und komme gleich«, erwidere ich, blicke kurz auf und Tom verschwindet aus meinem Büro.

Die Band ist Toms Leidenschaft. Seit seiner Jugend spielt er Schlagzeug. Später schloss er sich mit guten Freunden zu einer Band zusammen. Sie nennen sich *Green Guitar*, sind erfolgreich und weit über die Stadtgrenzen Münchens hinaus bekannt. Sie spielen Partyschlager, fetzigen Rock und manchmal sanfte Balladen. Ich mag ihre Musik und habe ihn oft zu Auftritten begleitet.

Tom kommt nach den Auftritten oft erst in den frühen Morgenstunden nach Hause. Am Anfang konnte ich nicht schlafen, habe gewartet, bis ich den Schlüssel in der Tür hörte. Aber inzwischen habe ich mich daran gewöhnt.

Der Preis für seinen Erfolg ist das Alleinsein. Viele Abende habe ich alleine verbracht. Es macht mir nichts mehr aus, ich kann gut alleine sein. Trotzdem denke ich immer mal wieder, dass wir uns dabei verlieren. Ich habe früher noch gekämpft, gegen das Alleinsein, gegen die Band, gegen die blöden Aufritte und für unsere Beziehung. Den Kampf gegen die Band habe ich verloren, sie ist ein Teil von ihm. Das muss ich ihm lassen, das habe ich mittlerweile akzeptiert und eigentlich bin ich froh, dass er nach dem Unfall wieder spielen kann.

Und unsere Beziehung? Unsere Ehe? Tom ist ein liebevoller Vater und ein guter Ehemann. Er liebt mich. Nein, ich will nicht darüber nachdenken. Es ist gut, so wie es ist.

Vielleicht ist das der Grund, weshalb ich Maximilians Nachrichten spannend finde, dass ich mich bestätigt fühle und dass es mir ein gutes Gefühl gibt. Vielleicht ist ja noch Platz in der Schublade LIEBE. Vielleicht war sie nie richtig voll. Vielleicht spüre ich tief im Inneren den

Wunsch nach einer viel tieferen Liebe und nach Leidenschaft. Ich habe immer vermutet, dass es eine intensivere, leidenschaftlichere Liebe geben muss. Eine Liebe, die ich noch nicht erlebt habe. Bin ich auf der Suche? Nein. Sicher nicht. Aber jetzt spüre ich es, wie einen Sog. Ich kann und will es nicht aufhalten. Und ich lasse es zu. Allen Argumenten und meiner verfluchten Moral zum Trotz.

*

Ich habe ein Date mit Maximilian. Wir haben uns nach einem Termin bei einer Veranstaltung in seinem Hotelzimmer in München verabredet. Ich habe nicht abgelehnt, als der Vorschlag von ihm kam. Er erklärte, dass er bei einer Sportveranstaltung mit exklusiven Gästen als Gastredner für die Begrüßungsrede eingeladen sei. Er würde nur zu Beginn bei der Veranstaltung bleiben und wäre somit früh fertig. Er könne aber leider nie so genau sagen, wann ein solcher Termin zu Ende ist. Wenn die Zuhörerinnen und Zuhörer noch Fragen stellen, dauert es eben so lange, wie es dauert. »Aber du kannst ja in meinem Zimmer auf mich warten«, schlug er vor. »Ich benachrichtige dich, wie es aussieht.«

Die Aussicht, eine kurze Zeit mit ihm allein zu verbringen, gefällt mir. Nein, ich denke nicht an Sex. Ich will einfach mit ihm zusammen sein. Außerdem wäre eine Verabredung in einem Restaurant zu spät geworden. Und warum auch? Ich freue mich darauf, Maximilian zu treffen. Ich freue mich sogar sehr darauf!

Gut gelaunt durchquere ich zielstrebig die Lobby des

exklusiven Fünf-Sterne-Hotels und sehe in einem angrenzenden hell erleuchteten Veranstaltungsraum das geschäftige Treiben einer vornehmen Gesellschaft. Üppige Blumengestecke zieren runde Tische mit weißen Tischtüchern und aufwändig gedeckten Gläsern und Geschirr. Das muss die Veranstaltung sein, bei der Maximilian seinen Termin hat. Ich eile vorbei an Herren in dunklen Anzügen und Frauen in Cocktailkleidern, die mit heruntergezogenem Mundschutz an Stehtischen stehen und an Champagnergläsern nippen. Feine Leute, denke ich.

Die Aufzüge erblicke ich sofort. Ich springe hinein. Zimmer 323. Die Aufzugtür schließt sich und ich prüfe im Spiegel kurz mein Äußeres. Stiefeletten mit hohem Absatz, eine schwarze enge Jeans, eine dunkelgrüne Seidenbluse und einen cremefarbenen Kaschmirmantel lässig offen darüber. Sieht super aus, befinde ich. Ich bin total aufgeregt. Ich möchte mit Maximilian zusammen sein, seine Nähe spüren. Es ist mehr als Sex. Ich will es nicht darauf reduzieren. Natürlich könnte ich mit ihm schlafen, aber darum geht es nicht. Ich will Maximilian wirklich und intensiv kennenlernen, in seiner Nähe sein. Verstehen, wie er tickt, was er mag, worüber er sich Gedanken macht, wie er denkt und was ihn bewegt. Keine Ahnung, ob er das auch so sieht. Ist mir auch egal.

Ich klopfe zaghaft an der dunklen Mahagonitür mit dem goldfarbenen Knauf. Unverzüglich öffnet Max die Tür, umarmt mich lang und innig und küsst zärtlich meinen Mund, während wir Minuten einfach im Türrahmen stehen.

»Ich freue mich so sehr, dass du gekommen bist. Schön,

dass du da bist. Ich war schon früh fertig, aber die Veranstaltung läuft noch«, sagt er liebevoll und hält mich noch einen Moment fest. Dann fällt die Tür hinter uns ins Schloss.

Im Fernsehen läuft Fußball. Zärtlich streicht er mir über das Haar und nimmt mir meinen Mantel ab. Ich streife meine Stiefeletten ab und lege mich aufs Bett. Angezogen. Er bietet mir etwas aus der Minibar an und legt sich neben mich. Angezogen. Behutsam zieht er mich an sich und hält mich fest.

»Wer spielt?«, frage ich.

»Bayern München gegen Borussia Dortmund, Champions League«, kommt es knapp zurück. »Schön, dass du gekommen bist.«

Ich lächle ihn an. »Ja, finde ich auch.«

Den Spielstand kann ich am oberen Bildrand sehen, so dass sich jede weitere Frage erübrigt. Wir schauen Fußball.

Ich schließe die Augen. Wenn es Glück gibt, dann erlebe ich es genau hier und jetzt. Einfach weil ich in seinen Armen liege, steigen meine Glücksgefühle in völlig neue Dimensionen auf. Wie kitschig, denke ich. Dabei läuft Fußball im Fernsehen. Ich bin doch gar nicht so romantisch, finde aber keine anderen Worte für dieses Gefühl. Ich überlege, wie ich es sonst nennen könnte. Mein Gehirn überschlägt sich, doch es bringt kein passendes anderes Wort hervor. Ich muss grinsen und gebe ihm wortlos einen Kuss auf den Mund.

»Alles in Ordnung?«, fragt er abwesend.

»Ja, ja«, antworte ich verliebt.

Er schaltet den Fernseher aus. Ich schaue ihn an.

»Was ist das für eine Veranstaltung hier im Haus?«, frage ich.

»Der Vorstand der Sportbekleidungsfirma EXSPORTSS ist heute hier. Ich bin zweimal im Jahr bei diesen Veranstaltungen dabei und habe einen Beraterposten.«

»Und wie war es?«

Er seufzt und sieht müde aus. »Gut. Ich habe nur das Grußwort gehalten und ein paar Leute begrüßt. Die Firma schreibt nach der Krise wieder schwarze Zahlen. Wir haben im letzten Jahr mithilfe von Beratern herbe Umstrukturierungsmaßnahmen in dem Unternehmen vorgenommen. Das hat zunächst zu einer großen Unruhe im Unternehmen geführt. Leute mussten entlassen werden. Inzwischen ist jedoch ein Aufwärtstrend zu verzeichnen. Ein langer Prozess, aber die Verantwortlichen zeigen sich jetzt zufrieden.«

Ich höre aufmerksam zu und schaue ihn an.

»Weißt du eigentlich, dass ich krank bin?«, fragt er plötzlich. Ich schaue ihn erstaunt an. »Nein!«, sage ich erschrocken und ich erinnere mich daran, dass Johanna das ganz zu Beginn erwähnte, als ich ihr von Maximilian erzählte. Ich hatte nicht mehr drüber nachgedacht. Hatte es vergessen und auch nichts im Internet darüber gefunden. »Was ist los?«

Es ist ruhig hier im Zimmer. Ich habe das Gefühl, wir sind allein auf der Welt. Nur er und ich.

Er nimmt meine Hand und schaut mir in die Augen. »Ich habe Leukämie – CLL«, sagt er schonungslos, als ob es das Normalste der Welt wäre.

»Was?« Ich bin erschrocken, völlig unvorbereitet trifft mich diese Nachricht.

»Ich dachte, du hast es vielleicht schon irgendwo im Internet gelesen«, antwortet er erstaunt.

»Nein, nein, ich habe das nicht gewusst«, stammele ich völlig überfordert. »Wie schlimm ist es?«

»Ich habe bereits zwei Chemotherapien hinter mir. Im Moment sind die Blutwerte stabil. Mir geht es recht gut. Ich bin nur immer müde und schnell am Ende meiner Kräfte, die ich mir sorgsam einteilen muss. Und ich brauche eine Menge Medikamente und viele Erholungspausen. Daher bin ich auch nicht unten bei der Veranstaltung geblieben.« Er seufzt tief.

Ich erstarre fast bei seinen Worten.

»Bei einer Routineuntersuchung ist das festgestellt worden. Die Ärzte haben gesagt, sie könnten es nicht stoppen. Vielleicht eindämmen. Und das versuchen wir gerade.«

Boa, Tränen schießen mir in die Augen. Leukämie. Das ist ein Todesurteil. Da kommt man nicht mehr raus. Ich versuche mich zu beherrschen. Bleib ruhig, Charlotte! Lass dir dein Entsetzen und deine Angst nicht anmerken!

»Ach du meine Güte. Das tut mir leid!«, bringe ich mühsam hervor und versuche mir die Wucht der Offenbarung nicht anmerken zu lassen.

»Ich hoffe, du kannst die Krankheit besiegen«, versuche ich etwas Zuversicht zu vermitteln, was mir nicht besonders gelingt. Glaube ich. »Hast du Schmerzen?«

»Nein, habe ich nicht. Zum Glück. Meine Blutwerte sind recht stabil. Aber schlimmer als die Diagnose ist das Bewusstsein, dass mich diese Krankheit einnimmt. Immer mehr. Sicher gibt es Menschen, die sind weitaus schlimmer dran als ich. Sie haben Operationen und Chemotherapien hinter sich und trotzdem keine Chance. Ich habe alternative Medizin versucht und gerade mit einem Naturheilverfahren begonnen. Das kann die Krankheit nicht heilen, aber immerhin gut in Schach halten, sagen die Experten. Mal schauen. Ich gehe regelmäßig zu den Kontrolluntersuchungen und lasse die Blutwerte kontrollieren. Es wäre schon ein Erfolg, wenn sie so bleiben, wie sie sind, wenn sie also nicht schlechter werden.«

Es entsteht eine Pause. Er wirkt abgeklärt, als ob er die Sätze auswendig gelernt hat. Oder schaffen sich Kranke eine eigene Wahrheit, verfassen sie Antworten auf bestimmte Fragen, die sie leicht formulieren können? Die nicht zu sehr verletzen und Angst machen und Hoffnung spenden? Ich weiß es nicht. Ich bin nicht in seiner Lage. Ich weiß nicht, wie jemand mit der Diagnose einer tödlichen Krankheit umgeht.

Entsetzt schaue ich ihn an und eine große Traurigkeit überkommt mich. Ich habe wirklich keine Erfahrung mit dieser Krankheit und suche nach Worten. Was soll ich sagen? Ach, nur Mut, alles wird gut? Nein, das erscheint mir lächerlich.

»Und was sagen die Ärzte?«, frage ich stimmlos.

»Ich kann meine Arbeit machen. Das ist mir wichtig und es gibt keinen Grund, es nicht zu tun. Irgendwann wird sich mein derzeit guter Gesundheitszustand ändern. Ich werde es merken und dann müssen wir weitersehen. Das Schlimmste sind die Nebenwirkungen der Tabletten, die ich täglich nehmen muss. Ich bin müde und schlapp, aber mein Terminkalender hält mich auf Trab und fordert mich immer wieder heraus. Lieber weitermachen als mich geschlagen geben.« Er hält kurz inne, dann fährt er leise fort, ohne mich anzuschauen: »Von drei bis vier Jahren haben die Ärzte gesprochen.«

Der Satz trifft mich wie eine Bombe. Was? Das darf und kann nicht sein! Ich hätte nicht gedacht, dass es so schlimm ist. Ich will schreien, weinen, ihn umarmen und trösten. Ich bin verzweifelt, aber lasse es mir nicht anmerken, wie sehr mich diese Nachricht trifft. Drei bis vier Jahre!

»Und dann?«, frage ich leise.

»Dann muss ich mich wohl verabschieden.«

Die Worte hallen in meinen Ohren nach. Immer wieder höre ich sie: **Dann muss ich mich wohl verabschieden.** Nein, nein, nein, das darf nicht sein. Nicht er. Nicht Maximilian, den ich gerade so nah an mich herangelassen habe. Nein! Drei, vielleicht vier Jahre. Ich will mit ihm leben. An seiner Seite sein. Abends meine Beine über seine legen und neben ihm einschlafen. Ich will, dass er mir morgens den Kaffee macht und mir mit einem Kuss einen schönen Tag wünscht. Ich will es so sehr.

Erst auf dem Heimweg weine ich. Tränen laufen mir die Wangen hinunter. Ich kann kaum etwas sehen, kann nicht aufhören zu weinen. Es ist dunkel, ich habe meine Hände fest ums Lenkrad geschlossen. Die Lichter der anderen Autos verschwimmen hinter meinen Tränen. Verzweiflung steigt in mir auf. Wir müssen diese Krankheit aufhalten. Es muss ein Wunder geschehen. Ich möchte schreien – drei, vielleicht vier Jahre.

Charlotte. Eifersucht.

München, 24. September 2023

Reichst du mir bitte mal die Marmelade?«

Ich sitze im dünnen, mit buntem Blumenmuster versehenen Kimono am liebevoll gedeckten Frühstückstisch. Es ist noch recht früh und meine Haare sind lässig zu einem lockeren Dutt zusammengezwirbelt. Früher haben wir sonntagmorgens lange im Bett verbracht, dort gefrühstückt und hatten vielleicht sogar Sex. Irgendwie ist das vorbei. Uns treibt es neuerdings schnell aus dem Bett. Tom hat die Sonntagszeitung geholt und frische Orangen ausgepresst. Die Brötchen sind warm und es duftet im Haus wunderbar danach. Ich habe sie im Backofen aufgebacken. Emilia kommt verschlafen in einem weiten Schlafshirt und Shorts hinzu. Unter dem Arm trägt sie ein dickes Buch. Ihre Haare sind wild und nicht gekämmt. Hübsch sieht sie aus.

»Warum bist du schon so früh wach, mein Schatz?«, will ich wissen und schaue auf mein Handy. 9.10 Uhr. Sehr oft sehe ich sie nicht vor 12.00 Uhr und schaue dann kurz in ihr Zimmer, um festzustellen, dass sie noch schläft.

»Wir schreiben in dieser Woche Mathe. Ich habe mir den Wecker gestellt. Und am Dienstag Bio.« Sie seufzt.

Der Sonntag wird fürs Lernen draufgehen. Schade. Wir hätten ins Kino gehen können. Aber ich verkneife mir die Bemerkung, um es ihr nicht noch schwerer zu machen.

Tom reicht mir die Himbeermarmelade und ich streiche sie mir zentimeterdick auf mein Croissant. Hm, lecker. Es ist bereits die zweite Tasse Kaffee und ich schlage die Zeitung auf. Ich mag diese Gemütlichkeit am Sonntag. Tom macht es sich mit dem Politikteil der Zeitung auf dem Lesesessel vor dem Kamin bequem. Ich liebe diese wunderbare Ruhe eines Sonntagmorgens und blättere die Zeitung durch.

Uff, was ist das? Ich erstarre förmlich. Mein Blick bleibt an einem Foto hängen, auf dem Maximilian freundlich in die Kamera lächelt. Ich verschlucke mich an meinem Kaffee. Der Milchschaum schwappt aus der Tasse und tränkt den Teller mit meinem Croissant. Mist. Ich kümmere mich nicht darum. Ich kann meinen Blick nicht von dem Foto abwenden. Mein Herz schlägt wie verrückt. Ich beginne zu zittern.

»Alles in Ordnung?«, fragt Emilia überrascht, die sich mit ihrem Buch an den Frühstückstisch gesetzt hat. Sie schaut verwundert zu mir herüber.

»Ja, ja …, nur verschluckt«, stottere ich eilig und springe auf, um aus der Küche ein Papiertuch zu holen.

Sie wendet sich wieder ihrem Buch zu. Tom schaut nur kurz über den Rand der Zeitung und vertieft sich dann wieder in die Artikel.

Ich trockne mit einem Tuch den Teller und rette von dem Croissant, was zu retten ist. Eilig setze ich mich wieder und betrachte den Zeitungsbericht.

Ein Bild in Postkartengröße zeigt Maximilian mit seiner Frau bei einem Sportevent in Frankfurt. Sie sieht super aus. Sie trägt ein schwarzes und offensichtlich teures Kleid mit einem riesigen Ausschnitt. Viel zu weit ausgeschnitten, denke ich. Steht ihr nicht. Der Schmuck ist edel und dezent. Die Frisur ist perfekt. Er trägt einen Smoking und hat seinen Arm um sie gelegt. Sein gewohntes Lächeln kann ich nicht erwidern.

Es trifft mich wie ein Schlag. *Ich* will an seiner Seite stehen. Er soll den Arm um meine Hüften legen. Ich kann nicht von dem Bild ablassen. Es zerreißt mich fast. Lange Jahre Ehe, gesellschaftliche Verpflichtungen – das gibt kein Mann einfach so auf. Oder doch? Ich bin wütend und eifersüchtig und betrachte jede Einzelheit des Fotos. Woher kommt plötzlich diese Eifersucht? Das kenne ich gar nicht von mir. Ich darf doch gar keine Erwartungen haben. Dennoch spüre ich das Gefühl so stark an mir nagen, dass mir schwindlig wird.

»Ich gehe in mein Zimmer und fange mit Mathe an«, reißt mich Emilia aus meinen Gedanken.

»Ja, klar, mein Schatz, mach das«, sage ich abwesend.

Ich weiß, dass Maximilian verheiratet ist. Schon viele Jahre lang. Es wäre keine Leichtigkeit, diese langjährige Ehe zu beenden. Bei ihm nicht und bei mir auch nicht. Es hängt viel daran – Kinder, Familie, Freunde und für ihn natürlich die große Öffentlichkeit. Schlagzeilen, die er nicht steuern kann. Bei meiner früheren Suche im Internet über seine Person habe ich keine schlechte Presse und keine Skandale gefunden. Seine Weste ist weiß. Die Medien sind ihm wohlgesonnen. Würde er das alles aufs Spiel setzen? Für mich? Für uns? Es würde Mut dazugehören. Viel Mut.

Und bei mir? Meine Ehe mit Tom ist gut. Sie ist lang und verlässlich und ich möchte nicht negativ darüber urteilen. Ich habe Tom viel zu verdanken. Er hat es ermöglicht, dass wir ein sorgenfreies und luxuriöses Leben führen. Und doch ist in den letzten Jahren etwas verloren gegangen. Die Anziehung einer faszinierenden, einzigartigen Liebe, das erotische Knistern, die unbekümmerte Unbeschwertheit. Dennoch, wir sind ein gutes Team, wir respektieren uns, können uns absolut aufeinander verlassen und wir schlafen noch ab und zu miteinander.

Und doch würde ich mein Leben eintauschen gegen die große Liebe, nur für diesen Mann, der auf dem Foto in der Zeitung eine andere Frau im Arm hält. Für diesen Mann, der mein Herz im Sturm erobert hat und in den ich mich in Windeseile und Hals über Kopf verliebt habe. Bei dem mein Herz vor Freude hüpft, wenn wir uns sehen, und bei dem mein Verstand aussetzt, wenn ich an ihn denke. Ich liebe nicht das Leben im Rampenlicht. Nein, das ist es nicht, was mich reizt. Ich liebe diesen Mann. Nur darum geht es. Ende, aus.

Ich starre auf den Artikel und tue so, als würde ich ihn lesen. Viel mehr noch würde ich ihm *mein* Leben schenken. Diesen wunderbaren Sonntagmorgen. Die Ruhe, die Stille im Haus, die Gemeinsamkeit. Das würde ich gerne mit ihm teilen. Ihm über die Schulter streichen, wenn ich zufällig in seiner Nähe bin. Mich neben ihn setzen, um ihm etwas in der Zeitung zu zeigen. Ihn berühren. Ganz oft. Zufällig, einfach so. Weil die Nähe so schön ist. Ihn anschauen, mit den Gedanken der Liebe. Ihn spüren lassen, dass ich genau dieses aus tiefstem Herzen tue.

Ich reiße mich zusammen. Kein Termin heute. Nur lesen. Jeden Artikel in der Zeitung. Vielleicht lese ich später noch in meinem Buch. Vielleicht backe ich einen Kuchen für den Nachmittag.

Ich schalte das Radio ein. Leise. Ich drehe, bis ich den Klassiksender finde, bestreiche ein neues Croissant mit roter Marmelade und hänge meinen Gedanken hinterher.

Maximilian. Verzweiflung.

Zürich, 24. September 2023

Ich öffne die verwitterte, schwere Holztür der kleinen Kapelle mitten im Wald am Rande der südlichen Stadtgrenze. Kühle, feuchte Luft strömt mir entgegen und ein etwas modriger, abgestandener Geruch lässt mich erschaudern. Ein paar schräge Lichtstrahlen fallen auf die kahlen, dunklen Holzbänke und tauchen den sonst lichtlosen Innenraum in ein bizarres Lichtspiel.

Selbst mit dem breiten SUV war es nicht ganz einfach, über den engen, verlassenen und steinigen Waldweg zu fahren. Dicker Nebel hing zwischen Bäumen und das nasse Herbstlaub kündigt den bevorstehenden Winter an. Zu dieser späten Nachmittagsstunde verirrt sich eigentlich niemand an diesen abgelegenen und einsamen Ort. Wer sucht schon noch ein Gotteshaus abseits des Ortes in Zeiten auf, in denen sich die Menschen immer mehr vom Glauben entfernen, in denen die Kirchen horrende Austritte zu verzeichnen haben und in denen uns das digitale Zeitalter kaum mehr Ruhe und Muße für Gedanken an Gott lässt?

Ich habe den Glauben an Gott nie verloren. Zum Glück, denn in meiner ausweglosen Situation bin ich froh, diesen letzten Strohhalm zu haben, an den ich mich festklammern kann wie an einen rotweiß gestreiften Rettungsring der Wasserwacht in unserem örtlichen Strandbad. Ich werde sterben und ich möchte mich von Gott begleitet wissen. Das gibt mir ein wenig Trost bei meinen düsteren Gedanken, auch wenn ich nicht genau weiß, wohin mich der Tod führen wird.

Ich brauche diesen kümmerlichen Trost so sehr und fühle mich ertappt. Ich stehe da und schließe die Augen. Ja, lieber Gott, ich komme nur zu dir, wenn ich etwas auf dem Herzen habe. Jahrelang habe ich Gotteshäuser nur als wunderbare, gotische Bauwerke wahrgenommen und digitale Fotos von außen gemacht. Gottesdienste habe ich hingegen selten besucht, ab und zu bei einer trostlosen Beerdigung, aber wer geht schon gerne zu einer Beerdigung? Keine Zeit, kein Interesse. An der Überholspur des Lebens stehen keine Kirchen. Du kannst auch gar nicht anhalten, um in der guten Stube Gottes zu beten. Das passt irgendwie nicht zusammen.

Jetzt, heute, nehme ich mir Zeit für diesen Besuch. Ich bin nicht zufällig vorbeigekommen, habe den Weg hierher gesucht. Ich setze mich in die Mitte der Reihen auf eine schmale Holzbank und betrachte die kleine Kapelle, die ich noch aus unbeschwerten Kindheitstagen kenne. Hier war ich als kleiner Bub als Messdiener unterwegs. Meine liebevolle Mutter war stolz auf mich und strich mir den Scheitel glatt, wenn ich morgens zur Frühmesse in einem weißen Hemd und kurzen Shorts das Haus verließ. Glückliche Kindheit.

Ich bin verzweifelt. Ja, ich bin richtig verzweifelt. In meiner Verzweiflung habe ich das Gefühl, dass ich schon jetzt nicht mehr lebe. Ich kann nicht mehr. Ich bin dabei aufzugeben und habe keine Kraft mehr. Viel zu anstrengend waren die letzten Monate, viel zu ausgezerrt ist mein Körper von den Behandlungen und der giftigen Chemotherapie. Die Leukämie ist in jeder Faser meines Körpers und das wird sich nicht ändern. Ich werde sterben.

Ich schaue die schlichte Statue der Gottesmutter an. Seit Jahren hat sie den gleichen Gesichtsausdruck. Lach doch mal oder weine wenigstens mit mir, du blöde Mutter Gottes. Du stehst einfach nur rum und verziehst keine Miene. Oder hilf mir bitte! Kannst du nicht beim lieben Gott ein gutes Wort für mich einlegen? Bitte hilf mir, so denke ich verzweifelt.

Aber ich bin auch wütend und unendlich traurig und spüre nun, wie Tränen meine Augen füllen. Ich lasse ihnen freien Lauf. Zu groß ist meine Verzweiflung, zu tief ist mein Schmerz. Keiner kann mir helfen, auch die blöde Gottesmutter nicht.

Ich wische mir die Tränen mit dem Ärmel meines Jacketts ab. Ich bin ungerecht, richtig ungerecht. Meine Leukämie ist auch ungerecht. Warum ausgerechnet ich? Warum jetzt? Und warum legst du, Gott, mir so eine schwere Bürde auf? Was habe ich dir getan? Was habe ich getan, dass du mich so bestrafst? Ich war doch ein aufrichtiger Mensch. Habe mich für meine Freunde, meine Mitarbeiterinnen und Mitarbeiter eingesetzt, wo und wann immer es ging. Warum also ausgerechnet ich? Ich habe es nicht verdient. Ich habe vernünftig gelebt, gesund gegessen, wenig Alkohol getrunken und regelmäßig Sport getrieben. Also, warum ich?

Gib mir eine Antwort und hilf mir, mit diesem tiefen Schmerz zu leben. Dem unermesslichen Schmerz, dass ich meine Lieben bald verlassen muss. Meine so sehr geliebte Charlotte, meine geschätzte Nadja, meine kostbare Franziska und meine liebe Julia. Meinen Job, mein Haus und alle meine lieben Freunde und Bekannte. Ich werde vor ihnen gehen und sie werden an meinem Grab weinen. »Hilf mir doch bitte, liebe Mutter Gottes«, flüstere ich mit gefalteten Händen.

Ich schaue zum kleinen schmucklosen Altar mit dem schlichten silbernen Kreuz. Nur ein mageres Blumengesteck ziert den Tisch Gottes. Ohne feierliches Drumherum sieht er so leer aus, so unschuldig und nackt. Genauso wie meine empfindsame Seele. So leer, so nackt und so verletzlich.

»Lieber Gott, hilf mir doch«, flüstere ich.

Es ist absolut still. Durch die bunten Fenster fallen die letzten Sonnenstrahlen der untergehenden Sonne in den Raum, der Nebel ist jetzt vollständig fort. An den seitlichen Wänden ist der Kreuzweg Jesu Christi in reliefartigen Bildern dargestellt. Ich starre darauf. Du, Jesus, du wolltest doch die Sünden der Welt auf dich nehmen. Du wolltest doch die Last der Menschen auf deinen Schultern tragen. Dann nimm sie, nimm meine blöde Leukämie. Ich schenke sie dir und ich will sie nicht zurück. Behalte sie und werde damit glücklich oder stirb daran, genau wie ich. Hier hast du sie: meine Leukämie und die Prognose, nur noch drei bis vier Jahre zu leben. Nimm sie und verschwinde damit.

Ich bin wütend und wieder ungerecht. Ich weiß das. Vielmehr sollte ich für mein bisheriges Leben dankbar sein. Bin ich ja auch. Ich hatte ein wirklich außergewöhnlich schönes und erfülltes Leben. Es war voll mit tausenden Erlebnissen. Wahrscheinlich habe ich viel mehr erlebt als die meisten anderen Menschen meines Alters, weil ich immer auf Standby war, weil ich nie wirklich zur Ruhe gekommen bin. Weil das Leben mich gejagt hat und weil ich es genossen habe, den Wettlauf der Welt mitzumachen.

Nein, ich will mich noch nicht für mein Leben bedanken. So weit ist es noch nicht, das ist viel zu früh. Ich will mich noch nicht bedanken, als ob das Leben zu Ende wäre. Noch nicht. Lieber Gott, warte noch. Hol mich noch nicht. Erfüll mir diesen Wunsch. Ich habe doch gerade erst meine liebe, wunderbare Charlotte kennengelernt. Ich liebe sie so sehr und dafür bin ich so dankbar. Sie hat etwas Unbeschwertes, eine ansteckende Fröhlichkeit und unvergleichliche Leichtigkeit, wie ich sie selten im Leben bei jemandem erlebt habe. Und sie tut mir gut. Sie strahlt vor Lebensfreude. Jede einzelne Minute mit ihr verleiht mir große Kraft, jeder noch so kleine Augenblick ist ein tolles, wertvolles Geschenk.

Und nun sitze ich hier in der kühlen Kapelle und erzähle dir, lieber Gott, von meiner Liebe zu Charlotte. Hörst du, lieber Gott, ich betrüge meine Frau. Ich betrüge meine geliebten Kinder. Ich spiele den liebenden Ehemann und den treu sorgenden Papa und betrüge meine Ehefrau mit einer anderen. Wissentlich und mit Vorsatz. Ganz bewusst. Und ich habe kein schlechtes Gewissen.

Charlotte gibt mir das großartige Gefühl zu leben. Ich liebe sie, wie ich noch nie geliebt habe. Und ich weiß, sie liebt auch mich. Jedenfalls sagt sie mir das und ich fühle es. Es ist ein Rausch der Gefühle, wie ich ihn noch nie erlebt habe. Aber ich kann sie nicht glücklich machen. Ich werde sie nie glücklich machen können. Ich werde sie zurücklassen müssen. Sie wird nicht einmal an meinem

Sterbebett weinen können, nicht bei mir sein können in meinen letzten Stunden. Ich gehe von dieser Welt und die Frau, die ich über alles liebe, wird mich auf diesem letzten Weg nicht begleiten können. Ich werde in eine andere Welt gehen und sie kann mich nicht festhalten.

Ich erinnere mich an eine kleine Stelle aus der Bibel, die ich in meinem liebevollen Elternhaus in den frühen Kindheitstagen einer katholischen Erziehung kennengelernt habe. Im 13. Kapitel des Korintherbriefes steht etwas wie: Die Liebe ist langmütig, die Liebe ist gütig, sie erträgt alles, glaubt alles, hofft alles, hält allem stand. Die Liebe hört niemals auf …

Wieder rinnen salzige Tränen meine Wange herunter. Ich lasse sie. Es ist doch niemand da. Egal. Mein Schmerz ist so tief, dass ich meine Verzweiflung nicht in Worte fassen kann. Es gibt für mich keine zweite Chance. Das Prinzip Hoffnung ist ausgeschöpft. Ich werde in drei Jahren sterben. Wenn's gut läuft vier. Auch mein Arzt lässt keinen Zweifel daran. Und ich merke es auch. Viel zu schwach ist mein kranker angeschlagener Körper geworden. Nur mit gewaltiger Anstrengung kann ich die wenigen Termine des Alltags noch wahrnehmen. Ich lasse es mir nicht anmerken, aber auch das kostet unglaubliche Kraft.

»Lieber Gott, bitte, bitte hilf mir doch«, flüstere ich erneut. Ich will nicht sterben. Aber ich weiß, dass ich es akzeptieren muss, doch jetzt noch nicht. Ich stemme mich gegen die bittere Wahrheit des Sterbens wie ein Holzkeil gegen das Rattern eines schweren hölzernen Wasserrades, um es zum Stehen zu bringen. Doch ich schaffe es nicht. Warum hilft mir keiner?

»Was ist das für eine große Last, die du mir da auferlegt hast, lieber Gott?«, frage ich leise. Ich bin noch nicht bereit. Ich will mit Charlotte noch viele wunderbare Momente genießen und bei ihr sein. Mit ihr leben, einfach nur leben. Ein Glas köstlichen Rotwein trinken, in ihre Augen schauen oder einfach nur mit ihr im Bett liegen und sie spüren. Mehr will ich nicht.

Nein, ich verabschiede mich noch nicht! Solange ich die Kraft habe, werde ich das große schwere Wasserrad versuchen zu stoppen. Ich stemme mich dagegen. Gott, bitte gib mir noch etwas mehr Zeit.

Und ich will Franzi nicht verlieren. Meinen Sonnenschein. Sie ist noch so jung. Ich will sehen, welchen Beruf sie ergreift und ob sie eine Familie gründet. Ich will es so sehr. Für Franzi wird es am schwersten. Wir stehen uns so nahe. Sie ist ein Teil von mir, mehr noch als alle anderen in meiner Familie. Wir sind ein Team, das waren wir immer schon. In meinem Auto habe ich ein kleines Bild von ihr. Ein inzwischen verblasstes Passbild in einem dünnen, silbernen Rahmen, den man mit Selbstklebefolie am Armaturenbrett befestigen kann. Es gibt mir unendlich viel Kraft und motiviert mich jeden Tag neu.

Franzi darf nie erfahren, dass ich ihre geliebte Mutter mit einer anderen Frau betrüge. Sie würde es mir nie verzeihen. Nein, sie soll ihren Papa in guter und liebevoller Erinnerung behalten. Ich werde keine Schuld mehr auf mich laden.

Natürlich habe ich darüber nachgedacht, Nadja zu verlassen. Ich sollte es tun. Jetzt. Sofort. Aber ich bin unsicher, habe Angst vor der Veränderung und traue mich nicht. Mein ganzes Leben würde auf den Kopf gestellt.

Alles wäre anders. Jede Routine müsste neu gefunden werden. Jede Gemeinsamkeit wäre verpufft. Vielleicht würde ich den Alltag vermissen, den ich jetzt so oft in Frage stelle. Vielleicht. Eine Mammut-Aufgabe. Zu viel für einen kranken Menschen? Auch das weiß es nicht. Ich bin feige! Ängstlich. Und bequem.

Die Liebe zu Nadja gibt es schon lange nicht mehr. Jahre liegen zwischen uns. Jahre, in denen ich keine Nähe mehr gespürt habe. Jahre, in denen wir uns nicht berührt, keine tiefen, intensiven Gespräche geführt haben, Jahre ohne Kribbeln, Emotionen, Leidenschaft und Sex. Unsere Beziehung ist geprägt vom Alltag, einem gewohnten Ablauf und einer gewaltigen unausgesprochenen Distanz, aber auch von blindem Vertrauen, bequemer Sicherheit und großer Dankbarkeit.

Nadja hat mir zwei wunderbare Kinder geschenkt. Sie hat mir den Rücken freigehalten, während ich beruflich Karriere gemacht habe. Sie hat für das Sommerfest im Kindergarten die Kuchen gebacken, während ich ein wichtiges Fußballspiel angeschaut habe. Sie hat sich die zähen Elternabende in der Schule auf kleinen Holzstühlen um die Ohren geschlagen, während ich über horrende Summen in Vorstandssitzungen diskutiert habe. Ich bin ihr dankbar. Da gehst du doch nicht so einfach, weil du dich plötzlich verliebt hast und der großen Liebe nachjagen möchtest, weil du Liebe und Gefühle wieder spüren willst, weil du dumme Flausen im Kopf hast. Das machst du doch nicht!

Aber ich will mich wieder spüren. Ich weiß jetzt wieder, wie sich Liebe anfühlt. Liebe fühlt sich anders an als das, was ich in den letzten Jahren gespürt habe. Ich bin so glücklich, dass ich wieder etwas spüre. Emotionen, Liebe, Leidenschaft.

Aber ich kann Nadja nicht verlassen. Sie würde es niemals schaffen, ein selbstständiges Leben ohne mich zu führen. Jedenfalls rede ich mir das gerade ein. Ich könnte ihr unsere Villa mit dem gigantischen Garten und dem unvergleichlichen Blick über den Zürichsee übertragen. Könnte ich. Ich könnte ihr auch eine stattliche Abfindung und den monatlichen Unterhalt zuverlässig zahlen. Das wäre finanziell kein Problem. Aber ich traue mich nicht, sie zu verlassen. Ich habe Schiss. So einfach ist das. Habe nicht den notwenigen Schneid für diese alles verändernde Entscheidung. Ich verpasse die Chance des Lebens!

Wahrscheinlich würde Nadja daran zerbrechen. Sie würde nie darüber hinwegkommen und ich würde noch mehr Schuld auf mich laden. Nein, es ist gut, so wie es ist. Ich habe Charlotte fest in meinem Herzen. Ich bin für meine Mädchen ein guter Papa ohne Fehler und ich sorge mich um Nadja. Verkehrte Welt.

Um Julia mache ich mir die wenigsten Sorgen. Sie studiert in Berlin, ist selbstständig und unabhängig wie ihr Papa. Sie macht ihren Weg. Ab und zu braucht sie Geld, aber ihre Besuche zu Hause sind selten. Ich weiß gar nicht, ob sie ihren Freund noch hat. Schon als kleines Kind war sie ungebunden, wild und stürmisch. Unser Zuhause war ihr oft zu eng, sie sprang von den höchsten Felsen und begab sich in die ungeheuerlichsten Abenteuer. Berlin ist ihre Stadt. Die Hauptstadt schafft den Raum, den sie braucht. In der pulsierenden, kreativen

Metropole ist sie mit ihrem wachen, unruhigen Geist gut aufgehoben und ich glaube, dass sie dort glücklich sein wird.

Es ist dunkel geworden. Langsam und schwerfällig stehe ich auf. Ich werfe der Mutter Gottes noch einen Blick zu, wie einer guten Freundin, und hoffe, dass sie mir meine Wut verzeiht. Ich schließe sorgsam die schwere Holztür hinter mir und fahre gedankenverloren nach Hause.

Maximilian. Leidenschaft.

Wien, 05. Oktober 2023

Wir sind verabredet. Wie konnte ich so unbedacht sein und einen Treff um 11:00 Uhr vor dem Hauptportal des Stephansdoms vorschlagen? Der Platz im Zentrum Wiens ist voll von Menschen. Alle tragen Mund-Nase-Masken und viele halten Abstand, aber dennoch ist der Anblick von so vielen Menschen befremdlich. Wie soll ich sie hier finden? Ich schaue mich suchend um. Sie wird pünktlich sein, das hat sie noch vorhin aus dem Zug geschrieben. Sie müsste also schon hier sein. Angespannt laufe ich umher. Menschen rempeln mich an oder vielleicht bin auch ich selbst etwas unachtsam. Ich bin schrecklich nervös. Ich bin nervös, wie immer, wenn wir uns sehen. Vor jedem Treffen. Vor jeder Begegnung.

Ich erblicke eine Bank am Rand des Platzes, nehme Anlauf und springe hinauf. Von hier oben kann ich das Treiben auf dem Stephansplatz wunderbar überblicken. Schon komisch. Vor etwa vier Jahren war der bekannte Stephansplatz menschenleer, die Corona-Krise hatte das Stadtbild Wiens vollkommen verändert. In Österreich wurden die strengen Kontaktbeschränkungen konsequent umgesetzt und galten mehrere Wochen. Sissys wunderschöne Kaiserstadt mit den breiten Prachtstraßen und den glanzvollen Gründerzeithäusern erlebte einen noch nicht dagewesenen historischen Shutdown.

Heute scheint es so, als ob die vielen Menschen die einschneidenden Entbehrungen der Corona-Pandemie nachholen wollen. Die Herbstsonne spendet mit aller

Kraft noch warme Temperaturen und gibt der Kaiserstadt eine besondere Anmut und Wärme. Das Klappern der Pferdekutschen hallt durch die Gassen und ein leichter Duft von Pferdeäpfeln liegt in der Luft. Ich lächle und bin gerade sehr glücklich.

»Hey, Max, warum steht du auf der Bank?«

Charlottes fröhliche Stimme reißt mich aus meinen Gedanken. Sie steht direkt vor mir und strahlt mich an. Sie sieht fantastisch aus. Ihre blonden Haare wehen leicht im Wind, sie trägt natürlich einen Mundschutz, Trenchcoat, Jeans und eine weiße Bluse, die fast ein wenig zu weit geöffnet ist, sodass ich von hier oben einen kleinen Blick in ihren Ausschnitt werfen kann. Ich springe von der Bank, umarme sie stürmisch, schiebe ihren Mundschutz nach unten und küsse sie lang und zärtlich, hier, mitten auf dem Stephansplatz. Mitten in der Menge, zwischen all den Menschen. Ich schließe die Augen und bin so froh, dass sie da ist, dass ich sie in meinem Arm halten kann, möchte sie gar nicht mehr loslassen.

»Nicht so stürmisch, mein Liebling«, sagt sie lächelnd und erwidert meinen Kuss ebenso zärtlich und leidenschaftlich.

Ich blicke in ihre Augen und bin so verliebt. »Du siehst toll aus«, sage ich bewundernd und schaue sie lange an. Ich nehme ihre Hand und wir schlendern ohne Ziel und völlig gelöst durch die glanzvolle Innenstadt, über altes Kopfsteinpflaster, an traditionsreichen Läden und liebevoll dekorierten Schaufenstern vorbei, bewundern wunderschöne Jugendstilhäuser, bleiben hier und dort stehen, nehmen unsere Masken ab, küssen uns leidenschaftlich und weichen klappernden Fiakern, sorglosen Touristen und betuchten Einheimischen aus.

Wir entdecken einen freien kleinen, runden Tisch in einem gut besuchten Café und setzen uns auf die geflochtenen Korbstühle. Die Sonne ist noch warm genug und wir bestellen köstliche Sachertorte und starken Wiener Café Crema. Die dicke Schokoladendecke der Torte kann ich kaum mit der Gabel teilen und so schiebe ich mir ein Stück mit der Hand in den Mund. Grandios, dieser zarte Schmelz, den ich mit dem starken Kaffee noch abrunde. Das letzte Stückchen halte ich ihr vor den Mund und sie isst es genüsslich, schaut mir dabei verliebt in die Augen und lächelt mich mit ihren braunen Augen an.

Charlotte erzählt und erzählt. Von ihrer heutigen Zugfahrt, von München, von Wien, von ihrer Arbeit, von Emilia und, und, und. Ich schaue sie immer wieder an, nehme ab und zu ihre Hand und denke, wie sehr ich sie liebe.

Ich habe mein Lieblingshotel in der Innenstadt nur wenige Minuten Fußweg von hier gebucht und wir beschließen ihre Tasche dort abzustellen.

Ein höflicher Portier in einem schwarzen Anzug mit Zylinder und goldener Stickerei auf der Uniform und auf der Mund-Nase-Maske begrüßt uns freundlich und zuvorkommend vor dem traditionsreichen Gebäude.

»Grüß Gott, Herr Lichtenstein. Grüß Gott, verehrte Dame.« Galant verneigt er sich und weist mit einer einladenden Handbewegung auf die große Glastür des Hotels, die sich automatisch öffnet.

Wir betreten die riesige Halle der lichtdurchfluteten

Lobby mit üppigen Blumenbouquets, einem Springbrunnen aus edlem Marmor und gemütlichen kleinen Sesseln, in denen elegant gekleidete Gäste verweilen, sich leise unterhalten und der leichten klassischen Klaviermusik lauschen. Ich war schon viele Male hier und genieße regelmäßig das prächtige und etwas mondäne Ambiente und den ungezwungenen Luxus dieses Fünf-Sterne-Hotels. Ich bin bereits gestern angereist. Ein beruflicher Termin führte mich wieder einmal nach Wien. Fast kann ich die Stadt schon als meine zweite Heimat betrachten.

Ich übernachte immer in diesem Hotel, bin ein gern gesehener Gast und das aufmerksame und liebenswürdige Personal kennt meinen Namen. Sogar eine nette Reinigungsdame begrüßte mich neulich mit Namen und wünschte mir mit südländischem Akzent einen schönen Tag. Wunderbar, dass ich Charlotte überzeugen konnte, zwei Tage mit mir hier zu verbringen.

»Grüß Gott, Herr Lichtenstein. Grüß Gott, verehrte Dame!« Der großgewachsene Concierge in ebenfalls dunkler Uniform verneigt sich, lächelt freundlich und weist uns auf die Desinfektionsspender hin, bevor er uns zu dem gläsernen Aufzug am Ende der Lobby begleitet. Er drückt einen Knopf, verneigt sich erneut und wünscht uns einen schönen Tag. Wir betreten den Aufzug, der uns lautlos nach oben bringt.

»Was für ein wunderschönes Hotel«, schwärmt Charlotte und gibt mir voller Begeisterung einen stürmischen Kuss auf den Mund. Mit dem Glasaufzug entrinnen wir der zurückhaltenden Geschäftigkeit des Hotels und haben einen fantastischen Blick hinunter in die Lobby, auf die farbigen Blumengestecke und den Mann am Klavier. Doch schnell sehe ich Charlotte wieder an.

Zimmer 413. Ich öffne die Tür und ein kühler Luftzug weht uns entgegen. Ich hatte wohl vorhin das doppelflügelige Fenster offen gelassen. Die großzügige Regenten-Suite trägt ihren Namen zurecht, ist mit wunderschönen Möbeln aus der Gründerzeit ausgestattet. Die teuren Gemälde an den Wänden haben goldene Rahmen. Auf dem riesigen Bett zieren schwarze und gelbe Kissen mit Samtbezügen die weiße Satin-Bettwäsche. Das königliche Bett mit den goldenen geschwungenen Füßen verspricht eine ausgezeichnete Matratze, einen großartigen Schlafkomfort und wunderbare Träume.

»Wow, ist das klasse!« Charlotte ist begeistert und wirft einen Blick in das luxuriöse schwarze Marmorbad. Dann geht sie zum geöffneten Fenster und schaut hinaus. Ich trete zu ihr und umfasse sanft, aber bestimmt ihre Schultern. Sie schließt ihre Augen und scheint den Augenblick und meine plötzliche Nähe zu genießen. Vorsichtig streiche ich ihr Haar zur Seite und küsse zärtlich ihren Hals. Ein leichter Seufzer lässt mich meine anfängliche Unsicherheit schnell vergessen. Während meine Zunge weiter ihren Hals liebkost, berühren meine Hände vorsichtig ihre Brüste und ich spüre, wie ihr Körper innerlich vor Verlangen zu beben scheint. Sie schmiegt sich mit ihrem Körper an mich und es ist mir fast ein wenig peinlich, dass sie nun auch meine Erregung deutlich spüren kann. Ich drehe sie zu mir um und wir schauen uns mit sehnsuchtsvollen Blicken tief in die Augen. Ich kann mein Verlangen kaum noch zügeln, möchte in diesem wundervollen Moment voller Zärtlichkeit aber nichts überstürzen.

Meine Küsse suchen sanft ihre Lippen und sie lässt es hingebungsvoll geschehen. Meine Zungenspitze umkreist ihre Lippen, behutsam und langsam. Plötzlich berühren sich unsere Zungenspitzen sanft und ich zucke zusammen bei dieser Berührung. Wir küssen uns innig und leidenschaftlich, während wir den Blick nicht voneinander lösen. Langsam berühre ich ihre Schläfen, meine Finger streicheln ihr Gesicht und gleiten durch ihre Haare. Sie öffnet den obersten Knopf meines Hemdes und dann ganz langsam jeden weiteren Knopf. Von oben nach unten. Vorsichtig zieht sie das Hemd aus meiner Hose. Ich spüre ihre Hand unter meinem Hemd und zucke erneut unter der Berührung leicht zusammen und spüre meine Erregung. Sanft wandert ihre Hand über meinen Rücken, fährt am Bund meiner Hose entlang und gleitet mit der flachen Hand über meine Hose. Ich bin so erregt.

Ich öffne behutsam ihre Bluse und streife sie über ihre nackten Schultern ab, die ich hingebungsvoll küsse. Meine Finger öffnen ihren schwarzen BH und streicheln behutsam ihre wunderschönen Brüste.

Ich trete einen Schritt zurück und schaue sie an. Sie ist wunderschön. Sanft führe ich sie zum Bett. Unsere Blicke lassen nicht voneinander. Ich fühle eine so große Begierde wie nie zuvor.

Ich streife mein Hemd ab, lasse es achtlos zu Boden fallen, öffne den obersten Knopf ihrer Jeans und ziehe langsam den Reißverschluss herunter. Ihr Atem wird schneller und ich kann ihr leichtes Stöhnen hören.

Sanft öffnet sie den obersten Knopf meiner Hose und lässt ihre Hand in meine Hose gleiten, während sie mir tief in die Augen schaut. Unsere Hosen fallen zu Boden. Meine Hand gleitet herab zwischen ihre Beine und ich spüre ihr Verlangen. Wir lassen uns aufs Bett fallen. Unser Blick haftet aneinander und ich kann meine Erregung kaum zügeln.

Ich spüre ihre Küsse überall. Zärtlich und dann voller Leidenschaft, ungezügelt wild und wieder unfassbar sanft. Ich spüre ihr ungestilltes Verlangen und es erregt mich immer mehr. Ich küsse ihre Brüste voller Lust und meine Zunge tanzt über ihren erregten Körper, bis meine Küsse ihren Schoß erreichen und ich sie lustvoll verwöhne. Wir lieben uns mit einer Hingabe, dass ich Raum und Zeit vergesse. Wir lieben uns, wie ich noch nie vorher Leidenschaft empfunden habe und bis sie erschöpft in meinen Armen liegt. Und ich genieße den Moment, in dem sie einschläft.

Ich betrachte ihren leicht gebräunten Körper und fühle mich von ihrer grenzenlosen Schönheit und erotischen Weiblichkeit magisch angezogen. Ihre Brüste sind fest, ihre Haut ist zart, warm und weich. Mich überkommt ein wunderbares Gefühl. Es ist ein beispielloses Gefühl, so sehr zu lieben, wenn Körper verschmelzen, eins werden. Ich habe noch nie so intensive Liebe empfunden wie in diesem Moment. Die leichten Gardinen wehen im Wind. Die Nachmittagssonne wirft ihr helles Licht in den Raum. Ich bin dankbar für diese außergewöhnlichen Minuten und genieße sie mit jeder Faser meines Seins.

Nach meiner Leukämiediagnose wollte ich das Leben festhalten. Ich wollte Augenblicke wie diesen einfrieren. Sie sollten nicht vergehen, sich für alle Ewigkeit in mein

Gehirn einbrennen. Nur nicht vergessen, die Momente und Augenblicke des Glücks, die dem Leben einen Sinn geben. Meine Gedanken. Meine Erinnerungen. Meine Liebe.

Die Sekunden der Glückseligkeit habe ich nicht in meinen beruflichen Erfolgen gefunden, nicht in Aktienfonds oder Geldanleihen und nicht auf dem Dachboden meiner Villa.

Die wirklich kostbaren Dinge des Lebens habe ich erlebt in Momenten wie diesen. Wenn das Leben ein Ende hat, möchte ich mich bis zum letzten Atemzug an genau so einen Tag wie heute erinnern, an dieses Glück, an die Liebe und diese intensiven Gefühle. Ich möchte nicht zurückdenken an Dinge, die ich verpasst habe, weil ich nicht an mich geglaubt habe, die ich versäumt habe, weil ich nicht genug Mut hatte, oder die verstrichen sind, weil ich zu feige war, die richtige Entscheidung zu treffen. Nein! Bei meinem letzten Atemzug möchte ich mit großer Dankbarkeit, unglaublicher Liebe und innerster Zufriedenheit auf mein Leben zurückblicken und dann sanft einschlafen.

Aber so einfach ist es nicht. Der Rucksack des Lebens ist gefüllt mit bitteren Erfahrungen, falschen Entscheidungen, Augenblicken der Trauer und großartigen Momenten der Liebe und des großen Glücks. Das Leben ist ein Labyrinth aus Freude und Glück, aber auch aus kleinen Verfehlungen und großen Vergehen. Das alles hat mich geprägt. Das alles gehört zu mir und zu meinem Leben. Und dann: sterben. Einfach so? Alles weg? Einfach gehen? Alles zurücklassen? Alleine fortgehen? Nein. Ich will leben! Ich will das Leben spüren, so intensiv wie in dieser Stunde. Es soll weitergehen, weiter, immer weiter. Ich will Liebe spüren. Ich will das Glück erleben. Ich will Charlotte.

Und ich will nicht länger fragen: Warum ich? Ich finde ohnehin keine Antwort darauf. Ich war nicht besser und schlechter als andere. Aber mein Schicksal ist schlechter. Es ist begrenzt. Nur noch drei bis vier Jahre. Ich spüre Tränen auf meinem Gesicht. Ich kann sie nicht zurückhalten und wische sie nicht weg. Das edle Kissen fängt sie auf. Und Charlotte schläft in meinem Arm.

Charlotte. Gemeinsam.

München, 13. Oktober 2023

Wir schreiben weiter wunderbare Liebesbotschaften, treffen uns ab und zu an geheimen Plätzen, verbringen unvergessene Augenblicke und genießen jeden Moment, den wir uns aus unseren Leben stehlen können. Fast selbstverständlich gehen wir miteinander um. Maximilian ist ein Teil meines Lebens geworden. Schleichend hat der sich einen Platz in meinem Herzen erobert und ich bin sehr glücklich darüber.

Glücklicherweise sind die Corona-Einschränkungen inzwischen so weit gelockert, dass wir uns wieder in Restaurants, Bars, Kinos oder neulich sogar in einem kleinen Theater treffen konnten. Nur die Maskenpflicht und Abstandsregelungen sind geblieben. Oft haben wir darüber gesprochen, was gewesen wäre, wenn wir uns kurz vor dem Shutdown kennengelernt hätten. Wir hätten uns nicht sehen können. Hätten nicht reisen dürfen. Die Distanz von Zürich nach München wäre unüberwindbar gewesen, weil die Grenzen geschlossen gewesen wären. Die Bilder von verzweifelten Liebespaaren in den Grenzregionen zwischen Deutschland und Österreich sind mir noch im Gedächtnis. Die Paare standen an bewachten, abgeriegelten Grenzzäunen – er in Österreich, sie auf der anderen Seite in Deutschland. Sie verabredeten sich an den Grenzzäunen, um sich zu sehen, um vielleicht mit den Fingern durch die Maschen des Zaunes für einen Moment eine Berührung auszutauschen. Unvorstellbar. Undenkbar für mich, wenn ich Maximilian nicht hätte sehen dürfen. Wenn ich ihm nicht hätte nahe sein können. Unvorstellbar, wenn wir uns vor der Krise kennengerlernt hätten und mich dieses Schicksal ereilt hätte.

Maximilian ist so wunderbar und er macht mich glücklich. Jede Nachricht erhellt mein Gesicht, bringt mich zum Schmunzeln. Jedes Treffen ist ein Fest der Gefühle, jeder Gedanke an ihn beflügelt meine Seele und macht mich glücklich.

*

Am nächsten Samstag bin ich in München zum LIVE-Talk im Fernsehen eingeladen. Hast du Lust und Zeit mich zu begleiten?, lese ich überrascht seine Nachricht auf meinem Handy.

Wow, er fragt mich, ob ich ihn zu einem offiziellen Termin begleite. *Ja, na klar habe ich Lust dazu! Und wie*, antworte ich, ohne genau zu wissen, was mich erwartet, ob es vielleicht etwas riskant ist und wie ich das organisieren könnte. Ich muss zu Hause etwas erzählen, muss sagen, wo ich den Abend verbringe. Mir eine Geschichte ausdenken. Es ist mit kleinen Lügen verbunden, aber ich finde keine andere Lösung.

*

Aufgeregt warte ich am vereinbarten Treffpunkt in Schwabing. Ein Taxi hält und ich springe hinein. Maximilian sitzt auf dem Rücksitz. Wir begrüßen uns freudig. Er küsst mich, umarmt mich zärtlich und hält meine Hand während der ganzen Fahrt.

Seit Corona trennt eine Plexiglasscheibe den Taxifahrer von den Fahrgästen. Ich bin froh darüber, denn so haben wir etwas Privatsphäre. Jedenfalls fühlt es sich für einen Moment so an. Ich sehe den kurzen Blick des Taxifahrers im Rückspiegel. Wahrscheinlich hat er Maximilian bereits erkannt. Wahrscheinlich hat Maximilian auf dem Weg hierher schon mit ihm über das Wetter oder die aktuellen News gesprochen, wie er es immer in Taxis macht. Und wahrscheinlich stellt dieser Taxifahrer gerade fest, dass Maximilian eine Freundin hat. Egal. Taxifahrer bekommen wahrscheinlich eine Menge von ihren Fahrgästen mit und Diskretion gehört zu ihrem Beruf.

Der sympathische Taxifahrer plaudert mit ausländischem Akzent darüber, dass die Corona-Pandemie eine schlimme Zeit für ihn und seine Kolleginnen und Kollegen ist. Die Taxibranche gehörte während der Shutdowns der ersten und zweiten Corona-Welle zu den Verlierern der Pandemie. Das Leben stand still und es gab keine Fahrgäste mehr für Taxis. Oft standen die Fahrerinnen und Fahrer stundenlang an den Taxiständen, um die wenigen Fahrten der ankommenden Reisenden zu ergattern. Ich habe Mitleid mit ihm und hoffe, dass Maximilian das Trinkgeld am Ende der Fahrt großzügig ausfallen lässt.

Wir erreichen das Studio und Maximilian nimmt auch auf dem kurzen Weg vom Taxi zum Eingang des Gebäudes meine Hand. Dankbar halte ich sie fest. Die Situation ist völlig neu für mich. Ich war noch nie in einem TV-Studio.

Am Eingang stellt er mich kurz einer jungen hübschen

Dame, die offensichtlich für die Gästebetreuung zuständig ist, als eine Freundin vor und bittet sie höflich, sich um mich zu kümmern. Sie weist uns auf das Hygienekonzept und die geltenden Abstandregelungen hin und überreicht uns zwei Masken mit dem Logo des Senders und bittet mich darum, diese die gesamte Zeit zu tragen. Maximilian verabschiedet sich ungewohnt förmlich von mir und verschwindet hinter einer Tür mit der Aufschrift: STUDIO 1.

Offensichtlich kennt Maximilian sich hier aus und war sicher schon oft hier. Die hübsche Dame im schwarzen Hosenanzug und mit hellgrünem Schlüsselband um den Hals nimmt meinen Mantel und führt mich freundlich in das TV-Studio. Im kleinen und fast dunklen Raum weist sie mir einen Platz in der ersten Reihe der vollbesetzten, aber nur mit wenigen Reihen bestuhlten Tribüne zu. Ich schaue mich unsicher um, habe das Gefühl, alle würden mich anschauen und bin genauso aufgeregt, wie es Maximilian vermutlich auch gerade ist.

Die Sendung ist klasse. Es sind weitere interessante Gäste geladen, deren Namen und Gesichter ich aus der Presse kenne. Ich war noch nie so nah dran, habe noch nie eine TV-Sendung live miterlebt. Angespannt und interessiert verfolge ich den spannenden Talk über die aktuellen Spielberichte, die Analysen und die sachlichen und wenig emotionalen Sichtweisen zu den Auswirkungen der Corona-Pandemie und die bisher festgelegten Maßnahmen. Bei der anschließenden Diskussion über die großen Summen bei Spielertransfers bringt sich Maximilian mit seiner sympathischen Art besonders ein, sortiert die Fakten und erklärt die Themen anschaulich und verständlich. Er ist einfach klasse und medienerfahren.

Es ist recht leicht, jemanden zu lieben, der im Rampenlicht steht, denke ich. Und es ist schön, etwas von diesem Licht abzubekommen, stelle ich erstaunt fest. Nie hätte ich gedacht, dass dieses Leben so aufregend sein kann. Ich muss schmunzeln, weil ich das alles hier gerade so genieße.

Nach der Sendung wartet er vor dem Ausgang. Es dauert ein wenig, bis ich meinen Mantel zurückbekomme. »Wo bleibst du denn, mein Liebling«, ruft er mir entgegen und lächelt mich an.

»Du warst großartig. Ich liebe dich«, flüstere ich, komme zu ihm, umarme ihn und küsse ihn kurz auf den Mund. Er hält mich einen Moment und lässt es zu, dass uns Menschen zuschauen, die nach der Sendung das TV-Gebäude verlassen. Wenn plötzlich ein Foto von uns in der Öffentlichkeit erscheinen würde, dürfte das eine Menge Fragen aufwerfen und für negative Schlagzeilen sorgen. Für ihn und für mich. Natürlich bin ich mir dessen bewusst. Man kennt Maximilian. Hier und überall. Ich bin beeindruckt und stolz, dass er dieses Risiko mit mir eingeht.

Wir fahren mit dem Taxi zum Bahnhof und reflektieren den großartigen Abend. Ich habe meinen Kopf an seine Schulter gelehnt und ich genieße den Moment.

»Warum bist du mit mir zusammen?«, frage ich leise. Diese Frage schwirrt schon den ganzen Abend durch meinen Kopf. »Du hast alles, einen großartigen Beruf und dadurch Ruhm und Anerkennung und eine tolle Familie. Also warum?«

Es dauert ein paar Sekunden, bis er die Antwort findet. »Liebe«, sagt er. »Was wünscht man sich am meisten im Leben? Man wünscht sich Liebe. Tiefe, echte, leidenschaftliche und aufrichtige Liebe. Die eine Liebe, die Liebe des Lebens.«

Ich muss lange darüber nachdenken. Seine Popularität ist groß. Alle Menschen lieben Maximilian. Viele schätzen seine Gegenwart, sind stolz, wenn er mit ihnen redet, ihnen Aufmerksamkeit schenkt. Und doch scheint ihm das alles unwichtig und wertlos im Vergleich zu der Liebe. Im Vergleich zu der einen wirklichen Liebe im Leben. Ist die Liebe so stark, dass sie selbst die großartigen Momente von Ruhm und Anerkennung in den Schatten stellt? Stumpft das großartige Gefühl, das durch Anerkennung ausgelöst wird, vielleicht ebenso ab wie die Freude über einen wiederkehrenden Besuch in einem erstklassigen Hotel? Wie dankbar muss ich sein, dass ich diese Liebe erfahren darf? Und wie wertlos wäre ein Leben ohne Liebe, ohne den Rausch der Gefühle, ohne das Gefühl des Zusammengehörens? Und wie wunderbar und groß ist dieses Geschenk, wenn Liebe auch erwidert wird?

Wir verabschieden uns liebevoll und innig. Maximilian hat morgen Vormittag einen Termin in Ingolstadt und muss leider noch heute mit der Bahn abreisen. Ich fahre mit dem Auto nach Hause und denke auf dem Heimweg weiter über die Liebe nach.

Viele Autoren haben sich an diesem Thema LIEBE versucht. Mir fällt ein Ausschnitt aus dem wunderbaren Buch *Der Prophet* von Khalil Gibran ein. Seit Jahrzehnten entdeckt jede Generation wieder neu die Schönheit und Tiefe seiner Texte.

»Von der Liebe. Wenn die Liebe dir winkt, folge ihr. Sind ihre Wege auch schwer und steil. Und wenn ihre Flügel dich umhüllen, gib dich ihr hin, auch wenn das unterm Gefieder versteckte Schwert dich verwunden kann. Und wenn sie zu dir spricht, glaube an sie, auch wenn ihre Stimme deine Träume zerschmettern kann wie der Nordwind den Garten verwüstet.

Denn so wie die Liebe dich krönt, kreuzigt sie dich, so wie sie dich wachsen lässt, beschneidet sie dich. So wie sie emporsteigt zu deinen Höhen und die zartesten Zweige liebkost, die in der Sonne zittern, steigt sie hinab zu deinen Wurzeln und erschüttert sie in ihrer Erdgebundenheit …«

Charlotte. Liebe.

Hamburg, 04. Dezember 2023

Die schöne Vorweihnachtszeit beginnt und ich verdränge es. Denke nicht daran. Will keinen Gedanken an Maximilians schwere Krankheit verschwenden, die plötzlich auch für mich so nah ist. Ich genieße jede Nachricht von ihm. Jeden Anruf. Meine Liebe fliegt in sein Herz. Tausendmal am Tag.

Wir wollen uns noch einmal vor Weihnachten treffen und überlegen, wo das sein könnte. Es ist schwierig, einen Ort zu finden, an dem wir unerkannt bleiben. Wir wollen es ja nicht herausfordern, dass uns die Menschen zusammen sehen.

Hamburg wäre eine Möglichkeit. Wenn ich in Hamburg bin, besuche ich oft meine Freundin Silvi oder ich treffe mich mit ihr, wie Mitte des Jahres, als ich die Immobilienveranstaltung besuchte. Sie bot mir schon mehrere Male an, ihre Wohnung zu nutzen, wenn sie beruflich unterwegs sei. Zufällig hatte sie mir mitgeteilt, dass sie ein paar Tage für ein Shooting nach New York reisen würde. Die Corona-Beschränkungen waren in ihrem Job wohl zweitrangig. Spontan hatte ich sie gefragt, ob ich ihre Wohnung für eine Übernachtung nutzen könne. Als freischaffende Fotografin hatte auch sie durch Corona eine schwierige finanzielle Zeit hinter sich und so bot ich ihr an, für den Aufenthalt ähnlich wie in einem Hotel zu bezahlen. Die Bezahlung lehnte sie vehement ab, aber der Übernachtung stimmte sie zu und hinterließ mir den Schlüssel bei der Nachbarin.

Es ist eine gute Gelegenheit, wertvolle Zeit mit Maximilian zu verbringen, ganz privat, nicht in einem Hotel, und ich lade Max zu dieser Adresse ein. Schon seit Tagen freue ich mich wie verrückt auf dieses Treffen.

Ich habe den Flug um 9.20 Uhr genommen und fahre mit der Bahn vom Flughafen in die Innenstadt, die sich stolz und prächtig im weihnachtlichen Glanz präsentiert. Der Flugplan läuft wieder in gewohnten Bahnen und auch die Bahn ist pünktlich. Zu Hause habe ich mein Fernbleiben gut organisiert. Johanna kümmert sich um Emilia. Ich habe erzählt, dass ich bei Silvi übernachte. Stimmt ja auch. Irgendwie. Kein schlechtes Gewissen, keine negativen Gedanken überschatten das bevorstehende Treffen mit Maximilian. Ganz im Gegenteil, ich freue mich und kann es kaum erwarten, ihn zu sehen.

Wenig später stecke ich mit einem leichten Unbehagen den Wohnungsschlüssel in das Türschloss. Es ist ein seltsames Gefühl, eine fremde Wohnung zu betreten, wenn niemand dort ist. Ich war noch nie alleine hier. Immer hat mich Silvi empfangen. Die Zweifel legen sich, als die Wohnungstür hinter mir ins Schloss fällt. Silvis Wohnung ist klasse. Großformatige Schwarz-Weiß-Fotografien schmücken die Wände des Flurs. Im Wohnzimmer, das auch das Arbeitszimmer ist, hängen riesige Portraits in reduzierten Farben an den Wänden. Eine Künstlerwohnung.

Ich trete auf den kleinen Balkon, der an die schmale Wohnküche angrenzt. Von hier hat man einen wunderschönen Blick über die Außenalster. Winterlich ruhig. Etwas bizarr spiegeln sich die Farben der tiefstehenden

Sonne im Licht des Wassers. Ein wirklich tolles Bild. Ich atme tief. Das Leben kann so schön sein.

Ich ziehe mein Handy aus der Tasche und schreibe Maximilian eine Nachricht: *Bin schon in Silvis Wohnung angekommen. Wann kommst Du?,* und fiebere unserem Treffen entgegen.

Komme in 30 Minuten und bringe etwas vom Italiener mit, antwortet Max gleich darauf.

Ich freue mich, antworte ich und überbrücke die Zeit mit dem Checken meiner E-Mails.

*

Es klingelt. Ich öffne die Tür. Gut gelaunt steht Maximilian mit Maske vor mir und hält eine durchsichtige Tüte vor mein Gesicht. »Bella Italia«, ruft er fröhlich. »Ich habe Caprese und Pasta mitgebracht.«

Er zieht die Maske ab und gibt mir ganz selbstverständlich einen innigen Kuss, umarmt mich liebevoll und tritt ein. Blaues Jackett, weißes Hemd, Einstecktuch – er sieht blendend aus. Ich liebe ihn so sehr.

Ich zeige ihm die kleine Altbauwohnung im vierten Stock. Sie ist hell, modern und gemütlich eingerichtet. Der Blick durch die großen Sprossenfenster auf die Außenalster ist gigantisch.

»Wow, tolle Wohnung«, stellt er begeistert fest und bleibt einen Augenblick am Fenster stehen, um den wunderbaren Ausblick auf das Wasser zu genießen. »Wirklich klasse hier.«

Die Wohnküche besteht aus einem schweren Holztisch und einer kleinen Küchenzeile. Hier wird nicht oft gekocht. Alles wirkt recht neu und es gibt nur die nötigsten Küchenutensilien.

Die Lage der Wohnung ist perfekt. Verlassen wir das Haus, sind wir von den schönsten Häusern und Villen der Stadt umgeben. Harvestehude heißt der Stadtteil. Mit seinen zahlreichen freistehenden Villen aus dem späten 19. und frühen 20. Jahrhundert inmitten großer, teils parkartiger Gärten zeugt dieses Stadtviertel der Hansestadt von dem Reichtum der Hamburger Kaufleute und Unternehmer in der Gründerzeit. Die Stadthäuser der Jugendstilepoche verkörpern selbstbewusst den exklusiven Lebensstil der Stadt. Sorgsam fügen sich alte Baumbestände und gepflegte Vorgärten in das exklusive Gesamtbild ein. Die anmutigen Jugendstilfassaden der Villen sind alle herausgeputzt. Hier wirkt das Licht der Sonne heller, fast schon kitschig. Hier erscheint das Leben sorglos und frei.

Ich decke den Tisch und stelle einen prächtigen Blumenstrauß, der im Wohnzimmer stand, an das Ende des Esstisches. Es ist ein wunderschöner Strauß aus Rosen und Wiesenblumen, der wirkt, als seien die Blumen gerade frisch gepflückt und wahllos zusammengestellt worden. Er ist nicht mehr ganz frisch, hat aber noch nichts von seiner Schönheit verloren. Ich lege Tomatenstücke und Mozzarella auf einen weißen, großen Teller. Für die Pasta wähle ich eine rechteckige Porzellanplatte, stelle sie mittig auf den Tisch und zünde drei weiße Kerzen an. Fertig. Fast schon romantisch.

Maximilian erzählt von seiner Arbeit, von dem bevorstehenden Treffen mit einem großen Fußball-Nachwuchstalent in wenigen Stunden und von seinen Töchtern Julia und Franzi. Ich sitze ihm gegenüber, höre aufmerksam zu, schaue ihn verliebt an und berühre immer wieder zärtlich seine Hand.

Wir haben nur wenig Zeit miteinander. Ich möchte nicht daran denken. Nach dem Essen kommt er zu mir, beugt sich über mich und küsst mich liebevoll. Ich schließe die Augen. Elektrisiert von seinen Berührungen halte ich inne, möchte den zärtlichen Kuss konservieren. Das intensive Gefühl einfrieren.

Ein weiterer Kuss entfacht unsere Leidenschaft, Sehnsucht, Begierde. Er nimmt meine Hand, wir gehen zum Schlafzimmer, legen uns auf das Bett. Ich schmiege mich sanft an seinen warmen Körper. Seine Nähe tut gut. Ich vergesse alles um mich herum. Wir küssen uns zärtlich. Lange und intensiv. Einfach nur küssen. Küssen. Küssen. Es hört gar nicht auf. Seine Lippen berühren meinen Mund. Seine Zunge umkreist meine Lippen. Unsere Zungen berühren sich. Sanft, dann leidenschaftlich wild. Unsere langen Küsse verschmelzen, werden eins. Ich bin wie in Trance. Unsere erhitzten Körper verschmelzen, werden eins. Wir lieben uns in einem Rausch der intensiven Gefühle, wie ich es noch nie zuvor erlebt habe. Ich habe das Gefühl, dass ich fliege und nicht mehr hier bin. Weg. Nicht in dieser Wohnung und nicht in Harvestehude. Erschöpft lassen wir schließlich voneinander ab und halten uns eng umschlungen in den Armen.

Jetzt die Zeit anhalten. Nicht gehen. Bitte bleibe! Aber er bleibt nicht. Er zieht sich an, wie in den kitschigen Filmen, gibt mir noch einen Kuss, verschwindet durch die Tür, kommt zurück, küsst mich erneut, geht, kommt zurück und fragt, wann wir uns das nächste Mal treffen.

Bei der nächsten Nachricht auf meinem Handy muss ich weinen. *Ich liebe Dich*, schreibt er.

Ich liebe Dich auch, mein Liebling, schreibe ich zurück.

*

Es ist verrückt. LIEBE! Er schreibt, dass er mich liebt. Natürlich weiß ich, dass es ein Verhältnis ist. Ich will keine Affäre. Ich will keine sein und keine haben. Niemals wollte ich das. Und jetzt liebe ich Maximilian. Und er liebt mich.

Hallo, in welcher Welt lebe ich? Der Mann ist verheiratet und ich bin es auch. Er ist bekannt, erfolgreich und er wird das nicht aufs Spiel setzen. Unsere Beziehung wird ein Verhältnis bleiben. Er hat seine Freude daran und ich habe es auch. So einfach ist das. Willkommen in der Wirklichkeit, Charlotte. Willkommen im Leben. Diese Geschichten nehmen kein glückliches Ende. In den seltensten Fällen trennen sich die Männer von ihren Ehefrauen, verlassen ihre Komfortzone. Diese Geschichten enden meist mit Tränen und traurigen Erinnerungen. Ich weiß, dass es so ist. Dennoch hoffe ich, dass es das Schicksal anders mit uns meint. Hoffe auf ein Wunder, auf glückliche Zufälle und auf einen guten Ausgang dieser großartigen Liebe. Warum sonst habe ich Maximilian kennengelernt? Was soll mir diese Liebe zeigen, wenn ich sie nicht haben darf? Wenn sie nicht meins werden kann. Was soll ich daraus lernen? Welchen Sinn hat sie? Ich denke kurz an Maximilians Krankheit, schiebe das Thema aber schnell wieder von mir. Weit weg.

Charlotte. Sehnsucht.

München, 23. Dezember 2023

Hier können Sie Ihren Weihnachtsbaum aufstellen«, schlage ich vor und zeige auf eine freie Ecke am Fenster des Wohnzimmers der leeren Eigentumswohnung. Die Interessenten lächeln begeistert. Nach einigen Jahren als Immobilienmaklerin kann ich mir ein recht gutes Bild von meinen Kundinnen und Kunden machen und weiß, was ihnen gefällt.

Der Immobilienmarkt ist zurzeit recht schwierig. Es gibt nur wenige bezahlbare Wohnungen und Häuser auf dem Münchener Markt. Das Schwierigste für mich als Maklerin ist es, den Verkauf einer Immobilie übertragen zu bekommen. Der Verkauf selbst ist dann in der Regel ein Klacks. Viele Menschen suchen ein neues Zuhause und sind bereit, die meist überteuerten Kaufpreise zu bezahlen. Heute wird es auch wieder einfach. Es ist die dritte Besichtigung in der hübschen Eigentumswohnung. Ich bin mir sicher, dass wir zum Abschluss kommen. Die Kunden haben um diesen Termin noch vor Weihnachten gebeten, um alles für die Möbel ausmessen zu können. Das ist ein sicheres Indiz für den Verkauf. Schon oft habe ich aber auch erlebt, dass ein Verkauf in letzter Minute geplatzt ist. Die Käufer heute machen einen wirklich guten Eindruck und die Verkäufer haben einen guten Verhandlungsspielraum eingeräumt.

Die großzügige Eigentumswohnung liegt im Erdgeschoss einer schönen Jugendstilvilla. Ein älteres Ehepaar hat mich mit der Vermarktung beauftragt. Sicher war es ein Vorteil, dass ich in diesem Ortsteil selbst wohne. Mit meiner individuellen Werbung erreiche ich gerade die Menschen, denen eine persönliche Betreuung beim Verkauf wichtig ist. Viele in unserem Ortsteil kennen mich. Immer wieder werfe ich moderne und farbenfroh gestaltete Flyer aus edlem Papier in die Briefkästen der Häuser und Wohnungen. Nicht zu übersehen und sehr ansprechend für potentielle Verkäufer.

Nach der Besichtigung und einer freundlichen Verabschiedung will ich in mein Cabrio steigen, muss aber zuvor ein bisschen Schnee von der Windschutzscheibe kratzen. Wird es wohl in diesem Jahr weiße Weihnachten geben? Ich ziehe den Schal etwas fester und starte den Wagen. Brr, ist das kalt. Schnell nach Hause. Nebenbei schaue ich auf mein Handy, um festzustellen, ob eine Nachricht von Maximilian gekommen ist. Wie so oft an diesem Tag und an den vielen Tagen vorher. Wir schreiben uns täglich. Ich weiß immer, wo er ist. Er informiert mich über alle seine Termine und bringt mir die Welt des Fußballs näher. Vieles ist neu für mich. Ich interessiere mich für sein Leben, lese Spielberichte und Hintergründe und nehme so an Maximilians Leben teil.

An jedem Tag und jeden Abend erreichen mich liebevolle Nachrichten – *gute Nacht, träume was Tolles, mein Liebling.*

Ich bin gefangen in dem Spiel und der Sucht nach Nachrichten. Warten, schreiben, taktieren, dann wieder laufen lassen. Emotional, ganz eng bei mir, dann wieder sachlich, niemals plump, immer voller Respekt, mit einem Hauch von Sehnsucht. Es ist wunderbar. Es beflügelt mich.

*

Heiligabend. Im Haus duftet es köstlich, ich tranchiere die üppige Gans und lege weiße Papiermanschetten um die knochigen Gänsebeine. Ich war in zwei Läden, um sie kaufen zu können. Eigentlich sind sie unwichtig, denke ich, aber es sieht schön aus und Tradition ist eben Tradition.

Der raumhohe Weihnachtsbaum ist festlich geschmückt. Emilia hat freudig das Schmücken übernommen. Der Baum ist ziemlich bunt, aber wunderschön anzusehen. Er steht mitten im Wohnzimmer auf dem hellen Dielenholzboden neben dem Kamin und ich erfreue mich des herrlichen Anblicks.

Als Emilia noch klein war, bekam sie beim Dekorieren immer rote Wangen vor Aufregung. Sie hängte alles an den Baum, was in dem alten, abgegriffenen Weihnachtskarton zu finden war. Engel, Vögel, Sterne in unterschiedlichen Größen, Weihnachtsmänner, Glöckchen und natürlich Kugeln. Manchmal sortierte ich den Karton schon vorher unbemerkt, so dass nur eine Farbauswahl übrigblieb. Tradition ist eben Tradition.

Emilia schmückt ihn heute immer noch voller Freude. Sie ist kritischer geworden. Sorgsam betrachtet sie jedes Teil und kommentiert es. »Zu kitschig«, »Mama, die Kugeln sind zu groß«, »Es sollen nur wenige Kugeln dranhängen«, »Die Federn sind richtig schön«, »Mama, wir nehmen in diesem Jahr nur die weißen Federn.«

Ich beobachte sie aus der Küche und muss schmunzeln. Als der Baum fertig geschmückt ist, bewundern wir ihn wie jedes Jahr. Es ist der schönste Baum, den wir je hatten. Wie jedes Jahr.

Ich decke den festlichen Tisch für das aufwändige Abendessen und dekoriere die Teller kunstvoll mit grünen Tannenzweigen und silbernen Sternen. Meine Gedanken schweifen zu Maximilian. Ob er ebenso traditionell mit seiner Familie feiert? Werden seine Töchter da sein? Hilft er bei der Zubereitung des Essens? Sind seine Eltern zu Gast? Ich habe nicht mit ihm darüber gesprochen, doch ich kann mir vorstellen, dass sie Weihnachtsfest in Zürich ebenso sinnlich und festlich feiern wie wir in München.

Die Christmette ist anders in diesem Jahr. In den letzten drei Jahren sind wir aufgrund der hohen Infektionszahlen nicht in die Kirche gegangen. Das war sehr ungewohnt. Die Christmette gehört doch für die Christen zum Weihnachtsfest dazu. In diesem Jahr gehen wir wieder und ich freue mich darauf. In der Kirche herrscht Maskenpflicht, nur jede zweite Sitzreihe darf besetzt werden und das liebliche Krippenspiel, das üblicherweise von den Kommunionkindern aufgeführt wird, fällt leider aus. Schade. Seit Emilia kein war, schauen wir es uns an und vor ein paar Jahren hat sie sogar einen Hirten gespielt und musste einen langen Text auswendig lernen.

Als wir in der Kirche sitzen, fliegen meine Gedanken zu Maximilian. Besucht er mit seiner Familie ebenfalls einen festlichen Gottesdienst? Was würde ich darum geben, wenn er hier neben mir vor dem mit echten Kerzen geschmückten Weihnachtbaum stehen würde?

Was würde ich darum geben, wenn er neben mir »Stille Nacht, heilige Nacht« singen würde? Ich würde ihn anschauen und denken, dass ich ihn unsagbar liebe. Traurig und nicht ganz so laut singe ich mit: »... schlafe in himmlischer Ruh. Schlafe in himmlischer Ruh.«

Ich betrachte den riesigen Weihnachtsbaum mit den dünnen Zweigen und den altmodischen Strohsternen neben dem Altar. Das Licht der Kerzen verschwimmt langsam in meinen Tränen. Komisch, dass ich bei »Stille Nacht« immer weinen muss.

Die Weihnachtstage sind ruhig und friedvoll. Meine Familie ist am ersten Feiertag zum Mittagessen eingeladen. Es ist schön, alle versammelt am Tisch zu wissen, aber ich bin froh, als abends alle wieder weg sind und Ruhe einkehrt. Ich habe heute nichts von Maximilian gehört. Ungewöhnlich. Sicher ist er ebenso im Kreise seiner Familie in die Feierlichkeiten eingebunden. Er fehlt mir, doch schweren Herzens widerstehe ich der Versuchung, ihm eine liebe Nachricht zu schreiben. Es ist Weihnachten und ich möchte nicht stören.

Am Nachmittag des zweiten Weihnachtstages kann ich der Sehnsucht dann aber nicht länger widerstehen. Ich schreibe eine Nachricht: *Ich vermisse dich, mein Liebling. Ich hoffe, du hattest schöne Feiertage. Was machst du?* Es ist eine blöde Frage. Den zweiten Weihnachtsfeiertag verbringt er sicherlich bei seiner Familie.

Ich bin im Büro und arbeite meine Post auf, kommt es nach wenigen Minuten zurück.

Ich stutze. Er ist im Büro? Am zweiten Weihnachtstag? Keine Familie? Kein endloses Mittagessen mit den Eltern, Kindern und der Verwandtschaft? Seltsam. Ist die

Stimmung in seiner Familie nicht so gut? Wurde keine Verwandtschaft eingeladen? Sind seine Kinder nicht zu Hause? Was lässt ihn am zweiten Weihnachtsfeiertag im Büro arbeiten? Oder ist es vielleicht sein Wunsch, im Büro zu arbeiten? Kann er den Trubel und die Weihnachtsstimmung nicht ertragen? Ich habe nie gefragt. Aber mit mir an seiner Seite hätte er das Fest geliebt. Er hätte jede Minute der Weihnachtstage feierlich zu Hause verbracht und wäre nicht ins Büro gegangen. Weihnachten ist Familienzeit.

*

Mit lieben Gedanken an Maximilian schlafe ich an diesem Abend ein. Ich schlafe unruhig und träume wirr von einem Urlaub an einem Strand. Es regnet und ich halte Maximilian fest an der Hand. Doch seine Hand entgleitet mir immer wieder und ich kann ihn nicht festhalten. Es donnert und regnet und ich habe Angst um ihn.

Verwirrt wache ich auf und knipse das Licht an, um erleichtert festzustellen, dass ich in meinem Bett zu Hause bin. Alles war nur ein Traum. Ich atme tief durch, gehe in die Küche, um mir ein Glas Wasser zu holen. Ich bin noch ganz benommen und setze mich mit meinem Glas an den großen, hölzernen Küchentisch. Meine Gedanken reisen zu Maximilian. Ich liebe dich so sehr, mein Liebling, denke ich und muss fast weinen. So ausweglos erscheint mir die Situation gerade. So unendlich kompliziert und verzwickt.

Ich würde es tun. Springen ohne Netz und doppelten Boden. Ich würde Tom verlassen, um mit Maximilian ein neues Leben anzufangen. Nächtelang habe ich darüber nachgedacht, mich hin- und hergewälzt und das Für und Wider gegeneinander abgewogen. Ich weiß, dass Maximilian das auch macht, und ich weiß auch, dass er keine Lösung gefunden hat.

Doch ich? Was wäre wenn …? Ja, ich wäre bereit dazu. Ein Neuanfang. Tom würde es irgendwie verkraften. Und was wäre mit Emilia? Für Emilia wäre es schwierig. Sie ist noch ein Kind. Für Emilia würde eine Welt zusammenbrechen, aber sie würde es akzeptieren müssen. Mit der Zeit würde ihr Schmerz kleiner werden. Sie würde ihr Umfeld behalten. Also gleiche Schule, gleiche Freunde, gleiches Zuhause. Sie würde mal bei ihrem Vater leben und mal bei mir. Das sollte gehen, das machen andere auch so. Natürlich wäre die Familie entzweit, nicht mehr zu reparieren. Die Festung für das Leben. Das, was Emilia Sicherheit gibt, Geborgenheit und Liebe. Ich stelle mir vor, dass ich Emilia das auch in einer anderen Umgebung geben könnte. Das muss doch funktionieren. Sie ist nicht mehr sechs Jahre alt. Sie ist eine gute Schülerin. Sie wird vielleicht ihr Abitur machen, dann ein Auslandsjahr, wenn das trotz Corona möglich ist. Danach wird sie ohne mich weiter planen und ein eigenes unabhängiges Leben führen.

Ich stelle mir immer wieder diese eine Frage: Warum habe ich Maximilian kennengelernt? Warum erfahre ich eine so intensive Liebe? Und warum darf ich sie dann nicht leben? Warum nicht? Es ist absurd. Es macht absolut keinen Sinn. Das macht mich wütend und traurig.

Lebe im Hier und Jetzt, im Moment. Natürlich kenne ich dieses esoterische Gesetz für ein glückliches Leben.

Es macht mich unruhig und traurig, dass ich keine Antworten auf meine Fragen finde. Vielleicht gibt es sie auch nicht. Vielleicht gibt es auf manche Fragen einfach keine Antworten und ich sollte mich damit abfinden. Vielleicht lebe ich ja auch schon die Liebe auf eine ganz besondere eigene Art. Eben auf jene Art, wie sie zurzeit für uns möglich und gut ist. Warum will ich mehr? Ich werde von Maximilian geliebt und ich liebe ihn. Wir verbringen traumhaft schöne Augenblicke miteinander. Die intensivsten Augenblicke, die ich je erlebt habe. Er macht mich glücklich.

Warum bin ich so undankbar? Warum bin ich nicht zufrieden mit dem, was ich habe? Erst sehr viel später weiß ich, dass ich die Liebe ausgekostet habe. Ich hatte keinen Grund, undankbar zu sein. Ich hatte keinen Grund, mehr haben zu wollen. Das Geschenk der Liebe lag vor mir. Ich brauchte es nur dankbar anzunehmen, ohne zu fragen, warum ich nicht mehr bekommen kann. Ich hatte alles.

Aber jetzt, in dieser Nacht am Küchentisch, bin ich trotzig wie ein Kleinkind. Ich will klare Verhältnisse, ohne Lügen leben. Unbeschwert, glücklich. Ich sehne mich nach Maximilian. Manchmal denke ich, dass diese Liebe nur deshalb so stark ist, weil sie unerfüllt ist. Ist das der Reiz? Nein, das ist unfair.

Ich arrangiere mich mit der Situation. Mein Verstand sagt mir, dass es so das Beste ist. Ich riskiere nichts, ich zerbreche nichts. Für alle Beteiligten ist dies die beste Alternative. Doch mir reicht es nicht. Ich möchte mehr Zeit mit Maximilian verbringen und ich ertappe mich dabei, wie ich mir mein Leben ohne Tom vorstelle. Ich betrachte Maximilians Umfeld und will das Leben mit ihm teilen. Ich möchte an seiner Seite leben. Wobei unsere Liebe durch unser Zusammenleben nicht gesteigert würde. Unsere Liebe lässt sich nicht mehr steigern. Es ist egoistisch, Maximilian für mich allein haben zu wollen. Wofür? Was soll es bringen? Was sollte es mir mehr geben als das, was ich bereits jetzt schon habe? Liebe.

Maximilian. Verlangen.

Singapur, 27. Dezember 2023

The Fullerton Hotel. Nadja und die Mädels sind begeistert, als das Taxi vor dem historischen Hotel mit den imposanten Säulen und der wunderschönen Fassade hält.

»Wow, ist das cool hier«, ruft Franz begeistert, als sie aus dem Auto steigt. »Schnell zum Pool. Ich will den Pool sehen.«

»Wirklich schön«, bestätigt auch Nadja und gibt mir einen flüchtigen Kuss auf die Wange. Ich bleibe noch einen Moment vor dem Eingang stehen und lasse das prächtige Gebäude auf mich wirken. Stolz präsentiert es sich so, als wäre die Kolonialzeit an diesem Ort noch immer gegenwärtig. Ich stelle mir vor, wie hier über Jahrzehnte gutbetuchte Menschen nächtigten und wichtige Geschäftsleute ein- und ausgingen. Vor dem Hotel parken drei glänzend polierte Oldtimer in Pastellfarben. Ich bin mir nicht sicher, ob sie zufällig abgestellt wurden oder das Bild des ohnehin schon imposanten Gebäudes abrunden sollen.

Ich bin mit der ganzen Familie nach Singapur geflogen und wir haben uns über Silvester hier einquartiert. Die ersten Flieger gehen wieder in ferne Länder und die Corona-Reisewarnungen wurden inzwischen weltweit aufgehoben. Wir haben uns sehr auf diese Reise gefreut, waren wir es doch gewohnt, ständig in fremde Länder zu reisen, pulsierende Städte und Metropolen zu erkunden und die große weite Welt kennenzulernen. Viel zu lange haben die Reisewarnungen angedauert.

Wir waren ausgehungert nach dem Leben. Und vor allen Dingen waren wir es gar nicht gewohnt, Urlaube zu Hause zu verbringen. Der Service eines Fünf-Sterne-Hotels gehörte ebenso zu unserem Leben wie die Milch in den Kaffee beim Frühstück. Eine Selbstverständlichkeit, die uns durch die Corona-Pandemie genommen wurde. Natürlich hatten wir uns schnell auf die neue Situation eingestellt. Mussten wir ja auch. Dennoch war uns klar, dass das nur eine zeitlich befristete Situation sein würde und wir fieberten nach Normalität und nach unserem alten Leben, das mit Reisen und Urlauben pickepackevoll war.

»Kommt schon!«, quengelt Franzi und auch Julia steht schon vor der Lobby.

»Ja, ja, ich komme schon«, gebe ich gut gelaunt zurück und eile ihnen zur Rezeption nach. Das internationale Hotel mit der historischen Fassade und der imposanten Lobby, in der dunkle Fans für einen angenehmen Luftzug sorgen, umgibt eine exklusive Eleganz und eine wunderbare Ruhe.

Wir werden freundlich und zuvorkommend empfangen und erhalten ein kühles Wellcome-Getränk mit Orangen und sogar ein Upgrade auf den Club-Floor. Die hübsche junge Dame am Empfang erklärt uns umständlich und in Englisch die Hygienestandards des Hotels und bittet, den detaillierten Bericht mit einem desinfizierten Kugelschreiber zu bestätigen. Im Hotel herrscht Maskenpflicht, ebenso im Wellnessbereich und in den Restaurants. In der Sauna und auf den Liegen darf man die Masken abnehmen.

Ein freundlicher junger Page begleitet uns in die 7.

Etage und zeigt uns unsere wunderschönen Zimmer mit edlen Stoffen und einer luxuriösen Einrichtung. Edle Mahagonimöbel und ein breites, mit zahlreichen Kissen dekoriertes herrliches Bett gehören zur äußerst geschmackvollen Einrichtung.

Julia und Franzi teilen sich ein Zimmer, das neben unserem liegt, und sie sind begeistert. Dem Pagen drücke ich ein üppiges Trinkgeld in die Hand und gehe hinaus auf den Balkon mit einer überragenden Aussicht.

»Ich gehe zu den Mädels rüber und schaue mir das Zimmer von ihnen an«, ruft Nadja und ich höre die Tür ins Schloss fallen.

Vom Balkon habe ich einen grandiosen Blick auf die Bucht. Ich sehe sogar große Kreuzfahrtschiffe in der Ferne schimmern. Es ist atemberaubend.

Ich muss an einen roten Luftballon denken, der hoch in den Himmel steigt. Eigenwillig, kraftvoll und allen Hindernissen zum Trotz. Ich habe das Gefühl, weit weg zu sein. Weit weg von dem Lärm der Straßen in Zürich, von meinem Club und von meinem Leben. Einfach ausgestiegen. Zum Hinterausgang raus und dem Leben den Rücken gekehrt. Raus aus der Leukämie, weg von den schlechten Gedanken, von meinen Ängsten und der Anspannung, die mich ständig umgibt und durchdringt.

Aber es ist ein Trugschluss. Das weiß ich natürlich. Ich muss den Hinterausgang wieder benutzen. Muss wieder hinein in mein Leben, muss mich den Tatsachen stellen und jeden Tag den Kampf mit den Dämonen kämpfen. Doch nicht heute. Ich bin zu schwach und wische meine

Sorgen weg. Ich verdränge die Wirklichkeit. Heute genieße ich den Moment. Ich zwinge mich förmlich dazu.

Neulich habe ich meinen Apotheker getroffen. Es war an einem Samstagabend und er erzählte mir, dass er auf dem Weg zu einem Krebspatienten sei, um ihm das verordnete Morphium gegen die Schmerzen zu bringen. Kurz habe ich darüber nachgedacht, wie es wäre, eine ausreichende Ration Barbiturat zu bunkern, um selber entscheiden zu können, wann ich dem Leben ein Ende setze. Das habe ich in einem Film mit Klaus Maria Brandauer gesehen. Er spielte einen Demenzkranken und versteckte das Medikament in einem Buch in seinem vollen Bücherregal. Ein gelbes sichtbares Post-it sollte ihn daran erinnern, wo es ist. So verschaffte er sich die Chance, selber zu entscheiden, wann sein Leben endet.

Diesen Gedanken fand ich reizvoll. Ich hätte es auch gern selbst in der Hand, wann ich sterbe. Vor allen Dingen möchte ich keine Schmerzen haben und meiner Familie nicht zur Last fallen. Ich will nicht die mitleidsvollen Blicke sehen, wenn es zu Ende geht. Sie können mir ohnehin keine Hilfe sein. Vielmehr glaube ich, dass es dadurch schwerer wird. Dass das Sterben unerträglich wird. Wer soll denn die Hand zuerst loslassen, wenn ich gehe? Ich kann das nicht. Ich werde mich bis zuletzt an mein Leben klammern. Ich werde sie nicht loslassen.

Mist, schon wieder bin ich in diese blöden Gedanken gerutscht. Dabei hatte ich mir doch vorgenommen, meinen Ängsten und der Angst vor dem Sterben, meiner Krankheit und den Sorgen hier an diesem wunderschönen Ort keinen Raum zu geben.

Ich schließe die Augen und atme die klare Luft tief ein, spüre die leichte warme Brise, die vom Meer kommt, und höre das zaghafte Rascheln der Palmenblätter, die sich sanft im Wind berühren und dem Zauber der tropischen Umgebung eine eigene Symphonie verleihen. Ein sanftes Vorspiel, das durch den leichten Wellengang des Meeres an Fahrt aufnimmt, gesteigert von den bizarren Lauten umherschwirrender Vögel. Und wieder Palmengeflüster im Rhythmus des Windes. Ich öffne die Augen und die paradiesische Umgebung verstärkt meine melancholische Stimmung. Ich bin so sehr bei mir. Bin eins mit mir und völlig ruhig, geerdet und rein. Es ist wie Meditation. Sich einlassen auf den Moment und nur spüren, spüren, spüren. Ich kann das inzwischen ziemlich gut. Aber hier und heute ist es besonders. Es ist diese besondere Umgebung, die Ruhe des Moments und das Gefühl, weit weg zu sein.

Mein Arzt hatte mir zur Meditation geraten. Zuerst habe ich mich dagegen gewehrt, aber dann las ich etwas darüber und baue seitdem immer wieder Meditationsphasen in meinen Tagesablauf ein. Am Anfang habe ich mich oft dabei erwischt, wie meine Gedanken abschweiften, wie ich in der Ruhe des Moments dann plötzlich doch bei meinem Club war, wie ich plötzlich Verträge vor Augen hatte, bei denen ich meinte, unverzüglich etwas ändern zu müssen, oder ich dachte an die nächsten Termine.

Inzwischen gelingt es mir sehr gut, abzutauchen und der Leere Raum zu geben. Ich vergesse Ort, Zeit und vor allem meine Verpflichtungen. Das entspannt mich und ich schöpfe viel Ruhe und Kraft. Es war eine neue Erfahrung, ganz bei mir zu sein. Es ist ein irres Gefühl. Es macht mich stark und macht mich ruhig. Manchmal nur für den Moment, manchmal hallt sie nach. Doch immer ist es kraftvoll und bereichernd.

Ich höre die Zimmertür und drehe mich um. »Hast du schon ausgepackt?«, fragt Nadja. »Vielleicht machen wir uns etwas frisch und gehen in der Stadt eine Kleinigkeit essen.«

»Ja, sehr gerne«, antworte ich. »Ich bin gleich fertig.«

Wir schlendern durch den kleinen Hafen und essen in einem Restaurant, das sogar eine kleine Außenterrasse hat. Auch hier sieht man alle Menschen nur mit Masken. Das Essen ist lecker, europäisch, aber ich kann es nicht richtig genießen, weil ich von dem langen Flug erschöpft und sehr, sehr müde bin.

Die Mädchen planen für morgen eine Bootstour und Nadja schließt sich an. Ich äußere den Wunsch, im Hotel zu bleiben und mich von der Reise zu erholen. Niemand widerspricht.

*

Meine Familie ist schon früh am Morgen zu der Bootstour auf die vorgelagerten Inseln Singapurs aufgebrochen. Ich habe ausgeschlafen und allein gefrühstückt. Frische Früchte. Quark. Starker Kaffee aus einem schweren Silberkännchen und eine Schale Müsli mit etwas Joghurt.

Danach schlendere ich zu dem traumhaft schönen Pool, der eingebettet in pinkfarbene Blumen-Arrangements und gepflegte Palmen aussieht wie ein unberührtes zartes Geschöpf, rein, unverbraucht, einfach göttlich. Mein Blick bleibt an dem grandiosen Ausblick hängen. Das satte Blau des kühlen Pools verschmilzt in der Ferne mit der grüngrauen Skyline der Stadt, bildet eine Symbiose mit der grünen angrenzenden Natur, spielerisch und unangestrengt, selbstverständlich und dabei gewaltig und wunderschön.

Ich beziehe eine bequeme Liege aus weißem Rattan. Nur zwei weitere Liegen sind noch besetzt. Hier ist die Normalität nach Corona noch nicht zurückgekehrt. Ich kenne das Hotel von meinen früheren Aufenthalten und damals wimmelte es nur so von internationalen Gästen. Heute ist es nur wenig ausgelastet.

Eine freundliche Mitarbeiterin reicht mir unaufdringlich ein in Pfefferminzwasser getränktes kleines Handtuch. Ich kühle meine Stirn damit. Es ist wunderbar. Sie lächelt freundlich und ihre weißen Zähne strahlen. Ich bedanke mich überschwänglich und habe das Gefühl, dass sie es liebt, den Gästen ihre Wünsche von den Augen abzulesen. Danach bekomme ich ein Papayawasser mit Eis und ein mit einer Orchidee dekoriertes eingerolltes Badetuch.

Die Blätter der umliegenden Palmen rascheln im Wind und spenden wohltuenden Schatten. Von meiner Liege aus kann ich über den üppigen Garten hinweg die Hochhäuser der Stadt sehen. In der Ferne. Ganz weit weg vermute ich das geschäftige Treiben der Stadt, obwohl das historische Hotel zentral liegt. Doch nichts von der Stadthektik dringt bis hierher. Ich spüre nur die Ruhe und Abgeschiedenheit des Augenblicks. Es ist wunderschön.

Ich brauche keine Abenteuer. Mein Leben ist und war ein einziges Abenteuer, ich habe schon so viel erlebt. Heute ist es für mich viel wertvoller, die Zeit in Ruhe zu verbringen. Ich bin bei mir selbst. Und ich denke an Charlotte. In meinen geheimen Träumen reise ich zu ihr. Ins kalte Deutschland. Ich hätte sie gerne bei mir. Hier, neben mir auf der Sonnenliege. Ich würde ihre Hand zärtlich nehmen und sie einfach nur anschauen. Und ich wäre glücklich, dass sie da ist.

Ich schließe meine Augen. Ihr schönes Gesicht erscheint direkt vor mir. Ich küsse sie sanft und zärtlich. Ich küsse ihren Mund, ihre Lippen und streichle ihren wunderschönen nackten Körper. Ich berühre ihre Brüste, umkreise ihre Brustwarzen und wandere mit meinen Händen ihren Körper entlang, streichle ihre Schenkel und lasse meine Hand auf ihrer Scheide liegen, bevor ich sie auch dort sanft streichle. Ich spüre, wie sehr sie es genießt, höre, wie ihr Atmen schneller wird, und ihr leises Stöhnen. Ich sehe, wie sehr sie die Berührungen liebt und wie ihr Körper unter meinen Händen vor Erregung bebt, wie sie feucht wird, wie sie ihren Kopf in den Nacken wirft und unter meinen sanften Berührungen zusammenzuckt und zum Höhepunkt kommt.

Nie zuvor im Leben habe ich eine solche Befriedigung gefunden wie mit Charlotte. Ich habe so etwas bisher nicht gekannt. Ich wusste nicht, dass ich so sehr lieben kann. Dass ich mit jemandem eins werden kann. Dass unsere Körper verschmelzen können und dass es mich so glücklich macht.

Es wäre so schön, wenn sie hier wäre. Ich sehne mich nach ihr. In meinen Träumen ist sie hier. Sie trägt ein luftiges Kleid, sie lächelt mich liebevoll an und ist immer in meiner Nähe. Wir sprechen wenig. Wir brauchen das nicht. Unsere Dimension ist höher, weiter, besser. Ach, Charlotte. Ich liebe dich. In meinen Gedanken schlendern wir am Strand entlang. Unsere Füße sind nackt. Ich spüre den warmen weichen Sand unter meinen Fußsohlen. Ich nehme deine Hand und wir laufen endlos am Strand entlang, bis wir erschöpft irgendwo in den Sand fallen. Ich küsse dich sanft, zärtlich, dann wild und leidenschaftlich. Der Sand ist warm und überall. In deinen Haaren, auf deiner gebräunten Haut, auf deinem Gesicht. Ich liege auf dir, blicke in deine wunderschönen braunen Augen und bin dir so nah. Charlotte, wo bist du? Warum bist du jetzt nicht hier bei mir? Ich möchte es so sehr.

Ich liege noch eine lange Zeit einfach da. Ich bewege mich nicht, möchte die Gedanken anhalten, möchte ihr weiter so nah sein. Nicht die Augen aufmachen. Dann verschwinden die schönen Bilder. Dann lösen sich die wundervollen Gedanken in nichts auf. Ich behalte sie wie einen kostbaren Schatz in mir. Bleib bei mir, Charlotte. Bitte bleibe jetzt bei mir. Ich sehe dich in diesem bunten Kleid. Ich sehe den Sand auf deiner Haut und ich rieche den Duft deines Parfüms. *Schwarze Orchidee* heißt es, das sagtest du mal. Ich rieche es. In meinen Gedanken atme ich es. Bleib bei mir. Schmiege deinen Körper fest an mich, wie du es schon unzählige Male getan hast. Ich will deine Haut spüren, ich will deine Wärme spüren.

Ich habe keine Ahnung, wie lange ich so daliege. Zeit spielt keine Rolle. Neben mir machen es sich geschwätzige, englischsprechende Touristen auf zwei Liegen bequem. Sie erhalten ein in Pfefferminzwasser getränktes Handtuch für das Gesicht und ein mit einer Orchidee dekoriertes eingerolltes Badetuch. Es ist ein junges Paar. Sie scheinen verliebt. Sie berühren sich. Er cremt ihren Rücken ein. Langsam. So langsam, wie es nur Verliebte machen.

Ich nehme mein Buch und lese etwas. Ich kann mich nicht konzentrieren. Immer wieder lese ich dieselbe Seite. Unschlüssig lege ich das Buch beiseite und mache mich auf zu einem kleinen Spaziergang durch die Stadt. Charlotte, ich will deine Hand nehmen. Hier und jetzt. Ich möchte, dass du in deinem Sommerkleid an meiner Seite gehst. Ich möchte, dass du mir die Dinge zeigst, die du entdeckt hast. Ich werde sie bewundern und wir nehmen kleine Andenken mit ins Hotelzimmer. Niemals in meinem Leben habe ich Sehnsucht so stark empfunden wie in diesem Moment.

Charlotte. Freundschaft.

München, 31. Dezember 2023

Wir sind zum Neujahrswechsel in München bei lieben Freunden eingeladen und verbringen den Abend im Kreise unserer Freunde.

Fünf Haushalte und maximal 25 Personen sind im privaten Bereich erlaubt. Die Gastgeberin hat ein großartiges Fünf-Gänge-Menü vorbereitet. Es gibt eine leckere Salatvariante mit Sprossen und Körnern, Wildfilet an Preiselbeeren, Sorbet, köstliches Nougat-Parfait an Brombeermousse und eine ausgezeichnete edle Käseauswahl. Die Stimmung ist ausgelassen und wir haben viel Spaß. Noch vor Mitternacht wird die Musik lauter gedreht und wir tanzen im Wohnzimmer zu Coldplay und Udo Jürgens: »Ich war noch niemals in New York, ich war noch niemals richtig frei, einmal verrückt sein und aus allen Zwängen flieh'n …« Ich weiß nicht, ob das erlaubt ist, aber wir machen das einfach.

Ich trage ein kleines Schwarzes und Pumps und fühle mich gut. Es ist ein schöner Abend und doch genieße ich ihn nicht ganz. Etwas fehlt. Das Glück ist nicht perfekt.

Wenig später zählen wir den Countdown zum Jahreswechsel. Zehn, neun, acht, sieben, sechs, fünf, vier, drei, zwei, eins … Dann starten mit lautem Knallen und funkensprühend die Raketen in den Himmel. Wir stehen auf der Dachterrasse und genießen den Ausblick. Bei der ersten Rakete soll man sich etwas wünschen, erinnere ich mich, und dieser Wunsch wird im neuen Jahr in Erfüllung gehen. Maximilian. Ich wünsche mir die Liebe und ein Leben mit Maximilian, denke ich und schließe kurz die Augen. Das, und nur das ist mein Wunsch für die Zukunft.

»Happy New Year, Mama«, beschwingt umarmt mich Emilia.

»Happy New Year, mein Liebes. Ich liebe dich«, sage ich zärtlich und umarme sie liebevoll.

Es folgen unzählige Umarmungen, Küsschen und gut gemeinte Wünsche für das Neue Jahr von meinen Freundinnen und Freunden. Fröhlich stoßen wir an. Ich bin erleichtert, dass Tom mit anderen Männern Raketen anzündet. Erst viel später kommt er zu mir und wir stoßen mit einem Glas Champagner auf das neue Jahr an.

Es ist 0.45 Uhr und ich setze mich etwas abseits auf einen Stuhl. Ich sende liebe Happy-New-Year-Grüße an meine Eltern, Geschwister und Freundinnen und Freunde. Plötzlich erreicht mich ein Anruf. Von Max. Er ist in Singapur. Sechs Stunden Zeitverschiebung. »Happy New Year, mein Liebling«, ruft er ins Telefon. »Alles Gute für dich im neuen Jahr. Ich liebe dich.«

Ich bin überrascht und freue mich riesig über seinen Anruf. Er weiß, dass ich auf dieser Feier bin, und er weiß, dass er es kurz machen muss. »Ich liebe dich auch, mein Herz. Bis bald. Komm schnell zurück«, beeile ich mich zu flüstern, bevor das Gespräch beendet ist. Ich schließe die Augen und versuche diesen Moment festzuhalten. Ich bin so glücklich.

Wir tanzen bis in den frühen Morgen. Es ist lustig und wir haben viel Spaß. Ich trinke kaum Alkohol, aber ich genieße die Feier. Er ist bei mir. Maximilian ist ganz nah bei mir, auch wenn er das neue Jahr in Singapur mit seiner Familie beginnt.

*

Kurz nach Silvester bin ich mit meiner besten Freundin Betti in der Münchener Innenstadt verabredet. Ich muss mit jemandem über meine Beziehung mit Maximilian reden und Betti ist eine liebe, vertraute und langjährige Freundin. Wir haben schon vor Jahren nächtelang telefoniert und uns gegenseitig bei Liebeskummer getröstet.

»Was, du hast eine Affäre mit Maximilian Lichtenstein?«, donnert Betti los, als ich ihr von ihm erzähle. Wir sitzen in einem schicken Café in der Münchener Innenstadt und trinken leckeren Cappuccino. Sie mit laktosefreier Milch. Sie rührt nervös in ihrem Milchschaum. »Du spinnst. Du musst total verrückt sein! Und was ist mit Tom? Ich dachte, ihr führt eine glückliche Ehe? Das kannst du ihm doch nicht antun. Und was ist mit Emilia?«

Ich stöhne. Genau diese Vorwürfe will ich nicht hören. Natürlich habe ich ein schlechtes Gewissen, aber ich spüre auch, dass die Beziehung mit Maximilian anders ist. Sie ist groß, viel größer. Und ich weiß, dass ich sie um nichts in der Welt aufgeben möchte. »Denk jetzt mal nicht an Tom oder Emilia«, versuche ich sie zu beruhigen. »Natürlich fühle ich mich schuldig. Jeden Tag, in jedem Augenblick, aber trotzdem …« Ich weiß, dass sie Tom gerne mag. »Es geht nicht um Tom und Emilia, es geht um mich«, fahre ich fordernd und beinahe ein wenig beleidigt fort.

»Und, wie ist es?«, will sie jetzt wissen und seufzt. »Erzähl doch mal.«

Ich bin froh. Ich bin so froh, dass ich unsere Geschichte endlich jemandem erzählen kann. Viel zu lange habe ich das Geheimnis mit mir herumgetragen. Ich vertraue ihr alles an. Wie im Rausch kommen die Worte über meine Lippen. Ich berichte von unseren geheimen Treffen, Mallorca und Hamburg, der Krankheit und seiner Familie, von Julia, Franzi und seinem Job. Ehrlich schildere ich meine Gefühle und offenbare am Ende meinen Wunsch nach einem gemeinsamen Leben mit Maximilian. Ich bin gespannt auf ihre Reaktion, will gut gemeinte Ratschläge hören. Ich will, dass sie mir Mut macht. Ich will, dass sie die Liebe versteht.

»Oh, Mann«, bringt sie nach kurzem Schweigen mühevoll hervor. »Das ist heftig.« Sie schöpft einen Löffel Milchschaum von ihrem Cappuccino. Es folgt Schweigen.

Wahrscheinlich habe ich sie mit meiner Geschichte völlig überfordert. Das kam vermutlich sehr unvorbereitet für sie. Ich habe nie eine Andeutung gemacht. Kann ich erwarten, dass sie es versteht? Kann ich erwarten, dass sie erwidert: »Klasse, Charlotte, das hast du prima gemacht. Mach weiter so.«

Ich kenne Betti jetzt schon so lange. Ich habe sie in Emilias Schule bei einem Elternabend kennengelernt. Wir mochten uns sofort und inzwischen verbindet uns eine tiefe Freundschaft. Kann ich ihr vertrauen? Was ist, wenn sie das Geheimnis ausplaudert? Was ist, wenn sie es ihrem Mann berichtet oder in unserem gemeinsamen Freundeskreis erzählt? Mir wird ganz heiß. Genau aus diesem Grund habe ich meine Geschichte so lang niemandem erzählt. Kann ich ihr vertrauen? Wird sie es für sich behalten? Ich habe lange überlegt, ob sie die Richtige ist, ob sie damit umgehen kann. Ich musste es riskieren. Zu groß war mein Bedürfnis, das Geheimnis mit jemandem zu teilen.

Ich sitze da und warte, klammere mich an meiner Kaffeetasse fest. Es war die falsche Entscheidung, das wird mir jetzt klar. Ich hätte es ihr nicht erzählen dürfen. Ich kämpfe mit den Tränen. Große Wut, tiefer Schmerz und die Anspannung der letzten Wochen drängen raus. Langsam rinnen mir Tränen über die Wangen.

Eine freundliche Bedienung kommt zu unserem Tisch. Schnell wische ich mit dem Ärmel die Tränen weg und wir bestellen zwei Stück Blaubeer-Tarte.

»Du kannst dich auf mich verlassen«, sagt Betti sanft, als sie wieder fort ist. Fast, als hätte sie meine Gedanken erraten. »Sei unbesorgt, ich werde es niemandem erzählen.«

Dankbar für diese Worte krame ich nach einem Taschentuch in meiner Tasche. Ich wische mir die Tränen fort und sie legt ihre Hand auf meinen Arm.

»Mach dir darüber keine Sorgen«, beruhigt sie mich. »Aber du musst völlig verrückt sein. Das hat keine Zukunft und es ist gefährlich. Wenn das rauskommt, wenn jemand ein Foto von euch macht, wird euch die Presse in der Luft zerreißen. Du gerätst ins Visier von Journalisten. Mensch, Charlotte, überlege doch mal. Du musst das beenden!«

Die Blaubeer-Tartes werden serviert und ich stochere lustlos mit der Gabel darin herum. Eigentlich liebe ich

Blaubeer-Tarte. Verdammt, sie sollte mir helfen. Es bejahen. Mir Mut machen.

Nun sitze ich hier wie ein kleines Mädchen, das etwas ausgefressen hat und auf seine Strafe wartet. Nein, ich fühle mich nicht schuldig. Ganz im Gegenteil. Ich fühle mich lebendig wie nie zuvor. Das Gefühl der Liebe tut mir gut, allen Einwänden zum Trotz, allen moralischen Tabus zum Trotz. Ich will diese Liebe leben. Ich fühle es so stark in mir. Es ist nicht der Blick durch eine rosarote Brille. Es ist das Gefühl, das da ist, wenn du in dich hineinhörst. Das Gefühl sagt dir, dass es genau richtig ist, was du tust.

Betti beobachtet mich genau, nimmt meine Hand und schaut mich an. »Dann mach es. Mach, was dich glücklich macht. Lebe es, wenn du denkst, es ist die richtige Entscheidung. Trau dich und folge deinem Herzen.«

Plötzlich heule ich los. Alle Dämme scheinen zu brechen und Betti nimmt mich liebevoll in den Arm und hält mich fest.

»Ich spüre doch, dass du es so sehr möchtest, und ebenso spüre ich, dass es keinen Sinn macht, dich vom Gegenteil zu überzeugen. Liebe ihn, liebe Maximilian, wenn du meinst, dass es richtig ist. Dann wird sicher auch alles gut werden. Aber es wird nicht einfach sein und ich sage dir, dass die meisten dieser Geschichten nicht gut ausgehen. Sei dir bewusst, du lässt dich auf einen verheirateten Mann ein. In den meisten Fällen verlassen die Männer ihre Frauen und ihre Familien nicht. Damit musst du rechen. Aber dennoch, lebe im Augenblick. Genieße die Liebe, die wunderbaren Gefühle und das Gefühl, geliebt zu werden. Ein bisschen beneide ich dich sogar darum. Ich kann mich nur noch schwach daran erinnern, wie sich Verliebtheit anfühlt. Aber ich weiß noch, dass es wunderschön ist.«

Ich bin glücklich, dankbar für ihr Verständnis und ihre Reaktion. Genau das will ich hören. Wobei ich eigentlich keine Bestätigung gebraucht hätte. Tief in meinem Herzen weiß ich, was zu tun ist. Ich weiß, dass ich meinem Herzen folgen muss. Ich lebe bewusst, höre immer in mich hinein und entscheide mit dem Herzen. Das habe ich im Laufe meines Lebens gelernt. Ich spüre, was richtig ist, und in dieser Situation bin ich mir sehr sicher, dass es richtig ist. Ich *muss* dieser Liebe folgen.

»Hör zu, meine liebe Charlotte«, fährt Betti nun ernst fort und schaut mir dabei in die Augen, »es wird nicht einfach werden. Auch weil Maximilian krank ist. Aber wenn du ihm beistehen möchtest, wenn du ihn nicht verlieren möchtest, dann gehe den Weg mit ihm. Du kannst jederzeit auf mich zählen. Ruf mich an, wenn du mich brauchst. Ich bin immer für dich da, wenn du mit mir sprechen möchtest. Und ich sage es noch einmal: Du kannst dich darauf verlassen, dass ich niemandem etwas erzähle. Es wird schon alles gut werden.«

Ich fühle mich plötzlich in meine Kinderzeit zurückversetzt. Es ist, als würde ich mit einer Freundin einen guten Plan aushecken. Wir sind neun oder zehn Jahre alt und überlegen in unserem Baumhaus, wie wir die sauren Johannisbeeren im Garten der Nachbarn stibitzen könnten. Dieses Gespräch schweißt uns zusammen, macht uns zu noch engeren Freundinnen. Davon findet man nur wenige im Leben.

Ich wische meine Tränen fort und lächle sie an. Danke,

lieber Gott, für diese tolle Freundin, ich danke dir so sehr, denke ich. »Danke, liebe Betti«, sage ich laut und liebevoll, »danke für dein Verständnis und deine wunderbare Art, die Dinge zu sehen.«

»Schon okay«, antwortet sie bescheiden und umarmt mich noch einmal ganz fest. »Wollen wir ein Glas Prosecco trinken?«

»Ja, sehr gerne.« Erleichtert bestellen wir zwei Gläser Prosecco, die uns die freundliche Bedienung mit einem breiten Grinsen serviert.

»Die gehen auf meine Rechnung, meine Liebe«, sagt Betti vergnügt. »Auf die Zukunft.«

»Auf die Zukunft, meine liebe Betti«, antworte ich und hebe mein Glas.

Wir stoßen an, dass die Gläser nur so klirren. Nichts, aber auch gar nichts kann mir in diesem Moment etwas anhaben. Ich lebe die Liebe zu Maximilian und ich werde glücklich mit ihm sein. Das weiß ich genau. Wie genau das erfolgen wird, ist mir noch nicht klar und schon gar nicht, wie lange das sein wird.

Maximilian. Glück.

Salzburg, 07. Januar 2024

Matthes holt mich verlässlich mit dem PKW ab, um mich zu einem Radiointerview nach Salzburg zu fahren. Wir haben eine mehr als vierstündige Fahrt vor uns und sind früh losgefahren, sodass wir zeitlich gut hinkommen.

Bei den weiten Fahrten sitze ich immer vorne. Ich muss nicht arbeiten und kann mich etwas umschauen und mich mit Matthes unterhalten. Er kennt sich bestes im Fußball aus und wir finden immer eine Gesprächsbasis, ohne dass es anstrengend wird. Oft nutzen wir die Fahrten auch für sehr persönliche Gespräche. Das entwickelt sich meistens so. Ich kenne Matthes und er kennt mich über viele Jahre. Da bleibt das nicht aus.

Wir reden über Fußball, über das Wetter und die angesagten Schneefälle und plötzlich fragt er:

»Was ist eigentlich aus deinem Date mit der Dame in München geworden?«

»Charlotte«, antworte ich zögerlich. «Eine tolle Frau!«

»Und?«, er lässt nicht locker und schaut zu mir hinüber.

»Schau nicht so!«, antworte ich und fühle mich wie ein ertappter Junge bei einem Jugendstreich. »Ja, wir haben etwas miteinander. Ich habe mich in sie verliebt. Und wie!«

Matthes pfeift durch die Zähne. »Wow, verliebt?«, das hatten wir lange nicht! »Also was Ernstes?«

»Ja, sehr ernst«, antworte ich lächelnd. »Bis über beide Ohren verliebt!«

Matthes lächelt. »Wie kommt's?«, fragt er nachdrücklich.

»Es kam einfach so und ich bin sehr dankbar für die außergewöhnlichen Momente mit ihr. Ich genieße sie viel intensiver als früher. Seit meiner Leukämie habe ich das Bedürfnis, das Leben festzuhalten, verstehst du?«

Matthes schaut mich erneut an und nickt. »Ja, das kann ich sehr gut verstehen«, antwortet er kurz.

»Weißt du, ich will die Augenblicke einfrieren, sie genießen, sie sollen sich für alle Ewigkeit in mein Gehirn einbrennen. Die Momente und Augenblicke, die dem Leben einen Sinn geben, darf ich nicht vergessen. Ich finde sie in meinen Gedanken und in meinen Erinnerungen. Nicht im Erfolg, in meinen Aktiendepots oder auf dem Dachboden meiner Villa. Die besten Dinge des Lebens habe ich erlebt, sie sind kostbar und dürfen nicht vergessen werden. Niemals. So wie die Zeit mit Charlotte.«

Matthes ist auf die rechte Spur rübergefahren und wir fahren langsam. Langsamer als sonst. Er sagt nichts. Hört nur zu.

»Ich werde sterben, Matthes!«, schreie ich ihn verzweifelt an. Und ich kann nichts mitnehmen. Nicht mal die Erinnerungen. Wenn das Leben ein Ende hat, möchte ich mich bis zum letzten Atemzug an die Tage mit Charlotte erinnern und dann voller Liebe, Dankbarkeit und Zufriedenheit einschlafen.

»Wow«, antwortet Matthes und zieht seine Augenbrauen hoch. »Es hat dich also richtig erwischt!«

»Ja, verdammt noch mal. Ich liebe Charlotte. Und ich habe Nadja, Julia und Franzi. Der Rucksack des Lebens ist prall gefüllt. Jeder noch so kleine Moment und jeder Augenblick gehören zu mir. Die Quintessenz ist alles, was mein Leben ausgemacht hat. Was mich ausmacht«, antworte ich fast schon philosophisch.

»Und dann soll ich einfach sterben? Einfach so? Alles weg? Einfach gehen? Alles zurücklassen? Und dann alleine fortgehen? Nein. Ich will leben. Ich will das Leben weiter spüren, so intensiv wie in den letzten Monaten. Es soll weitergehen, immer weiter. Ich will nicht länger fragen, warum ich? Weil ich keine Antwort bekomme. Ich will leben. Ich war nicht besser und schlechter als die vielen Anderen. Aber mein Schicksal ist schlechter. Es ist begrenzt. Nur noch zwei bis drei Jahre.«

Ich habe mich in Rage geredet und merke es plötzlich. Fast peinlich berührt über meine schonungslosen Gedanken, beende ich meinen Wortschwall und schaue aus dem Seitenfenster. Matthes soll meine Tränen nicht sehen.

»Mist!«, antwortet Matthes. »Das ist wirklich richtig blöder Mist. Und es ist ungerecht. Mist. Mist. Mist.«

Wir fahren schweigend weiter und erreichen Salzburg pünktlich. Matthes lässt mich vor dem Gebäude des Radiosenders aussteigen.

»Ich warte hier in der Nähe«, verabschiedet er sich gewohnt unkompliziert.

Ich lege meine Maske an und betrete das imposante Bauwerk. Solche Termine bestreite ich mit links und ohne Vorbereitung. Der Radiosender will ein Portrait über mich veröffentlichen. Ein Portrait über einen erfolgreichen Sportmanager mit einer unheilbaren Krankheit.

Ich habe die Information über meine Leukämie an die Presse gegeben. Wie Raubtiere sind sie über die Nachricht hergefallen. In meiner Verzweiflung und auf der Suche nach Antworten habe ich mit Journalisten über meine Krankheit gesprochen. Das war ein Fehler. Es machte mich sympathisch. Aber es machte mich auch schwach. Unendlich schwach.

Heute werde ich meine Krankheit nur am Rande erwähnen. Das war meine Bedingung, als ich den Termin beim Radio zugesagt habe. Sie waren einverstanden. Mein Name im Programm bringt Zuhörerinnen und Zuhörer. Ich weiß von der Popularität meiner Person. Erfolg im Sport und der persönliche Umgang mit meiner Krankheit sind für die Menschen interessant. Wenn ich etwas Persönliches erzähle, bin ich den Zuhörern nahe und genau das ist der Grund dafür, dass mich so viele sympathisch finden.

Die Menschen wollen Storys, ich gebe sie ihnen. Immer schon. Ich habe keine Scheu davor, ein paar Geschichten aus meinem Leben preiszugeben. Dass es nun die Krebsgeschichte ist, ist tragisch, aber ich habe langjährige Erfahrung mit Journalisten, mit Medienvertretern aller Art. Ich bin routiniert und finde immer die passenden Worte. Meistens. Und es macht mir Spaß.

So soll es auch heute werden. Ich darf mir ein paar Lieder wünschen. Reinhard Mey: Über den Wolken; Grönemeyer: Mein Weg. Und als letztes Coldplay. Ich freue mich darauf.

Das erste Lied. Noch vier Minuten bis zu meinem Interview. Der Moderator am Mischpult nickt mir zu. »Wir freuen uns heute in unserem Live-Interview über einen ganz besonderen Gast: Maximilian Lichtenstein«, moderiert er mich groß an.

Routiniert beantworte ich seine Fragen – ein Rückblick auf mein Leben. »Ja, ich bin in einfachen Verhältnissen aufgewachsen. Das Lernen fiel mir leicht und ich spielte gerne Fußball. Damals bolzten wir auf der Straße oder auf einem freien Grundstück in der Nachbarschaft. Das Tor wurde provisorisch mit Holzlatten abgesteckt. Als Elfmeterpunkt legten wir einen Stein irgendwo in fünf Meter Abstand zum Tor. Das Spielfeld war nicht groß. Wir spielten, bis wir zum Abendessen gerufen wurden. Nachmittagsschule und Ganztagsbetreuung gab es noch nicht. Hausaufgaben wurden nach dem Abendessen gemacht. In der Regel gab es abends ein paar Brote. Butterbrote, so hieß das bei uns. Mit Leberwurst und Käse. Dazu ein Glas Milch. Dann waschen, Hausaufgaben machen und ab ins Bett. Der nächste Tag sah genauso aus.

Eine unbeschwerte Kindheit. Freunde wohnten nebenan. Die Schule gehörte zur Struktur des Tages. Nicht mehr und nicht weniger. Das mit den Noten klappte halbwegs. Es war alles im Lot. Der Vater arbeitete, die Mutter machte den Haushalt. Ich habe noch zwei Geschwister. Alles war ordentlich, alles war sauber. Jeden Tag wurde nach dem Essen eine Tischdecke auf den Esstisch gelegt, eine Mitteldecke. Darauf standen Blumen aus dem Garten. Jeden Tag. Es war eine glückliche Kindheit.«

Sie spielen den bekannten Song von Reinhard Mey: »Über den Wolken muss die Freiheit wohl grenzenlos sein, alle Ängste, alle Sorgen, sagt man, bleiben darunter verborgen …«

Der Moderator ist nett. Ein junger Bursche. Ich glaube, er ist nervös. Ausschweifend erzähle ich von meinem Abitur, der Ausbildung zum Bankkaufmann und vom Studium und der Zeit an der Sporthochschule. Ich berichte von meinen Engagements bei verschiedenen Fußballklubs, von meiner Zeit bei *Atlético Madrid* und meinem Wechsel zu *Red Lights Zürich*. Zeit für Musik.

Ich schaue auf mein Handy: *Viel Erfolg bei deinem Interview. Ich liebe Dich!*

Ich liebe Dich auch!

Charlotte. Skiing.

Lech am Arlberg, Österreich, 12. Januar 2024

Die folgenden Tage sind geprägt von kurzen geheimen und leidenschaftlichen Nachrichten. Jeder Tag ist geschmückt mit lieben Telefonaten und der Sehnsucht, die uns verbindet, wenn wir nicht zusammen sind.

»Ich fahre mit ein paar Freunden zum Skilaufen«, sagte er bei einem Treffen irgendwann. »Hast du Lust, mich zu besuchen?«

Nach den Vorkommnissen in Ischgl zu Beginn der Pandemie vor etwa vier Jahren wird ein Skiurlaub in den Alpen heute als unbedenklich bewertet. Immer wieder wurde Österreich zwar aufgrund hoher Infektionszahlen als Risikogebiet eingestuft, doch aktuell gibt es keine Reisewarnungen mehr, wie sie damals nach dem Ausbruch der Pandemie für die Skiorte verhängt wurden. Die Gemeinden von Skiorten haben umfangreiche Hygienekonzepte erstellt, die von den Hotels und Gastronomiebetrieben sorgsam umgesetzt wurden. Selbst Après-Ski-Bars müssen ihre Gäste registrieren und Kontaktdaten speichern. Daneben ist die Anzahl der Gäste in Restaurants, Hütten oder Bars beschränkt. Zu groß ist die Angst vor der nächsten Corona-Welle und zu gravierend sind neben dem Imageschaden der Regionen auch die finanziellen Folgen besonders für die Hotellerie und Touristikbranche.

Wow, Maximilian fragt mich, ob ich ihn im Skiurlaub besuche. Aus Erzählungen von meinen Freundinnen weiß ich, dass Männer gelegentlich ihre Affären für ein paar Tage zum Skiurlaub einladen. Das ist nichts Neues. Das sind bekannte Geschichten. Ich habe mich allerdings nie wie eine Affäre gefühlt. Ich liebe Maximilian und er liebt mich. Ich bin nicht die Affäre, die mal kommen darf, wenn die Zeit es erlaubt. Es ist mehr für mich und daher sage ich spontan zu und freue mich wie ein Kind darauf, ihn zu besuchen. Ich kenne weder seine Freunde, noch weiß ich, wie viel Zeit wir miteinander verbringen werden. Es wird sicher kein romantischer Pärchen-Urlaub, sondern eher ein Aktivurlaub.

Meine spontane Zusage bereitet mir in den nächsten Tagen jedoch schlaflose Nächte. Ich habe das viel zu schnell entschieden, kommt es mir in den Sinn, als ich mich nachts im Bett hin und her wälze und keinen Schlaf finde. Mein schlechtes Gewissen quält mich. Ich kann nicht mit Maximilian in Urlaub fahren. Das geht nicht. Ich bin verheiratet.

Ich könnte eine Freundin fragen, ob sie mit zum Skilaufen fährt und spontan fällt mir Tini ein, die ich vor ein paar Jahren im Urlaub auf Kreta kennengelernt habe. Wir hatten einen tollen Abend an der Bar eines Hotels und sie erzählte mir ausgiebig und sehr offen von ihrem Liebeskummer. Ich fand es damals toll, mit welcher Prägnanz sie die Dinge beurteilte und wir hatten gleich einen guten Draht zueinander. Daraus ist eine wirklich gute Freundschaft geworden, auch wenn wir uns nicht oft sehen. Während der ganzen Corona-Zeit haben wir uns nicht getroffen und nur WhatsApp-Nachrichten ausgetauscht.

Tini lebt in München und läuft gerne Ski, das weiß ich. Sie ist eine Sportskanone und macht so ziemlich alles, was man sportlich machen kann. Vor Corona haben wir uns ein paarmal zum Shoppen in der Innenstadt verabredet und das mit einem schönen Restaurantbesuch verbunden. Immer waren es tolle und intensive Gespräche. Ich vertraue ihr. Bisher habe ich sie jedoch noch nicht in die Charlotte-und-Maximilian-Geschichte eingeweiht. Habe jedoch gerade große Lust, das zu tun und ihre Sichtweise dazu anzuhören.

Ich beschließe ihr am nächsten Tag zu schreiben und mich mit ihr in München zu verabreden. Beruhigt von diesem Gedanken finde ich dann doch einen unruhigen Schlaf.

Hi, meine liebe Tini. Lust auf einen Kaffee in der Innenstadt? Würde gerne ein paar Tage mit Dir zum Skilaufen fahren. Hast Du Lust dazu?, schreibe ich gleich am nächsten Morgen, noch bevor ich den Frühstückstisch abdecke.

Schön, von Dir zu hören. Ja, supergerne. Hast Du morgen Zeit? 16 Uhr Marienplatz?

Ich freue mich über ihren Vorschlag und sage sofort zu.

Wir treffen uns auf dem Marienplatz. Hier wimmelte es vor der Pandemie von Touristen. Jetzt ist es ist ruhiger geworden. Immer noch fehlen die internationalen Gäste in der Stadt. Alle Menschen tragen wie selbstverständlich Mundschutz und Tini trägt sogar einen Mundschutz passend zu ihrer dunkelgrünen Seiden-Bluse.

»Die habe ich zusammen eingekauft. Bluse und Mundschutz aus dem gleichen Material«, schwärmt sie. Es sieht wirklich klasse aus, und ich überlege, ob ein Seidenstoff die gleiche Wirksamkeit und Effektivität hat wie herkömmliche Masken.

Wir steuern das nächste Café an und bestellen zwei Gläser Prosecco und Cappuccino. Es ist so schön, sie wiederzusehen. Tini berichtet, dass sie ganz gut durch die Pandemie gekommen ist. Sie ist Architektin und viele Menschen haben sich während der Pandemie auf das Zuhause konzentriert und Umbaumaßnahmen angestoßen, von denen sie profitiert.

Ich höre ihr aufmerksam zu und berichte dann von Maximilian. Von unserm Kennenlernen, von den geheimen Treffen und den unzähligen liebevollen Nachrichten.

Sie nimmt den Prosecco, prostet mir gut gelaunt zu und ruft: »Ein Hoch auf die Liebe!«

Wir müssen beide lachen und nehmen einen riesigen Schluck aus den dünnen Gläsern. Alles fühlt sich gerade so leicht an.

Ich weihe sie in meinen Plan ein und frage sie, ob sie mich beim Skilaufen begleiten möchte. Tini ist eine begnadete Skiläuferin, die für ihr Leben gerne zum Skilaufen fährt.

»Wie ist denn das mit Corona? Ist die Gefahr einer Ansteckung an Corona nicht doch noch zu hoch?«, wirft sie nachdenklich ein und ich staune, wie vorsichtig sie auch nach vier Jahren noch mit der Corona-Situation umgeht.

Ich berichte ihr von den geregelten Kontaktbeschränkungen und den strengen Hygienemaßnahmen, die ich im Internet gegoogelt habe, und kann ihr die Angst etwas nehmen.

»Okay, ich fahre gerne mit«, stimmt sie zu. »Aber wenn

sie das dort mit den Abstandsregelungen nicht hinkriegen, fahre ich sofort wieder heim«, gibt sie dann doch noch zu bedenken.

»Einverstanden«, sage ich schnell, freue mich riesig, dass sie dabei ist, und kann mein Glück kaum fassen. Wir fahren zum Skilaufen und ich werde Maximilian dort treffen. Herrlich.

Wir stellen uns auf ein paar aufregende Tage ein. Tini möchte morgens den ersten und abends den letzten Lift nehmen. Zum Après-Ski verabreden wir uns schon jetzt auf der Hochalm.

Wir verbringen noch zwei weitere Stunden, je einen weiteren Prosecco und eine Quiche, und quatschen, wie man es mit einer guten Freundin so macht. Am Ende teilen wir die Rechnung, verabschieden uns innig und freuen uns beide auf die Verabredung zum Skilaufen.

Zu Hause gehe ich gleich in mein Büro, setzte mich an den Schreibtisch und buche aufgeregt in einem gemütlichen Hotel zwei Doppelzimmer zur Einzelbelegung.

Schnell schreibe ich auch Maximilian die Neuigkeit:

Ich bringe zum Skiurlaub Verstärkung mit.

Oh, wie schön. Wer ist es?

Meine Freundin Tini aus München. Sie wird deinen Freunden zeigen, wie Skilaufen geht. ☺

Na, da bin ich mal gespannt. Sehr gerne. Sie werden sich bestimmt freuen. Aber ich freue mich natürlich nur auf DICH!

Ich freue mich auch auf Dich!!!

*

Beim Abendessen mit Tom und Emilia erzähle ich von einem Freundinnen-Ski-Wochenende, was ja auch irgendwie stimmt. Meine Familie ist es gewohnt, dass ich mal übers Wochenende mit Freundinnen verreise, jedenfalls war das vor Corona so. Damals sind wir öfter mal in die Berge oder zum Chiemsee gefahren. Nun ist es schon etwas länger her, aber Johanna hat freudig zugesagt, sich um Emilia zu kümmern, wenn Tom mit der Band unterwegs ist. »Mach dir ein paar schöne Tage«, hat sie sofort gesagt. »Ich freue mich, wenn ich Emilia etwas verwöhnen darf.« Sie hat Emilia lustig zugezwinkert und mir sind fast die Tränen gekommen, weil sie es mir so einfach macht.

»Klar, kein Problem, Mama«, hat auch Emilia gleich zugestimmt. »Das wird bestimmt ein tolles Wochenende. Wir schauen Filme und essen Pizza, Chips und Eis. Freue mich riesig darauf.«

*

Ich bin angekommen. Wo bist du?, schreibe ich Maximilian, nachdem ich im Hotel eingecheckt habe. Das Zimmer ist ein Traum und ich habe einen wundervollen Ausblick auf die verschneite Berglandschaft.

Bin in ein paar Minuten bei dir, kommt es sofort zurück.

Überrascht lege ich das Handy beiseite und betrachte die verschneite Zufahrt zum Hotel. Tini war kaum zu halten und hat sofort ihre Skier angeschnallt. Sie ist schon auf der Piste unterwegs und will die Nachmittagssonne noch genießen.

Ich dachte, Maximilian sei mit seinen Freunden auf dem Berg. Klar, dass er mit seiner schweren Krankheit nicht mit einer Höllengeschwindigkeit die Berge hinuntersaust und unzählige »Willis« trinkt, dennoch ist er sicher gesellig und liebt die ungezwungene Atmosphäre eines Skiurlaubes und die kleine Auszeit aus dem Alltag. Er hat nie berichtet, dass sich sein Gesundheitszustand verschlechtert hat. Stagnation in seiner Situation war ja ein großes Glück. Vielleicht kann er hier auch seine Sorgen für einen Moment vergessen. Ich bin mal gespannt, wie es wird und was mich erwartet.

Ich warte am Hoteleingang und sehe Maximilian plötzlich in einem roten Schneeanzug die Zufahrt zum Hotel hinaufkommen. Er winkt fröhlich und ich winke zurück. Mein Herz hüpft vor Freude. Ich laufe ihm entgegen und umarme ihn stürmisch und küsse ihn mehrfach.

»Meine Güte, ist das anstrengend«, klagt er und ich merke, wie viel Kraft ihn der Fußmarsch gekostet hat. »Mein Hotel ist nur ein kleines Stück entfernt. Ich dachte, ich komme ohne Ski«, erklärt er grinsend. »Das war nicht die beste Idee.«

»Mein Zimmer ist wunderschön. Möchtest du es sehen?«, frage ich spontan und merke im gleichen Moment, wie idiotisch diese Frage ist.

»Das ist eine gute Idee«, antwortet er lächelnd und wir schlendern durch die mit Kiefernholz ausgestatteten Flure in die zweite Etage. Liebevoll sind Felle auf kleinen Bänken und Schemeln dekoriert. Himbeerrote Kissen mit Stickereien in Brezelform sind ordentlich darauf drapiert. Es ist ein Platz zum Wohlfühlen. Alles riecht noch neu, das Hotel muss frisch renoviert worden sein. Das moderne und gleichzeitig klassische Ambiente wirkt angenehm leicht, beschwingt und heimelig. Es hat eine gute Energie.

Ich mag den Luxus eines guten Hotels und finde auch eine gewisse Lässigkeit sehr schön. Für mich darf ein Hotel nicht anstrengend sein. Hier ist es gemütlich und alles wirkt sportlich. Skiurlaub eben. Ich bin froh über meine Wahl.

Wir gehen in die zweite Etage und die ganze Zeit redet Maximilian aufgeregt und ununterbrochen und hält meine Hand. Ich öffne die helle Naturholztür und wir betreten das gemütliche Bergzimmer mit weißer Bettwäsche und roter Tagesdecke, auf die eine riesige Brezel gestickt ist. Das warme, helle Sonnenlicht wird von der schneebedeckten Landschaft in den geräumigen Raum reflektiert und alles erstrahlt, als ob ein Stern vom Himmel gefallen wäre und zu Besuch ist.

Maximilian legt seine dicke Skijacke ab und zieht mich an sich. »Ich liebe dich«, flüstert er und küsst mich sanft.

»Ich liebe dich auch«, erwidere ich und küsse ihn leidenschaftlich.

Er nimmt mich an die Hand und führt mich auf den Balkon. Dort stellt er sich hinter mich und hält mich fest umarmt in seinen Armen. Ich liebe es, wenn er mir so nahe ist. Er küsst zärtlich meinen Hals. Ich schließe die Augen – was für ein wundervoller Moment. Wir stehen mehrere Minuten einfach so da. Irgendwann drehe ich mich um und wir küssen uns zärtlich, dann wieder leidenschaftlich und zügellos.

Mit den Fingern fährt er über die Konturen meines

Gesichtes. »Meine liebe Charlotte, ich liebe dich über alles«, flüstert er.

Ich bin überwältigt von diesen Worten. Das hat er noch nie gesagt. *Ich liebe dich über alles.* Das ist etwas ganz Großes. Das sind unglaubliche Worte. Es ist so schön, von ihm geliebt zu werden.

Unsere Blicke wandern über die Berglandschaft und ich denke, wie wunderbar es im Winter in den Bergen ist. Der blaue Himmel bei Sonnenschein ist mit nichts zu vergleichen. Das Blau ist irgendwie blauer. Der Schnee ist irgendwie weißer an diesen Orten, so glaubt man.

Wir schauen uns an und ich spüre, dass er das Gleiche gedacht hat. Da ist sie wieder, diese Nähe, die uns verbindet. Dieses Gefühl, als ob du den anderen schon ewig kennst, als ob du mit ihm verbunden bist, weil er die gleichen Gedanken hat, ohne dass sie ausgesprochen werden.

»Ein wunderschöner Ort und ein toller Tag«, schwärmt er schließlich und bricht das Schweigen, während er wieder den Arm um mich legt. »Es ist so schön, dass du da bist.«

Ich lächle ihn glücklich an. »Ja, das finde ich auch.«

Wir stehen noch ein paar Minuten eng umschlungen auf dem kleinen Balkon und genießen den intensiven Moment. Ein winziger Augenblick Stille, Ruhe und Zweisamkeit an diesem geschäftigen, quirligen Ort.

»Lass uns in die Sauna gehen, da haben wir unsere Ruhe«, schlägt er irgendwann vor.

»Ja, lass uns heute nicht Ski laufen, sondern in die Sauna gehen«, ich sehe ihn begeistert an. Hat er meine Gedanken erraten?

Wir packen ein paar Badetücher zusammen und ziehen die dicken weißen Bademäntel aus dem hölzernen Schrank an. Herrlich, wie kuschelig die sind. Das flauschige Frottee fühlt sich wunderbar auf meinem nackten Körper an. Ich binde den Gürtel fest zusammen, schlüpfe in die flachen bequemen Badeschuhe und setze die Maske auf, die das Hotel freundlicherweise als Giveaway auf dem Bett dekoriert hat. Schnell steht er ebenfalls mit Maske und eingepackt in seinem Bademantel vor mir und wir machen uns auf den Weg in die Sauna.

Maximilian. Ausweg.

Lech am Arlberg, Österreich, 12. Januar 2024

Die angenehme Wärme fühlt sich gut an und mein sich nach Wärme sehnender Körper nimmt die wunderbaren Temperaturen dankbar auf. Ich habe mich auf die obere Bank gelegt und beobachte, wie sie sich eine Bank tiefer auf die harte Holzbank legt. Ihr Körper ist leicht gebräunt. Sie hat diese Hautfarbe, die das ganze Jahr wie eine leichte Sommerbräune wirkt, ohne dass sie die Sonne des Südens erblickt hätte. Ihre Haare sind locker nach oben gesteckt. Ihre Augen sind geschlossen. Nackt liegt sie vor mir. Schön und makellos ist ihr Körper. Ein Anblick, den ich nie vergessen werde.

Ich schließe ebenfalls die Augen. Es ist ruhig. Kein Mensch in einem Skiort findet zu dieser Zeit den Weg in die Sauna. Ich genieße die Stille.

»Wie geht es dir eigentlich gesundheitlich?«, fragt sie plötzlich.

Ich möchte nie, nie über meine Krankheit sprechen und doch bin ich hier und gerade jetzt sehr dankbar für diese Frage. Denn seit einiger Zeit frage ich mich, wie es weitergeht. Ich habe ein Medikament ausprobiert, das mir gut geholfen hat. Immerhin sind meine Werte weiterhin stabil. Nach Aussage meines Arztes wurde die Zulassung für dieses recht neue Medikament allerdings gestoppt. Die Hintergründe dafür kenne ich nicht. Es gibt Alternativen. Ob die den gleichen Erfolg bringen? Verträgt mein Körper diese neuen Medikamente?

Sich auf ein neues Medikament einzustellen, bedarf

einer genauen Beobachtung von Symptomen. Es ist, als ob du dich auf einen neuen Freund einstellen musst. Du musst Tücken, Risiken und Wirkung fein gegeneinander abwägen. Es verlangt eine große Konzentration auf dich und deinen Körper. All das möchte ich nicht. Mein Körper soll funktionieren. Ich will den Anforderungen meines Lebens und meines Jobs und besonders der Liebe zu Charlotte gerecht werden.

»Ich musste ein Medikament absetzen, das mir gut geholfen hat«, antworte ich knapp. Ich hoffe, dass sie die Verzweiflung in diesem Satz nicht hört. Wobei, es ist mehr als Verzweiflung. Es ist die Angst. Es ist die pure Angst vor dem Sterben, rausgerissen zu werden aus dieser Welt. Alles aufzugeben. Familie, Freunde, das Zuhause, Erfolge, den Fußball, meine Arbeit. Einfach alles. Ich will leben. Wenn es einen Gott gibt, dann soll er mich endlich erhören. Ich will leben. Weitermachen wie bisher. Es ist doch gut, so wie es ist. Warum ich? Warum jetzt schon? Es ist eine verdammte Ungerechtigkeit. Ich will nicht sterben.

Ihre Frage reißt diese Wunde wieder auf, obwohl ich dachte, ich hätte das mit mir geklärt. Ich kann es nicht stoppen. Das ist der Grund, warum ich nie, nie, nie über meine Krankheit sprechen will. Die Angst zwingt mich in die Knie. Wie ein dicker Elefant setzt sie sich auf mich. Genau deshalb vergrabe ich das leidige Thema ganz unten in meiner Aktentasche. Nein, ich will die schreckliche Angst nicht zulassen. Mist. Was passiert hier gerade mit mir?

»Warum?« Sie mustert mich aufmerksam.

Mit dieser Frage reißt mich Charlotte aus meiner Verzweiflung und ich brauche ein paar Sekunden, um mich zu fangen. »Ähm, was ...?«

»Warum musstest du das Medikament absetzen?«, präzisiert sie.

Ich erkläre ihr sachlich und mit wenigen Worten die Situation und verzichte auf eine emotionale Schilderung, die sich in diesem Augenblick durchaus angeboten hätte. Mir fällt es schwer, die richtigen Worte zu finden und ich weiß später nicht, ob es mir gelungen ist. Schweiß fließt an meinem Körper hinunter. Ich streiche ihn weg, reibe über meinen kranken Körper.

»Und jetzt?«, fragt Charlotte weiter.

Die Stille und Abgeschiedenheit machen diesen Moment so besonders. Ich fühle ein Vakuum. Schlimme Gedanken kreisen in meinem Kopf und finden nicht heraus. Mein nackter Körper ist verletzlich und ausgeliefert. Nein, ich bin nicht allein, nicht in diesem Augenblick. Das lässt die Angst in diesem Moment erträglich werden. »Vielleicht finden wir eine Alternative, die genauso gut hilft«, bringe ich hilflos hervor. »Das wäre wunderbar.« Mir stockt der Atem. Nur mühsam kann ich meine Verzweiflung verbergen und diese letzten drei Worte hervorbringen. Ich schaffe es nicht, sie zu trösten, ihr Mut zu schenken oder zuversichtlich zu sein. Zu sehr schmerzt die Erkenntnis der Hoffnungslosigkeit. Vielleicht finden wir eine Alternative. Ja, vielleicht.

*

Später im Ruheraum schieben wir zwei Liegen nebeneinander und liegen noch eine Zeit lang einfach nur da. Ich nehme seine Hand und merke, wie er einschläft. Hier neben mir. Seine Hand ganz fest in meiner. Ich schaue ihn an. Diesen Ausdruck von Entspannung kenne ich bei ihm nicht. Viel zu sehr ist sein Alltag sonst von Terminen, Hetze und Eile geprägt. Welchen Kampf kämpft dieser Mann, den ich so sehr liebe? Wie groß ist das Leid? Ich kann es nur erahnen. Wie ist es, den Tod als ständigen Begleiter des Lebens zu wissen? In jeder Minute, in jeder Sekunde, in jedem Augenblick des Tages und der Nacht. Was will er festhalten? Klammert er sich an die Hoffnung? Wird er den mächtigen Wunsch zu leben irgendwann aufgeben? Gibt er sich seinem Schicksal hin? Kapituliert. Einfach so?

Ich kenne die Antworten auf diese Fragen nicht. Ich würde das Leben festhalten wollen, bis es nicht mehr geht. Oder sollte man sich früher mit dem Schicksal anfreunden? Den Kampf aufgeben? Den Tod zulassen? Nein, niemals! Das Leben ist erstrebenswert. Nicht der Tod.

Ich schließe die Augen. Irgendwann wird der Zeitpunkt kommen, da wird das Leiden größer. Vielleicht werden die Schmerzen stärker und die Kräfte weniger. Sind das die Anzeichen für das Ende? Nein, sind sie nicht, aber die Gedanken sind da. Gedanken, wie es weitergeht. Wie der Weg wohl sein wird? Aber egal, wie er ist, ich werde für Maximilian da sein. Ich werde an seiner Seite sein und den Weg mit ihm gehen.

Sanft rinnen Tränen meine Wangen hinunter. Ich öffne die Augen. Nein, er hat es nicht gesehen. Er schläft. Seine Hand noch fest in meiner.

*

Die nächsten Tage verbringen wir mit kleinen Skiabfahrten bei herrlichem Sonnenschein. Maximilian ist schnell erschöpft, daher suchen wir kurze Talabfahrten aus. Es ist traumhaft schön und ich genieße es sehr. Am Lift müssen wir sogar Mundschutz tragen. Ich lerne Maximilians Freunde kennen. Sie sind lustig und stellen keine Fragen. Die Stimmung ist hervorragend und wir kehren am Nachmittag in großer Runde in eine Hütte ein. Alle trinken Williams, Maximilian bestellt eine Cola. Keiner kommentiert das. Wahrscheinlich passen Alkohol und Medikamente nicht zusammen. Ich bemerke es, sage aber nichts dazu.

Wir essen den köstlichen Kaiserschmarrn und tanzen in Skischuhen beim Après-Ski. Maximilian auch. Es ist eine tolle Woche. Alle haben Spaß, keiner will in den Alltag zurück.

Am letzten Tag verabreden wir uns schon am Vormittag auf einer Hütte. Ich stecke die Skier in den Schnee und sehe Maximilian in einem Strandkorb. Nennt man Strandkörbe auch so, wenn sie nicht am Strand, sondern auf einer hohen Berghütte stehen? Ich weiß es nicht.

Die Sonne strahlt, der Schnee glitzert und ich setze mich dazu. Der blauweiße Strandkorb im tiefen Schnee wirkt fröhlich, unbeschwert und irgendwie unwirklich. Ich lehne mich an ihn und genieße diesen wunderbaren Moment. Nein, ich denke nicht darüber nach, wie viele wir noch davon haben werden.

Charlotte. Mutation.

München, Montag, 22. Januar 2024

Gut gelaunt fahre ich mit verliebten Gedanken an Maximilian von einem erfolgreichen Termin mit einem Kunden nach Hause und lasse die gemeinsame Zeit mit Maximilian noch einmal Revue passieren. Die schicksalhafte Begegnung auf dem Flughafen, unsere erste Verabredung, der erste Blick in seine Augen und der wundervolle Tag auf Mallorca. Er sieht wirklich toll aus! Groß, schlank, eine runde Brille, die ich sehr mag, ein nettes Lächeln und er ist immer außerordentlich stilvoll gekleidet. Ich liebe ihn so sehr.

*

Das Haus ist leer, als ich zu Hause ankomme. Tom und Emilia sind wohl noch unterwegs. Ich nehme mir ein Glas Wasser aus dem großen Kühlschrank in der Küche und gehe in mein Büro im oberen Stockwerk. Es ist nach Osten ausgerichtet und hat einen kleinen Balkon. Die Abendsonne taucht den Raum in ein wunderschönes oranges Licht. Tolle Energie, denke ich und öffne die Balkontür. Kalte Luft strömt mir entgegen und ich schließe für einen Moment die Augen und atme tief durch.

Vor der Balkontür liegen eine hellgraue Yogamatte und ein paar bunte Hanteln. Fast täglich mache ich ein paar leichte Yogaübungen oder trainiere etwas mit den Hanteln.

Mein lieber Maximilian, denke ich und lasse meinen Blick in den wunderschönen Garten mit den alten Birken fallen, bitte bring mein Leben nicht noch mehr durcheinander.

Mein Handy piepst, eine neue Nachricht ist eingegangen. Sie ist von ihm: *Ich denke an dich und vermisse dich so sehr,* lese ich und lächle.

Ich setze mich an den aufgeräumten Schreibtisch, stelle mein Handy auf lautlos und die Mitteilungsfunktion für den Sperrbildschirm vorsorglich aus, um sicherzugehen, dass niemand meine Nachrichten liest, falls mein Handy im Haus herumliegt. Dann antworte ich: *Ja, ich vermisse dich auch,* und möchte diesen Moment genießen.

Wann sehen wir uns wieder?, fragt er vorsichtig.

Überlege Dir etwas, antworte ich.

Er: *Ja, das mache ich gerne.*

Boa, wie schön – ich fühle mich so glücklich, bin so verliebt.

Ich: *Freue mich drauf. Schönen Abend für Dich.*

Wie soll das gehen ohne Dich?, kommt es sofort zurück.

Wieder muss ich lächeln. Er ist so süß!

Ich schalte den PC auf meinem Schreibtisch an und rufe Google auf, um die neuesten Nachrichten des Tages zu überfliegen. Mein Blick bleibt an einer unglaublichen Schlagzeile hängen:

SHUTDOWN IN NEW YORK. MEHR ALS 30.000 MENSCHEN AN EINEM TAG IN NEW YORK MIT COVID-19 INFIZIERT.

Das kann nicht sein. Ich bin plötzlich aufgeregt und klicke nervös auf den Link der seriösen Nachrichtenagentur. Aber auch da steht es: 30.000 Menschen sind an einem Tag infiziert. Das muss ein Schreibfehler sein. Auch die USA hatten sich inzwischen von der Pandemie und den Folgen der Krise erholt. Erst vor Kurzem habe ich einen Bericht gelesen, dass in New York wieder tausende Menschen den schillernden Time Square besuchen und dass überfüllte Touristenboote mit unzähligen Urlaubern Mrs Liberty umrundeten. Das kann nicht sein. 30.000 Infizierte! Wie soll das so schnell gehen?

»SHUTDOWN IN NEW YORK. MEHR ALS 30.000 MENSCHEN An NUR EINEM TAG IN NEW YORK MIT COVID-19 INFIZIERT«, lese ich erneut die Überschrift.

New York. New York meldete gestern Abend einen rasanten Anstieg von COVID-19-Infizierten. New Yorks Bürgermeister erließ aufgrund der hohen Infektionszahlen vor etwa zwei Jahren eine allgemeine Impfpflicht für alle Bürgerinnen und Bürger der Stadt. Betroffen waren Menschen, die in New York leben oder dort einreisen. Der Nachweis über die Impfung ist ständig mitzuführen und auf Verlangen den Ordnungsbehörden vorzuzeigen. Die Maßnahme führte zu großen Protesten in der Bevölkerung.

Ja, ich erinnere mich an die vielen Menschen in New York, wie sie mit bunten Schildern und Plakaten lautstark gegen die Impfpflicht demonstrierten. Die Menschen wollten frei entscheiden, ob sie sich gegen COVID-19 impfen lassen oder nicht. Zudem sollten die Bürgerinnen und Bürger die Kosten der Impfung selber bezahlen und vielen war das einfach zu teuer, sie konnten es sich nicht leisten. Die Regierung New Yorks blieb jedoch hart. Damit hatte man in New York eine erneute Infektionswelle abgewendet. In Deutschland war es derzeit unmöglich, eine Impfpflicht gesetzlich durchzusetzen. Es gibt lediglich eine Empfehlung und inzwischen haben sich etwa 45 % der deutschen Bevölkerung impfen lassen, was als großer Erfolg zu werten ist. Die Impfungen werden von der Bundesregierung bezahlt – ein Lob auf unser Gesundheitssystem.

Was aber ist jetzt los in New York? Ich lese weiter.

Virologen vermuten, dass das Coronavirus über das Trinkwasser übertragen wurde …

Mir stockt der Atem. Über das Trinkwasser? Das kann nicht sein. Coronaviren sind nicht wasserresistent und können durch Händewaschen mit Laugen, also Seife, entfernt werden. Das Entfernen des Virus mit Wasser und Seife ist sogar eine der wirkungsvollsten Maßnahmen gegen das Virus. Die spinnen doch! Schnell lese ich weiter.

Namhafte Virologen vermuten eine Mutation des Coronavirus. Eine Übertragung der SARS-CoV-2-Viren über das Trinkwasser wird nicht ausgeschlossen. Der amerikanische Biologe und Virologe Prof. Dr. John Anton Smith von der Conrad-Hill-Universität in New York stellte fest, dass sich der Aufbau der Viren verändert hat. Außerdem bemerkten er und sein Team erste Anzeichen einer Resistenz gegen den bereits international eingesetzten Impfstoff.

Was für eine Nachricht. Ich weiß, dass Menschen, die schon einmal COVID-19 hatten, bereits nur drei, vier Monate später wieder daran erkranken können. Dann haben sich die Viren bereits so verändert, dass sich das körpereigene Immunsystem mit der Abwehr wieder auf das neue Virus einstellen muss.

Nach Aussage der amerikanischen Biologen und Viro-

logen hat das Virus einen größeren Mutationssprung erfahren. Coronaviren sind RNA-Viren. Das bedeutet, die Basenabfolge ihrer Erbinformation stellt sich als Einzelstrang dar – im Unterschied zur DNA, bei der die Basenabfolge als Doppelstrang vorliegt. Im biologischen Prozess nutzen die Viren den Reproduktionsmechanismus eines Wirtskörpers, also z. B. einer menschlichen Zelle, um sich zu vervielfältigen. Dafür nutzen sie die Energie der Zelle, bis diese abgestorben ist und viele neue Viren freigibt. Bei diesem Prozess kommt es oft zu Fehlern im Aufbau der neuen Viren, zu Mutationen. Diese Veränderungen oder Mutationen der Struktur eines Virus haben Auswirkungen auf seine Merkmale. Veränderte Merkmale können negative, positive oder auch gar keine Folgen hinsichtlich der Lebensfähigkeit des Virus haben.

»Wir konnten eindeutig eine Veränderung der Struktur des SARS-CoV-2-Virus in Einzelfällen nachweisen, die Einfluss auf die Beschaffenheit und Lebensfähigkeit des Virus hat und zu einer Wasserresistenz des Virus führt«, so Professor Dr. Smith. Den bisher unerklärlichen Anstieg der Neuinfektionen mit COVID-19 in New York führt Smith auf diese Tatsache zurück.

Ich kann es nicht fassen. Das darf doch nicht wahr sein! Im weiteren Bericht wird auf die gleiche Meinung eines Virologen in Kansas hingewiesen.

Die Mehrheit der Experten teilt diese Meinung jedoch nicht. Die Regierung und eine Vielzahl der Virologen sind der Auffassung, dass das Virus SARS-CoV-2 über Wanderarbeiter wieder nach New York eingeschleppt worden sei. Die Dunkelziffer der illegalen Beschäftigten ist in New York hoch. Viele dieser Menschen arbeiten auf Baustellen und wohnen in engen Massenunterkünften, die ein exzellenter Nährboden für das Virus sind. Bei einer Überbelegung von kleinen Wohnungen und Zimmern können die von der Regierung geforderten Hygienebestimmungen und Abstandsregelungen nicht einhalten werden. Zudem gibt es viele nicht registrierte Arbeiter, die weder bei den örtlichen Meldebehörden noch bei den Unternehmen gemeldet sind. Eine Nachverfolgung ist daher nur schwer möglich.

Der Bericht über das mutierte Virus schockiert mich und macht mich nachdenklich. Was wäre, wenn das stimmt? Wenn das Virus wasserresistent geworden wäre und über das Trinkwasser verbreitet würde. Das wäre eine gewaltige Katastrophe. Kaum vorzustellen, welche Ausmaße das annehmen könnte.

Ich höre ein Auto auf dem Schotterweg vor dem Haus und dann Toms und Emilias Stimmen.

»Hallo, Mama«, ruft Emilia fröhlich, als sie das Haus betritt.

»Ich bin im Büro«, antworte ich und schalte den PC schnell aus, um die beiden zu begrüßen.

Sie sind im Flur und ziehen sich die Schuhe aus, als ich die geschwungene Naturholztreppe nach unten komme. »Hallo, mein Schatz, hallo Tom …« Ich küsse beide flüchtig, nachdem ich sie erreicht habe.

»Was gibt's zum Abendessen?«, fragt Emilia neugierig. »Ich habe riesigen Hunger.«

»Wir können schnell einen Salat zubereiten und ein paar Kartoffelecken in den Ofen schieben. Dazu rühren wir einen leckeren Kräuterquark an«, antworte ich spontan. Ich hatte mir noch gar keine Gedanken über das Abendessen gemacht, aber in unserem vegetarischen Haushalt ist das Essen unkompliziert.

»Ja, lecker«, antwortet Emilia begeistert.

»Wie geht's dir, Tom?« Ich mustere meinen Mann, streiche ihm über den Arm und finde, dass er blass aussieht. Sofort denke ich an eine Corona-Infektion.

»Alles in Ordnung«, sagt er etwas müde. »Ich hatte einen anstrengenden Tag. Soll ich helfen?«

»Ja, gerne den Salat putzen«, sage ich lächelnd und fahre an Emilia gewandt fort: »Und du kannst schon mal den Tisch decken.«

»Aye, aye, Käpten, wird gemacht«, singt sie und salutiert.

»Erst Händewaschen, mein Schatz«, ermahne ich noch lächelnd.

»Ja, ja, das habe ich gerade vor«, plappert sie und düst schon ins Gäste-Bad.

»Wirklich alles in Ordnung, Tom?«, frage ich und schaue ihn noch einmal an. Seit dem Unfall vor etwa zwei Jahren mache ich mir oft Gedanken über seinen Gesundheitszustand. Er ist immer noch nicht wieder der Alte.

»Ich habe Kopfschmerzen«, gibt er zu. »Ich werde mich nach dem Essen einen Moment hinlegen.«

»Ja, mach das«, sage ich nur und gehe voran in die Küche. Die neueste Nachricht aus New York sitzt mir noch in den Knochen. Ich fühle mich unruhig und versuche mich auf das Abendessen zu konzentrieren. »Reichst du mir bitte das Olivenöl, Tom?«

Ich suche die Zutaten für die Salatsoße zusammen und mache mich an die Arbeit. Wir bereiten das Essen vor und ich berichte von der Schlagzeile im Internet, von der Mutation des Virus.

Tom wischt den Gedanken mit einer laxen Handbewegung weg. »Das glaubst du doch wohl selber nicht«, sagt er forsch. »Corona ist vorbei und die haben jetzt keine Schlagzeilen mehr.«

Emilia findet das höllisch interessant. »Ich habe in einem Science-Fiction-Buch über einen Mann gelesen, der mutiert ist. Bei ihm haben sich die Gene so verändert, dass er intelligent geworden ist und eine besondere Auffassungsgabe hat. Er konnte schwere Rechenaufgaben ganz fix rechen, zum Beispiel 1245 x 1865 im Kopf. Das wäre gar nicht so schlecht. Das könnte ich für die Schule gut gebrauchen.«

Ich muss lächeln. Ja, wenn das die Mutation wäre, müsste ich wohl keine Bedenken haben. Ich beschließe, später noch etwas dazu im Internet zu recherchieren. Ich ahnte ja nicht, wie die Mutation des SARS-CoV-2-Virus unser Leben in den nächsten Wochen verändern würde.

Charlotte. Dritte Welle.

München, Dienstag, 23. Januar 2024

Emilia hat das Haus verlassen und sich auf den Weg zur Schule gemacht und ich räume den Frühstückstisch ab, während Tom am Esstisch noch die Zeitung studiert. Im Radio bringen sie die neuesten Nachrichten und Berichte zur Corona-Pandemie.

Ich höre im Radio den Bericht über das Infektionsgeschehen von vor knapp 3 Jahren in der Fleischindustrie. Ursprung des Ausbruchs war ein großer Schlachtbetrieb, bei dem mehr als 25.000 Schweine täglich zerlegt wurden. Die Infektionszahlen stiegen binnen einer Woche von null auf mehr als 1800 an. Eine unglaubliche Zahl für den kleinen Ort, in dem das geschah. Aber auch für den überforderten Landrat, für eine verunsicherte Bevölkerung, für auf Aktionismus getrimmte Behörden und für einen Firmeninhaber, der von den Medien ins Kreuzfeuer genommen wurde. Schlechte Arbeitsbedingungen, prekäre Arbeitsplätze, eine geringe Entlohnung und miese Werkverträge wurden plötzlich in der Öffentlichkeit diskutiert und kritisiert. Werkverträge wurden unterzeichnet, damit das Unternehmen den Einsatz einer ausreichenden Anzahl an Beschäftigten sicherstellen konnte. Mit diesen Verträgen wurde die gesamte Verantwortung vom Unternehmen auf die Werkvertragspartner übertragen. Die Firma konnte also rechtlich auf die bestehenden Werkverträge verweisen, moralisch konnte sie sich jedoch nicht aus der Verantwortung ziehen.

Die Bilder des Schlachtbetriebes blieben den Menschen in Erinnerung, ebenso die viel zu kleinen und menschenunwürdigen Wohnunterkünfte. Der Druck der Behörden, Medien und der Öffentlichkeit auf das Unternehmen wurde zunehmend größer und der Ruf nach Veränderung zog in die Politik ein.

Die Arbeitnehmerinnen und Arbeitnehmer wurden hauptsächlich in den benachbarten Ländern Polen, Ukraine, Rumänien und Bulgarien angeheuert. Die in Deutschland gezahlten Mindestlöhne übertrafen die Gehälter in den Heimatländern um ein Vielfaches. Die Beschäftigten nahmen dafür die schwere Arbeit unter schwierigen Arbeitsbedingungen in Kauf. Kältearbeitsplätze bei Temperaturen von vier bis sieben Grad, schwere körperliche Arbeit und die Unterkunft in zum Teil sehr einfachen, engen und maroden Wohnungen waren die bekannten Rahmenbedingungen. Es war nicht ungewöhnlich, dass die Arbeiterinnen und Arbeiter von ihrem sehr geringen Lohn noch Abgaben für die Wohnung oder Kleidung oder Arbeitsmittel bezahlen mussten.

Dabei war das alles nicht neu. Schon Jahre zuvor hat sich die Bundesregierung um faire Arbeitsbedingungen in der Fleischindustrie bemüht. Allerdings gab es kaum Möglichkeiten, um diese Situation zu ändern. Es gab keine Lobby für die Arbeiter in den Schlachtbetrieben, die schweigend und unbemerkt ihrer schweren Arbeit nachgingen, Geld in ihre Heimatländer schickten.

Aber dann, plötzlich, es war fast eine Ironie des Schicksals, wurden alle Scheinwerfer auf sie gerichtet. Plötzlich standen sie im Mittelpunkt der Berichterstattung über Corona. Plötzlich nahm die Öffentlichkeit sie wahr und ihr Schicksal bewegte die Massen. Sicher auch, weil eine große Ansteckungsgefahr von ihnen ausging. 1800 Arbeiter wurden positiv auf das SARS-CoV-2 Virus getestet, der europaweit größte Hotspot. Was für eine absurde Geschichte.

Als Ursache für den Ausbruch der Infektion wurden zunächst die nicht eingehaltenen Hygienepläne genannt. Aber das wurde kurze Zeit später korrigiert, da die Behörden wenige Wochen zuvor die Betriebe der Fleischindustrie aufgesucht und die Anforderungen an die Hygienestandards definiert und kontrolliert hatten. Es musste also einen anderen Grund geben.

Experten zogen in Erwägung, dass die Beschäftigten an den vergangenen Wochenenden ihre Heimatländer besuchten, sich dort mit SARS-CoV-2 infizierten und dann bei ihrer Rückkehr das Virus in Deutschland eingeschleppten. Erst später wurde in Untersuchungen festgestellt, dass die lüftungstechnischen Anlagen der Betriebe für eine Verbreitung des Virus in den Produktionshallen gesorgt hatten. Bei Temperaturen von vier bis sieben Grad waren die Lüftungsanlagen so eingestellt, dass kaum Frischluft in das System eingespeist wurde. Das Kühlen von Frischluft auf die erforderlichen Temperaturen bedeutet einen hohen Energieaufwand, der bei einer reinen Umwälzung der Luft nicht erforderlich ist. Die Umwälzung wiederum verteilt das einmal vorhandene Virus im gesamten Produktionsbereich.

Die Verbreitung des Virus über die lüftungstechnische Anlage war fatal. In Verbindung mit den beengten und problematischen Wohnsituationen erreichte die Ansteckung eine bisher nicht dagewesene Dimension. Durch das Zusammenwirken der Verantwortlichen und der zuständigen Behörden konnte man jedoch schnell eine örtliche Eingrenzung des Virus erreichen.

*

Soweit der Rückblick im Radio. Doch die nächste Nachricht im Radio lässt mich erschreckt aufhorchen. Die Sprecherin berichtet von einem massiven Anstieg der Infektionszahlen in Deutschland in, in Süddeutschland. Die Region München sei besonders betroffen. Eilig drehe ich das Radio lauter. München? Für die restriktiven Maßnahmen während der Corona-Pandemie wurde die bayerische Landesregierung mehr als gelobt. Mit einem konsequenten Handeln war Bayern gestärkt aus der Krise hervorgegangen und für das frühzeitig abgesagte Oktoberfest in 2020 wurden die Verantwortlichen zwar zunächst gerügt, später hatte sich das aber als vorausschauende Maßnahme herausgestellt.

Aber nun waren in München die Infektionszahlen innerhalb der letzten drei Tage rasant gestiegen. Ich erinnerte mich an den Bericht aus New York und die Diskussion der amerikanischen Experten und war bemüht, das wieder aus dem Kopf zu bekommen. Viel zu weit weg waren die schrecklichen Bilder der Pandemie. Der Lockdown der ersten Welle und der wochenlange Lockdown der zweiten Welle im Jahr 2020 mit mehr als 17.000 Infizierten pro Tag hatte an unseren Kräften gezerrt. Im zweiten Lockdown ließ man Schulen und Kitas und Unternehmen der Wirtschaft und Gewerbetreibenden zunächst offen. In intensiver Abwägung der Länder mit der Bundesregierung wurden bei der zweiten Welle im November 2020 der Freizeitbereich komplett runtergefahren und ebenso Restaurants und Gastronomiebetriebe geschlossen. Kein Vereinssport, keine Kinos, kein Theater, kein Restaurantbesuch, keine Veranstaltungen.

Nicht vergessen, aber überwunden, so dachte ich. Und jetzt? Jetzt breitet sich das Virus erneut aus? Werden erneut Schulen und Kindergärten und Kitas geschlossen? Müssen Restaurants und Gastronomiebetriebe ihren Betrieb erneut einstellen? Mir wird richtig schlecht bei dem Gedanken.

»Tom, hast du die Nachrichten gehört?«, ich setze mich wieder an den Tisch und wende mich Tom zu, der daraufhin die Zeitung niederlegt und mich über den Rand seiner kleinen Lesebrille anschaut.

»Ja, natürlich«, antwortet er und seufzt. Er wirkt besorgt. »Ich habe gerade in der Zeitung gelesen, dass die Infektionszahlen in München rasant und sprunghaft ansteigen. Virologen vermuten, dass eine Übertragung durch Wasser möglich sein könnte. Wenn das stimmt, dann wäre das Virus zu einem wasserresistenten Virus mutiert. Aber das kann ich nicht glauben.«

Ich will und kann mir das daraus resultierende Szenario nicht vorstellen. Tausend Gedanken schießen mir durch den Kopf – jeder braucht Trinkwasser, duscht, wäscht sich die Hände und badet oder wässert den Garten. Jeder wäre in Gefahr.

»Weißt du, wie viele Infizierte es jetzt sind?«, frage ich zögernd.

»In München ist die Zahl in den letzten drei Tagen von 55 auf etwa 7600 gestiegen«, antwortet Tom besorgt. »Und man kann den Herd nicht eingrenzen wie damals in der Fleischindustrie. Die Infizierten kommen aus verschiedenen Stadtteilen, sind in unterschiedlichen Arbeitsbereichen beschäftigt und kommen aus fast jeder Altersgruppe. Es ist wirklich sonderbar und das spricht für diese neue Theorie der Virologen, also eine Verbreitung über das Wasser.«

Er macht eine kurze Pause und sieht mich ernst an. »Stell dir nur vor«, führt er weiter aus, »das Virus würde in das Trinkwasser gelangen und sich darüber verbreiten. Es würde den Klär- und Reinigungsprozess überwinden und über den Wasserhahn und die Dusche in jeden Haushalt gelangen.

Die Bundesregierung hat eine Studie dazu in Auftrag gegeben. Virologen vermuten, dass das Virus, wenn es tatsächlich so übertragen wird, sieben Tage lebensfähig ist. Das ist ähnlich wie bei unserem Urlaub in Ägypten vor ein paar Jahren. Wir durften damals das Wasser nicht trinken, weil es zu Durchfall und Erbrechen führen konnte.

Wenn COVID-19 also tatsächlich so übertragen würde, wären die Ausmaße natürlich wesentlich schlimmer. Immerhin handelt es sich um ein Multi-Organ-Virus, auch wenn die Lunge am deutlichsten und häufigsten betroffen ist. In Langzeitstudien haben Wissenschaftler erneut nachgewiesen, dass auch das Gehirn, das zentrale Nervensystem und verschiedene andere Organe wie Magen, Herz, Nieren oder die Leber langfristig erheblich beeinträchtigt werden können.«

Betroffen höre ich Tom zu. »Ja, ich weiß«, antworte ich nachdenklich. »Ich habe mich sehr für die Langzeitschäden interessiert und erst vor kurzem gelesen, dass Betroffene von monatelang andauernden Symptomen wie starker Erschöpfung, Atemproblemen, Herzrasen oder Gedächtnisschwierigkeiten berichten, die beispielsweise eine Rückkehr in den Beruf oder Alltag teils unmöglich machten. Daher ist die Strategie der sogenannten natürlichen Herdenimmunität fast moralisch unzumutbar und undurchführbar. Der Ansatz, eine Durchseuchung der Bevölkerung bei unkontrollierter Übertragung zu erlangen, würde nicht nur Millionen Tote, sondern auch unzählige Langzeiterkrankte bedeuten. Bis ein wirkungsvoller Impfstoff gefunden wird, müssen die Regierungen und Menschen alles tun, um die Übertragung zu unterdrücken.«

Ich reagiere völlig emotional auf dieses Thema. »Tom, was ist denn die Lösung? Wie werden wir die Pandemie in den Griff bekommen? Und wie werden wir zukünftig damit umgehen?« Ich stütze mein Gesicht in meine Hände und fange an zu weinen.

Tom nimmt liebevoll meine Hände und hält sie fest. »Sie werden einen wirkungsvollen Impfstoff finden«, sagt er zuversichtlich und hält meine Hände immer noch fest. »Und wenn das so weit ist, werden Emilia und ich zuerst geimpft, weil wir zur Risikogruppe gehören. Und dann ist der Spuk vorbei.«

Dankbar für seine tröstenden Worte schaue ich ihn liebevoll an. »Ich hoffe, du behältst recht und alles wird gut«, antworte ich leise und hoffnungsvoll.

Erst später sollte ich erfahren, dass genau das nicht

passieren würde und dass sich die Situation so änderte, wie wir es nie für möglich gehalten hatten. Wir steuerten auf eine große Katastrophe zu.

»Sollen wir ein Stück spazieren gehen?«, fragt Tom.

»Ja, gerne. Etwas Bewegung wird uns guttun«, antworte ich und bin froh auf andere Gedanken zu kommen.

*

Am frühen Abend schalten wir den Fernseher schon vor 19 Uhr ein, um die Nachrichten zu verfolgen. Wir sind schockiert. Im gesamten Bundesgebiet sind die Zahlen explosionsartig gestiegen, besonders betroffen ist der Süden Deutschlands. München, Landshut, Regensburg, Ingolstadt, Nürnberg sind die neuen Zentren einer dritten Welle.

In mehreren Presseerklärungen verkündet die Bundesregierung zunächst die Zahlen, die Steigerungen und die möglichen Ursachen. Virologen untermauern die Thesen, geben Erklärungen und erläutern die Berichte. Spitzenpolitiker verbreiten Zuversicht, halten den Ball flach und machen den Ernst der Lage klar. Die Bevölkerung wird eindringlich aufgerufen, von Hamsterkäufen abzusehen. Daraus lässt sich schließen, dass unsere Regierung versucht, Panik zu vermeiden.

Wenn die Verbreitung des Virus über Wasser wirklich bestätigt würde, würden die Menschen garantiert durchdrehen. Es könnte zu einer Massenpanik, heftigen Protesten und Aufständen kommen, unsere Systeme könnten zusammenbrechen.

Wasser ist das wertvollste Gut der Menschen und absolut essentiell. Schon eine geringe Verknappung würde die Menschen an den Rand der Anarchie bringen. Eine Situation, die weder vorstellbar noch händelbar ist.

Die Opposition würde wahrscheinlich die Gesamtentwicklung der Corona-Pandemie infrage stellen. Alle Erfolge und Strategien zur Eindämmung des Virus der letzten Jahre würden infrage gestellt. Vorstellbar wäre auch, dass die Politik ihren Wahlkampf auf Kosten der Gesundheit der Menschen austrägt.

Niemand hat diese Art der Verbreitung des Virus in Erwägung gezogen. Selbst jetzt sind die Virologen unsicher und halten sich mit belastbaren Fakten zurück.

Dennoch, die Nachricht verbreitet sich rasant in allen Medien und sozialen Netzwerken. Die Presse stürzt sich auf das Thema. Sondersendungen auf sämtlichen Fernsehkanälen reihen sich aneinander. Ich habe Angst und bin völlig verunsichert.

*

Tom hat das Feuer im Kamin angezündet und setzt sich auf den Sessel, den er sich nah an den Kamin geschoben hat. Die wohltuende Wärme erfüllt den ganzen Wohnbereich. Ich habe es mir auf dem Sofa bequem gemacht und wir verfolgen angespannt die Nachrichtenlage auf den verschiedenen Kanälen.

Was bedeuten die neue Erkenntnisse für die Gesellschaft? Was bedeuten sie für jeden Einzelnen von uns? Ist das Wasser aus dem Wasserhahn wirklich verseucht? Duschen wir vielleicht mit verseuchtem Wasser? Je mehr Nachrichten wir sehen, desto größer wird meine Furcht vor einer Infektion.

Bisher konnten wir dem Virus aus dem Weg gehen. Alle Hotspots wurden schnell identifiziert und isoliert. Das gab mir und uns Sicherheit. Die Erkrankung kam uns nicht zu nahe. Wir waschen die Hände mit Seife, um das Virus dauerhaft zu entfernen und halten außerdem die geltenden Hygiene- und Abstandsregelungen gewissenhaft ein. Aber das würde in Zukunft nicht ausreichen.

Emilia kommt herein und kuschelt sich mit einer Wolldecke zu mir auf das Sofa. Gemeinsam verfolgen wir die erschreckenden Nachrichten im Fernsehen. Emilia unterbricht immer wieder die Berichterstattung und stellt Fragen über Fragen.

»Mama, kann ich mir dann noch mit Wasser die Zähne putzen? Und was ist, wenn das Wasser beim Duschen in meinen Mund gelangt?«

»Ich weiß es noch nicht, mein Schatz. Wir müssen jetzt die Nachrichten genau verfolgen und uns gut informieren. Die Bevölkerung wird sicher bestmöglich informiert und über die neueste Situation aufgeklärt«, antworte ich ein wenig ratlos.

Ich versuche, meine Unruhe und Sorgen herunterzuspielen. Lasse mir nicht anmerken, wie sehr mich die neusten Entwicklungen ängstigen und verunsichern. Auch Tom ist ungewöhnlich still und sagt kein Wort.

Ein schlechtes Zeichen. Ein Zeichen, dass er sich ebenfalls große Sorgen macht.

»Geh nun ins Bett, meine Kleine. Es ist schon spät«, sage ich schließlich zu ihr. »Ich werde dir morgen berichten, wenn es noch etwas Neues gibt.« Sanft streiche ihr über das Haar und gebe ihr einen Gute-Nacht-Kuss. »Schlaf gut, mein Schatz.«

Widerwillig steht sie auf, gibt Tom auch noch einen Gute-Nacht-Kuss und verschwindet Richtung Treppe. »Gute Nacht.«

Charlotte. München.

SARS-CoV-2. Mittwoch, 24.Januar 2024

Am frühen Morgen schleiche ich leise in die Küche, mache mir einen großen Becher Kaffee und gehe damit in mein Büro. Ich habe schlecht geschlafen, bin schon vor dem Wecker wach und schalte den Computer an, um die neuesten Fakten im Internet zu googeln. Ich mache mir große Sorgen. Um Emilia, um Tom und um Maximilian. Alle meine Liebsten sind Risikopatienten und daher besonders gefährdet.

Ich schreibe Maximilian eine liebe Nachricht: *Ich sende Dir einen frühen Guten-Morgen-Kuss und mache mir etwas Sorgen wegen der neuesten Situation. Ich liebe Dich.* Um diese Uhrzeit erwarte ich noch keine Antwort, aber sicher freut er sich, wenn er mit einer Nachricht von mir in den Tag starten kann.

Ich bin von den vielen Informationen im Internet überfordert und kann die Auswirkungen nicht wirklich einschätzen. Das Thema ist neu, und ich habe keine Erfahrungswerte mit einem mutierten Virus. Keiner hat das! Ich weiß auch nicht, wie ich mit den Neuerungen umgehen soll. Außerdem habe ich noch nicht wirklich verstanden, wie das Virus mutieren konnte und wie es in das Trinkwasser gelangen konnte.

Ich weiß zwar, dass sich das Erbgut von Viren immer wieder wandelt und dass die meisten Mutationen bedeutungslos sind, aber was genau bedeutet diese Mutation des Virus?

Manchmal, so lese ich in einer wissenschaftlichen Abhandlung, verändert sich ein Virus und wird für den Menschen gefährlich. Dass Viren mutieren, ist normal, das tun sie ständig, die einen mehr, die anderen weniger. Wichtig für die Wissenschaft ist, welche Mutation das Virus für den Menschen gefährlich macht.

Mit jeder Veränderung des Viren-Erbguts verändern sich auch seine Eigenschaften. Manche Veränderungen sind unwichtig, andere machen das Virus gefährlicher für den Menschen.

Im Fall des Coronavirus haben Forscher mehr als 12.000 Mutationen von Sars-CoV-2 bislang katalogisiert. Die Mutationen entstehen nicht wie bei einem Uhrwerk, sondern manchmal entstehen drei Mutationen auf einmal und dann wieder sechs Wochen gar keine. Die meisten bleiben folgenlos. Im den letzten Monaten hat sich laut Wissenschaftlern eine mutierte Variante des Virus weltweit durchgesetzt, die bisher bei allen Erkrankten nachweisbar war.

Ich lege die Brille beiseite, die ich neuerdings für das Lesen am PC brauche, und schaue aus dem Fenster in den winterlichen Garten. Diese Sache mit der Mutation des Virus hört sich wirklich gefährlich an. Aber was bedeutet es, wenn das Virus nun über das Wasser übertragen würde? Sicher wäre es eine enorme Ansteckungsquelle, der wir uns nicht entziehen können.

Das Entfernen des Virus würde nicht einfach und wirkungsvoll mit Seife möglich sein, wie wir es kennen. Der einzige Schutz wäre: VERMEIDEN.

Wir müssten also die Übertragungsquelle meiden. Das bedeutet, wir müssten den Umgang mit Wasser vermeiden. Eine erschreckende Vorstellung. Wir müssten das Trinkwasser umgehen! Aber wie soll das funktionieren? Wasser abkochen? Flaschen kaufen? Einen Vorrat anlegen? Mir wird ganz schwindelig bei dem Gedanken und ich beschließe, dass ich beim Einkaufen einen Vorrat stilles Wasser einkaufen werde. Für das Kochen und Zähneputzen brauchen wir das vielleicht in Zukunft, kommt es mir in den Sinn. Und mir wird ganz mulmig. Sicher kommen andere auch auf die Idee.

Nachdenklich stehe ich von meinem Schreibtisch auf und wecke Emilia liebevoll. Es ist noch früh und es ist kalt im Haus. Die Außentemperaturen lassen es auch hier innen etwas kühl sein. Ich ziehe eine dicke Strickjacke über und bereite das Frühstück vor. Emilia kommt die Treppe hinunter und trägt einen dicken Rollkragenpulli in XXL.

»Den wirst du heute brauchen, mein Schatz. Es ist bitterkalt.«

»Ja, das habe ich mir gedacht«, antwortet sie. »Und schau mal, wir haben gestern in der Schule Masken genäht. Die passt perfekt zu dem Pullover.« Sie hält eine blaue Maske in die Luft, die tatsächlich die gleiche Farbe hat wie ihr Pulli.

»Wow, klasse. Zeig mal bitte her. Die sieht toll aus.« Ich bewundere ihre Nähkünste und bereite dann das Pausenbrot vor.

»Gibt es noch etwas Neues zum Virus?«, fragt sie interessiert. Ausführlich berichte ich noch einmal die Fakten, die wir gestern gemeinsam im Fernsehen gesehen haben. Ich möchte, dass sie gut informiert und vorbereitet ist, und ich appelliere an sie, vorsorglich kein Leitungswasser zu trinken.

»Mache ich doch sowieso nicht!«, antwortet sie gewissenhaft. »Ich nehme mir eine Apfelschorle mit in die Schule.«

»Dann pass gut auf dich auf, mein Schatz.« Ich verabschiede sie an der Tür und liebevoll gebe ich ihr noch einen Kuss.

»Ich hab' dich lieb, mein Schatz.«

»Ich dich auch, Mama.«

*

Nachdem Emilia zur Schule gegangen ist, klopft Johanna an der Terrassentür. Ich öffne und sie grüßt freundlich. »Guten Morgen, Charlotte, darf ich reinkommen?«, fragt sie.

»Ja, natürlich! Komm gerne rein«, antworte ich, bin froh sie zu sehen und außerdem wieder einmal fasziniert von ihrem ausgefallenen Kleidungsstil. Sie trägt eine weite knöchellange Schlaghose aus dunklem Jeansstoff und dazu einen dicken, grünen, kuscheligen Pullover. Sie sieht ganz fantastisch aus. »Möchtest du eine Tasse Tee mit mir trinken?«, frage ich.

»Sehr gerne! Ist Tom nicht da?«, fragt sie und begleitet mich in die Küche, um eine Tasse zu holen.

»Doch, er schläft noch«, antworte ich. »Hast du von den erhöhten Infektionszahlen gehört?«, fragt sie aufgeregt, gleich nachdem wir uns gesetzt haben.

Ich ahne, dass der große Wunsch, mit mir darüber zu reden, wahrscheinlich der Grund ihres Besuches ist.

»Ja, ich habe es gestern Abend im Fernsehen gesehen. Es ist wirklich beunruhigend. Hast du schon einmal von der Mutation eines Virus gehört, so dass es für die Menschen gefährlich wird?«, frage ich besorgt zurück.

»Bei der Schweinegrippe war das damals so. In Großbritannien und Norwegen wiesen Ärzte mutierte Schweinegrippeviren nach. Die WHO bezifferte die Todesfälle infolge einer Infektion mit dem A/H1N1-Virus auf knapp 20.000. Ich erinnere mich noch gut daran, ich glaube, das war 2010.«

Wieder einmal bin ich beeindruckt von ihrem Allgemeinwissen. »Wow, dass du das noch weißt«, sage ich anerkennend.

»Der große Unterschied ist, dass die Menschen nicht in diesem Maße betroffen waren, wie es heute der Fall ist. Das Corona-Virus begleitet uns nun schon knapp vier Jahre und wir bekommen es nicht richtig in den Griff«, gibt Johanna zu bedenken.

»Anfang 2021 wurde endlich der lang ersehnte und international anerkannte Impfstoff gegen das Virus SARS-CoV-2 entwickelt. Die Wissenschaftler gingen von einer Wirksamkeit von 90 % aus. 60 bis 70 Prozent der Bevölkerung sollten immun werden. Kriterien für die Auswahl derer, die den Impfstoff zuerst erhalten sollten, wurden von Regierungsberatern festgelegt. Zunächst wurden die Risikopatienten geimpft, also alte und kranke Menschen, dann Menschen, die im Gesundheitswesen arbeiten, und danach Menschen, die im Gemeinwesen beschäftigt sind, wie z. B. Beschäftigte der Polizei und Feuerwehr oder Lehr- und Kitakräfte«, erinnert sie an die Zeit vor gut zwei Jahren.

»Der Impfstoff sollte die Lösung sein«, ruft Johanna hoffnungsvoll und ich muss fast etwas lachen. »Damit sollte die Krankheit auf der ganzen Welt eingedämmt werden, so die Erwartungen.« Johanna macht eine ausschweifende Handbewegung und bestärkt damit die Worte der »ganzen Welt«.

»Eine große Hoffnung steckte darin«, führt sie weiter aus. »Doch dann geschah das, was nur Kritiker für möglich gehalten hatten. Wenige Wochen, nachdem der Impfstoff auf dem Markt eingeführt war, zeigte sich das Virus resistent gegen den Impfstoff. Geimpfte Personen erkrankten erneut an Covid-19. Mehrfach. Überall. Betroffen waren alle Altersschichten. Blankes Entsetzen. Die große Hoffnung wurde eingestampft. Wir wurden Zeugen des Misslingens. Wir mussten den Irrtum einsehen und unsere Hoffnungen zur Eindämmung des Virus begraben. Das war ein schmerzhafter Prozess. In der Zeit danach zeigten die Menschen verständlicherweise eine große Zurückhaltung bei der Durchführung der Impfung, denn unterm Strich war die Wirksamkeit einfach nicht verlässlich.«

Ich erkenne, wie hoch emotional Johanna dieses Thema berührt. Vielleicht denkt sie, dass Jannis noch am Leben wäre, wenn man den Impfstoff früher gehabt hätte. Es bleiben meine Gedanken und ich teile sie nicht mit ihr. Ich will keine schmerhaften Wunden aufreißen.

»Ich erinnere mich, dass danach die Infektionszahlen überall explodierten. Man versuchte, die Infektionsherde einzudämmen. Mal waren es Alten- oder Pflegeheime, zuletzt war es ein großer Chemiebetrieb. Die Regierung erstellte einen umfangreichen Maßnahmenkatalog zur

Eindämmung des Virus. Örtlich wurden Kitas und Schulen geschlossen und Hygiene- und Quarantäneregelungen ausgesprochen«, ergänze ich ihre ausführliche Beschreibung.

»Und jetzt die Mutation des Virus!«, sagt Johanna ängstlich. »Was wird denn noch alles kommen? Das muss doch mal zu Ende sein! Eine Übertragung soll durch Trinkwasser möglich sein!«

Ich höre ihre Verzweiflung und nehme ihre Hand. »Es wird schon nicht so schlimm sein!«, flüstere ich leise und klinge nicht sehr überzeugend. »Wenn etwas ist, wenn du Hilfe brauchst, wir sind immer für dich da«, füge ich fürsorglich hinzu.

Johanna wirft den Kopf in den Nacken. »Es geht schon!«, sagt sie stark. »Wir haben schon andere Sachen geschafft! Da wird uns so ein kleines Virus doch nicht in die Knie zwingen!«

Ich muss lächeln. »Ja, genau. Wir packen das Virus an den Hörnern und befördern es ins Universum«, füge ich hinzu.

Wir unterhalten uns noch lange über die neue Entwicklung. Johanna hat die Nachrichten gestern ebenso intensiv verfolgt und sich im Internet informiert wie ich. Sie scheint verängstigt. So kenne ich sie gar nicht. Dabei gibt es bisher nur Vermutungen und noch keine klaren Aussagen. Oder hat sie eine Vorahnung?

»Nachher werde ich einkaufen fahren und stilles Wasser in Flaschen besorgen. Ich kann mir vorstellen, dass wir das zukünftig brauchen werden«, sagt sie schließlich nachdenklich.

»Die gleiche Idee hatte ich auch schon«, antworte ich

ein wenig überrascht, biete ihr aber nicht an gemeinsam zu fahren, da ich noch im Büro einiges zu tun habe.

»Wenn Trinkwasser wirklich infiziert wäre, müssten wir es für den Verzehr abkochen und einen Vorrat anlegen«, fügt sie sachlich hinzu.

Einen Vorrat anlegen? Die Vorstellung erschreckt mich. Ich stelle mir eine Gesundheitskatastrophe vor, bei der das Wasser knapp wird. Das kann nicht sein! Diese Ausmaße wird die Pandemie nicht annehmen. Unvorstellbar.

»Einen Vorrat? Meinst du wirklich?«, frage ich zögerlich.

»Ja, überleg doch mal. Woher soll denn das saubere Wasser kommen? Flaschen werden niemals ausreichen. Es wird eine Hysterie geben. Es wird ein Kampf um das Trinkwasser geben.«

»Ach Quatsch!«, stoppe ich Johannas abwegigen Gedankengang. «Das wird doch niemals passieren. Wir hatten immer sauberes Wasser. Das wird auch in Zukunft so sein!«

»Wir sollten lieber vorsorgen«, antwortet Johanna ruhig und nachdrücklich. »Wir sollten kleine Wannen, so Babywannen, kaufen. Sicher werden wir sie in naher Zukunft brauchen.«

Babywannen. So ein Blödsinn, denke ich.

Wir diskutieren darüber, wie lange diese Situation wohl noch andauern könnte. Wie wird die Regierung das Problem lösen? Kann man das Trinkwasser von dem Virus befreien und mit welchem Verfahren? Ich habe keine Antworten auf diese Fragen. Johanna auch nicht. Aber sie wirkt überlegt, strukturiert und hat mit den

Babybadewannen ja pragmatische Lösungen gefunden, auf die ich mich noch nicht einlassen möchte.

Nach zwei Stunden verabschiedet sich Johanna. Ich bewundere ihre Klarheit und ihren Aktionismus. Aber ich mache mir auch Sorgen um sie. Verunsichert sie diese neue Corona-Situation?

Nach außen wirkt sie so stark. Sie ist allein. Fehlen ihr Halt und der Schutz einer Familie in diesen schwierigen und unsicheren Zeiten? Ich habe meine Familie, Tom und Emilia und weiß, dass ich mich auf sie verlassen kann. Sie geben mir Sicherheit, Kraft und das Gefühl, dass mir das Leben nichts anhaben kann. Und ich habe die Liebe zu Maximilian und all die liebevollen Gedanken an ihn. Das alles ist ein unbeschreiblich großes Glück.

Doch was ist mit Johanna? Was ist mit allen Menschen, die allein leben, die sich nicht unverzüglich mit Menschen in ihrer Nähe über das beängstigende Thema Corona austauschen können? Menschen, die vielleicht in ihrer Angst verharren? Wenn keiner da ist, der beruhigend auf sie einwirkt, der sie in den Arm nimmt und ihnen Hoffnung gibt, was passiert dann mit ihnen? Plötzlich bin ich glücklich und überaus dankbar für mein Leben und meine Familie. Und für die Liebe zu Maximilian.

Ich räume ein wenig im Haus auf. Meine Gedanken kreisen weiter um Johanna. Ist sie eigentlich glücklich? Wir haben lange nicht mehr über Jannis gesprochen. Ich kann mir vorstellen, wie sehr sie ihn vermisst. Voller Trauer denke ich an Jannis' Beerdigung und meine Augen füllen sich mit Tränen. Auch bei mir sitzt der

Schmerz noch tief und der Gedanke an ihn erfüllt mich mit großer Traurigkeit.

Noch vor dem Mittagessen packe ich fünf Kisten Wasser in das Auto, fahre zum Supermarkt und erledige meine Einkäufe. Ich überlege, ob der Wasservorrat in Deutschland bei 83 Mio. Menschen reicht, wenn das alle so machen wie ich. Ich muss schmunzeln, weil ich den Gedanken so abwegig finde.

Doch damals bei der ersten Welle kauften die Menschen Waschseife, Toilettenpapier, Mehl und Zucker in großen Mengen, um sich Vorräte anzulegen. Die Folge war, dass die Regale für diese Artikel in den Supermärkten mehrere Wochen leer waren.

Doch heute spüre ich nichts davon. Die Menschen haben wahrscheinlich gelernt, dass diese Maßnahmen unsinnig waren.

Charlotte. Erkenntnisse.

München. Donnerstag, 25. Januar 2024

Verschlafen drücke ich den Wecker aus und greife zum Handy. *Guten Morgen, mein Liebling. Ich mache mir Sorgen um Dich. München hat enorm hohe Infektionszahlen. Pass auf Dich auf,* lese ich wieder einmal die liebevolle Nachricht von Maximilian, die mich süchtig nach seiner Liebe macht.

Immer wieder zaubert er ein Lächeln in mein Gesicht. Heute gelingt es nicht so ganz. Ich bin auch voller Sorge und gedanklich so sehr mit dem Virus beschäftigt. Nicht einmal die ersten Sonnenstrahlen, die selbstbewusst durch die Jalousien dringen, geben Erleichterung, meine Sorgen und meine große Angst zu vergessen. Ich schließe die Augen und lasse meine Gedanken zu Maximilian reisen. Ich sehe mich so sehr nach ihm. Gerade jetzt. In dieser unsicheren Zeit. Ich möchte mich an ihn anlehnen. Er soll mich einfach nur in den Arm nehmen. Hier in meinem Zimmer kann ich mich ganz auf ihn einlassen. Das macht diesen Gedanken daran gerade einfach.

Damals beim Umbau des Bauernhauses wurde auch dieses Zimmer mit einem hellen Naturholzboden ausgestattet. Ich richtete es nach und nach liebevoll und geschmackvoll mit edlen Vorhängen, bunten Stoffen, Kissen, einem kleinen Sessel und einem Buchenholz-Sekretär in wunderschönen Beige- und Gelbtönen ein. Inzwischen ist es eine Oase für mich geworden. Mein eigenes Reich, in dem es fast immer so aussieht, als ob das Sonnenlicht vorbeischaut und mir liebevoll einen

Guten Tag wünscht. So oft es geht, schließe ich einfach die Türe, setze mich in den gemütlichen Sessel, schaue aus dem Fenster und träume vor mich hin. Wie ein junger Teenager. Dann bin ich total bei mir und genieße die Zeit mit meinen Gedanken und nur für mich allein.

Ich erwidere Maximilians Gruß ebenso vertraut: *Mein Liebling, ich mache mir auch Sorgen um Corona und die neuen Infos zum verseuchten Trinkwasser. Denke immerzu an Dich.*

Seine Antwort kommt sofort zurück: *Ja, das darf man nicht unterschätzen. Hier ist aber noch alles völlig unverändert. Habe gelesen, dass München besonders betroffen ist. Ich vermisse Dich und denke auch unentwegt an Dich.*

Glücklich möchte ich am liebsten die Zeit anhalten. Ich möchte in diesen traumhaften Gedanken verweilen, sie einfrieren wie der Winter einen kleinen See.

Mein Wecker klingelt zum zweiten Mal.

Ich schüttle mich wie ein nasser Hund nach einem Regenspaziergang, um die einnehmenden, wunderschönen Gedanken beiseitezuschieben, um in die Wirklichkeit zurückzukehren.

Ich wecke Emilia und schaue bei Tom vorbei, der schon im Bad ist und bereite das Frühstück vor. Nachdem ich Emilia für die Schule verabschiedet habe, gehe ich in mein Büro und schalte den PC an. Sofort erscheinen aktuelle Corona-Schlagzeilen, denen ich mich nicht entziehen kann.

Ich lese eine Überschrift:

Coronavirus SARS-CoV-2: Übertragung über das Trinkwasser wahrscheinlich.

Was? Ich lese die Überschrift mehrere Male. Hier steht es schwarz auf weiß, was wir gestern im Fernsehen gesehen haben. Aber da waren es nur Vermutungen, erste vage und noch unbestätigte Informationen. Schnell lese ich weiter. Angst erfüllt mich wie immer, wenn ich etwas zu diesem Thema lese oder höre. Ich scrolle im Beitrag herunter und lese aufmerksam die ungeheuerlichen Zeilen.

Trinkwasser gehört in Deutschland zu den am besten überwachten Lebensmitteln und wird unter Beachtung der allgemein anerkannten Regeln der Technik gewonnen, aufbereitet und verteilt.

Das SARS-CoV-2 Virus ist wahrscheinlich über Ausscheidungen von Infizierten in das Abwasser und so in den Wasserkreislauf gelangt und kann derzeit im Klärwerk nicht vollständig abgetötet werden. Durch einen technischen Defekt in einem großen Südbayerischen Klärwerk kann es aktuell in der Region München und Umgebung nicht von Viren, einschließlich den Coronaviren, befreit und daher auch nicht bedenkenlos getrunken werden.

Durch die üblichen mehrstufigen Reinigungsverfahren können Krankheitserreger und Schadstoffe in der Region München nicht vollständig aus dem Wasser entfernt werden. Eine Übertragung des Coronavirus SARS-CoV-2 über die öffentliche Trinkwasserversorgung ist nach derzeitigem Kenntnisstand wahrscheinlich.

Oh, mein Gott. Ich kann es nicht glauben. Eine Übertragung des Virus über das Trinkwasser. Ich bin schockiert, fange an zu zittern. Was für eine schreckliche Nachricht! Was bedeutet das?

Mir ist bekannt, dass das Trinkwasser in München

immer wieder für seine besondere Qualität gelobt wird. Oft sprachen wir mit Freunden darüber, dass das Leitungswasser in München aufgrund der umliegenden Quellen eine ausgezeichnete Qualität hat. Die Trinkwassergewinnung hat bisher zu jedem Zeitpunkt durch komplizierte Reinigungsverfahren und durch die Einhaltung der allgemein gesetzlich vorgeschriebenen Regeln der Technik einen weitreichenden Schutz vor gesundheitsgefährdenden Organismen und chemischen Stoffen geboten. Schnell lese ich weiter.

Die aktuelle Struktur des Coronavirus zeigt, dass Wasser einen relevanten Übertragungsweg darstellen kann. Die Coronaviren zeigen im Wasser ähnlich wie Enteroviren eine gewisse Beständigkeit und haben im Wasser eine längere Lebensdauer als beispielsweise Noroviren. Bisher wurden noch keine Grenzwerte für das Trinkwasser festgelegt. Man hat lediglich festgestellt, dass das Virus SARS-CoV-2 im Trinkwasser festgestellt wurde. Das bedeutet nicht in jedem Falle eine Gefährdung der Gesundheit. Diese hängt von der Konzentration ab und ob hier ein bestimmter Grenzwert überschritten wird. Damit ergibt sich die Notwendigkeit weiterer Untersuchungen, um die Ursache zu klären und vorbeugende Maßnahmen zum Schutz der Gesundheit der Bevölkerung einzuleiten.

Für das SARS-CoV-2-Virus wurden noch keine Grenzwerte festgelegt. Wer legt eigentlich solche Grenzwerte fest? Kann man überhaupt Grenzwerte für dieses Virus festlegen?

Die zuständigen Gesundheitsbehörden prüfen doch nur, ob die Überschreitung der Grenzwerte eine Gefahr für die Gesundheit bedeutet. Wer definiert die Maßnahmen zur Beseitigung des Virus im Trinkwasser und wer bekämpft die Ursache? Und vor allen Dingen, wie kann das jetzt so schnell erfolgen?

Ich habe tausend Fragen. Ich lese weiter:

Gemäß europäischen Vorgaben der EURATOM-Richtlinie 2013/51 muss Trinkwasser in Deutschland auf Gehalte an radioaktiven Stoffen untersucht und überwacht werden. Das gilt aber nur für radioaktive Stoffe, nicht für das SARS-CoV-2-Virus.

Durch die dritte Änderung der Trinkwasserverordnung wurden im Einvernehmen mit dem Bundesumweltministerium Anforderungen an die Messung und Überwachung der Trinkwasserqualität im Hinblick auf künstliche und natürliche radioaktive Stoffe festgelegt.

Vorgegeben werden z.B. Parameter für Radon, Tritium und für die Richtdosis einschließlich der Radonfolgeprodukte. Die Regelungen erhöhen die Sicherheit des Trinkwassers, da dem Gesundheitsschutz höchste Priorität eingeräumt wird und auch in diesem Bereich das Vorsorgeprinzip des Strahlenschutzes rechtsverbindlich zur Anwendung kommt. Die Strahlenbelastung durch radioaktive Stoffe im Trinkwasser wird in Deutschland im Durchschnitt als sehr gering eingeschätzt.

Für die Bewertung der Strahlenbelastung des Trinkwassers hat man also bestimmte Regelungen geschaffen. Aber wie sieht es mit der Verunreinigung des Wassers durch Viren aus? Meine Gedanken überschlagen sich. Schnell lese ich weiter.

Daneben testen bestimmte Labore das Wasser aller städtischen Bäder und von Badeseen. Privatleute können ebenfalls Proben einreichen. Mieter haben laut Trinkwasserver-

ordnung in München das Recht, einmal im Jahr Auskunft über die Qualität ihres Leitungswassers zu erhalten. Die Stadtwerke kontrollieren das Wasser nur bis zum Hauseingang, für die Hausinstallationen sind die Besitzer zuständig.

Probleme können entstehen, wenn beispielsweise alte Hausleitungen oder Armaturen Schwermetalle abgeben oder das Wasser zu lange in der Leitung steht. Es wird empfohlen, das kalte Wasser aus dem Hahn so lange laufen zu lassen, bis es spürbar kälter wird. Das ist keine Verschwendung, sondern sinnvoll, um nicht abgestandenes Wasser zu trinken. Zugleich werde so verhindert, dass Legionellen entstehen. Die Wasserkeime vermehren sich, wenn zu wenig und vor allem zu wenig heißes Wasser durch die Leitung fließt.

Das ist mir bekannt. Daher haben wir auch damals bei der Renovierung unseres Bauernhauses alle Leitungen erneuert. Das war eine kostspielige Maßnahme, aber, wenn ich den Artikel hier richtig lese, eine durchaus sinnvolle Aktion. Wir reinigen auch ab und an die Siebe in den Wasserhähnen und ich bilde mir ein, dass unser Wasser dadurch besser schmeckt. Außerdem ist das Leitungswasser viel billiger als Mineralwasser, das bereits Wochen vor Verzehr in Flaschen abgefüllt wurde. Selbst das günstigste Discounterwasser kostet aktuell 77-mal so viel wie Münchener Leitungswasser. Das habe ich mal gelesen.

Und wie ist es mit der Wasserversorgung in München? Ich weiß, dass etwa 1800 Hektar Wald im Besitz der Münchner Stadtwerke sind. Und mehr als 160 Landwirte betreiben ökologische Landwirtschaft. Eltern einer Schulfreundin Emilias betreiben einen solchen Bauernhof. Sie haben mal erzählt, dass vor einigen Jahren der Nitratgehalt im Wasser anstieg. Die Behörden kamen daher auf die Idee, die Bio-Landwirtschaft zu fördern. Deshalb ist Nitrat im Wasser, anders als an vielen anderen Orten Deutschlands, in München kein Thema mehr. Das Wasser fließt bei uns durch die Leitungen, wie es sich als Grundwasser im Gebirge gebildet hat. Es wird nicht aufbereitet und nicht mit Zusatzstoffen versehen. Aber, wie kommt nun das Coronavirus in das Trinkwasser?

Gefangen von diesem Thema lese ich weiter.

Die mutierten Coronaviren verhalten sich ähnlich *wie Legionellen. Das sind zwar Bakterien, aber eine Vermehrung im Wasser bei lauwarmen Temperaturen von etwa 20 bis 50 Grad Celsius sind vergleichbar. In diesem Temperaturspektrum können sie sich gut vermehren. Im Normalfall wird das Virus über die Filteranlage der Klärwerke ausgefiltert. Durch einen technischen Defekt im südbayerischen »Klärwerk 563« wurde der Reinigungsprozess unbeabsichtigt für einige Tage ausgesetzt. Die biologische Ausschlämmung erfolgte zwar noch, jedoch waren die Zuführungen der chemischen Substanzen beeinträchtigt, so dass diese nicht oder nur in einer sehr geringen Konzentration an das Wasser abgegeben wurden. Prekär war, dass auch die Kontrollmechanismen nicht funktionierten und dieser Defekt über mehrere Tage unbemerkt blieb. Viel zu spät und erst anhand der explosionsmäßig steigenden Infektionszahlen suchte man nach der Ursache und bemerkte die katastrophalen Versäumnisse.*

Das Virus ist also über Ausscheidungen von infizierten Personen in das Trinkwasser gelangt und wird nicht vernichtet, ist also weiterhin lebensfähig, überleg ich. Eine Gefährdung des Menschen erfolgt über den direkten Verbrauch von Trinkwasser, also durch das Trinken, beim Zähneputzen oder über das Einatmen von Wasserdampf. Die Infektionszahlen sind genau über diesen Weg nach oben geschossen.

Ich lehne mich zurück und schließe die Augen.

Ein technischer Defekt also!

Ich erinnere mich an die Schlagzeilen aus New York, die ich vor kurzem im Internet gelesen hatte. Dabei ging es doch auch um eine Übertragung des Virus über das Trinkwasser. War die Ursache der Übertragung in New York auch auf einen technischen Defekt zurückzuführen? Ich hatte es nicht mehr weiterverfolgt. Aber das ist aus meiner Sicht die einzig denkbare Ursache. Es ist für uns beinahe selbstverständlich, dass alles reibungslos läuft, aber wahrscheinlich passieren technische Defekte gar nicht so selten.

Erschöpft klappe ich den Laptop zu, schließe die Augen und ahne, dass etwas Schlimmes auf uns zukommt.

Charlotte. Panik.

München, Freitag, 26. Januar 2024

Tschau, ich bin weg«, ruft Emilia fröhlich.

»Tschüss, mein Kleine. Hab einen schönen Tag.« Ich umarme sie liebevoll, wie an jedem Morgen, und gebe ihr einen Kuss. Dann zieht sie ihre Maske auf. Die Tür fällt ins Schloss. Eigentlich liebe ich die halbe Stunde am Morgen, um noch in Ruhe einen Blick in die Zeitung zu werfen, eine frische Tasse Kaffee zu trinken und danach in den Tag zu starten. Heute ist es anders. Ich räume eilig den Frühstückstisch auf und beschließe, sofort zum Einkaufen zu fahren. Gestern wurde in den Nachrichten berichtet, dass es in einigen Supermärkten in München zu Panikkäufen gekommen sei. Einige Discounter mussten sogar frühzeitig schließen, da die meisten Lebensmittel ausverkauft waren. Aber sicher nicht bei uns. Wir wohnen in einer sehr guten Wohngegend in München. Hier passiert das nicht.

Ich stelle drei leere Wasserkisten aus dem Abstellraum an die Haustür, suche in den Schlafräumen noch die fehlenden Flaschen zusammen und überlege, was ich sonst noch kaufen muss. In der Regel schreibe ich keinen Einkaufszettel und merke mir die benötigten Sachen.

Ich lade die Wasserkisten in unseren SUV, den Tom normalerweise fährt. Er ist für zwei Tage zu einem Konzert nach Bonn gefahren und hat sich mein Cabrio ausgeliehen.

Der Himmel hat sich mit dunklen Wolken zugezogen und es wird gleich anfangen zu regnen. Auf dem Weg zum nahegelegenen Einkaufszentrum fallen die ersten Tropfen und nach wenigen Minuten muss ich den Scheibenwischer auf eine hohe Stufe einstellen. Was für ein Wetter. Mist, ich habe keinen Regenschirm dabei, denke ich und ahne noch nicht, dass das nicht das größte Problem sein wird.

Die Straßen sind heute besonders voll. Ungewöhnlich viel Verkehr für diese Uhrzeit. Aber vielleicht fahren die Menschen bei diesem schlechten Wetter auch einfach langsamer und nicht mit öffentlichen Verkehrsmitteln.

Im Untergeschoss des Einkaufszentrums gibt es einen hervorragenden Supermarkt mit einem großen Angebot an Bioprodukten, den ich für meinen wöchentlichen Einkauf liebe. Außerdem hat das Einkaufszentrum eine große kostenfreie Parkgarage, in der ich immer einen Parkplatz finde.

Bis zur Einfahrt des Supermarktes sind es noch etwa 150 Meter, ich habe es fast geschafft. Doch plötzlich stehe ich im Stau. Was ist hier los? Autos hupen, Menschen laufen dicht an meinem Auto vorbei. Ich erschrecke. Ist hier etwas passiert? Ich schaue in den Rückspiegel. Durch die verregnete Scheibe sehe ich die Lichter einer endlosen Autoschlange. Es geht nicht weiter. Ich stelle das Radio leiser, werde nervös. Ich kann weder vor noch zurück. Drehen auf der Straße geht auch nicht, die Gegenfahrbahn ist ebenfalls voller Autos.

Ich hocke im Auto und warte. Es werden immer mehr Menschen, die durch den starken Regen an meinem Auto vorbeilaufen. Was ist hier los? Ich drehe die Scheibe hinunter und betrachte die Situation. »Was ist denn hier passiert?«, frage ich einen vorbeilaufenden älteren Mann, der ohne Regenschirm unterwegs ist.

Er schaut mich nur mit großen Augen an, schweigt und läuft weiter.

Ich verstehe das nicht. Ich stelle den Motor des Wagens aus und steige aus. Mist, ich hätte Turnschuhe und nicht die Schuhe mit dem hohen Keilabsatz anziehen sollen. Unsicher spreche eine ältere, gut gekleidete Dame an. »Wissen Sie, was hier los ist?«, frage ich sie.

Sie bleibt stehen und mustert mich. »Ich empfehle Ihnen, das Auto hier einfach auf der Straße zu lassen und ihre Einkäufe zu erledigen. Gestern wurde der Supermarkt schon um 11 Uhr geschlossen. Alles ausverkauft.« Sie wartet nicht auf meine Antwort und rennt weiter.

Eine andere Frau rempelt mich im Vorbeilaufen plötzlich an. Ich stolpere zur Seite, kann mein Gleichgewicht nicht halten und falle auf den nassen Asphalt. Mit der Hand stütze ich mich ab und spüre, wie sich die kleinen Steinchen auf dem Asphalt in meine Handflächen bohren. Autsch. Schnell stehe ich wieder auf. Meine Hand ist blutig und mein Knie schmerzt. Außerdem ist meine Jeans total nass und schmutzig.

Mein Herz rast. Der Regen läuft mir in den Nacken und ich betrachte meine blutige Hand und dann die schmutzige Jeans. Dann den Supermarkt. Und das Auto. Oh, mein Gott! Was soll ich tun? Ich bin verzweifelt, fange an zu weinen. Was hatte die Frau gesagt? Der Supermarkt wurde schon um 11 Uhr geschlossen? Es gab nichts mehr?

Schnell steige ich wieder in mein Auto und wische mir den Regen aus dem Gesicht. Mit einem Papiertaschentuch tupfe ich die schmerzende Wunde an meiner Hand sauber. Tränen rinnen über das Gesicht. Ich stützte meinen Kopf auf das Lenkrad. Nur langsam beruhige ich mich. Ich fühle mich überfordert. Und allein. Ich werde Tom anrufen. Und Johanna. Ich nehme mein Handy und wähle Toms Nummer. Er meldet sich nicht. »Mist, wo steckt er nur?«, fluche ich leise.

Ich wähle Johannas Nummer. Sie meldet sich gewohnt freundlich. »Hallo, Johanna«, bringe ich stockend hervor, »warst du schon einkaufen? Hier am Supermarkt ist die Hölle los.« Ich schildere aufgeregt die schreckliche Situation und bin fast panisch.

Johanna versucht mich zu beruhigen. »Ach du meine Güte. Genau das habe ich mir gedacht. Ist es wirklich eingetreten? Ich konnte mir ausmalen, dass es zu Panikkäufen kommt, wenn plötzlich ALLE einen Wasservorrat anlegen wollen.

Versuche bitte ruhig zu bleiben, meine Liebe. Es bringt jetzt nichts, wenn du die Nerven verlierst. Bleib bitte ganz ruhig«, sagt sie sanft und ich weiß, dass das jetzt die einzig vernünftige Reaktion wäre.

Ich beginne laut zu schluchzen. Was soll ich tun? Mein Auto einfach hier stehen lassen? Ich schaue mich um. Es regnet in Strömen. Die Autos stehen kreuz und quer. Hupen. Polizeisirene in der Ferne. Ich zittere. Die Menschen strömen zu Fuß zum Supermarkt. »Ich melde mich später noch mal«, beende ich eilig das Gespräch und setze meine Maske auf.

Ich atme tief durch. Dennoch überträgt sich die Panik der vorbeilaufenden Menschen auf mich. Ich schnappe meine Handtasche vom Beifahrersitz, stopfe zwei rote

Einkaufsbeutel hinein, die immer im Auto deponiert sind, steige aus und schließe das Auto ab. Wie alle anderen lasse ich es einfach hier stehen. Kurz überlege ich noch, ob ich das Leergut mitnehmen soll. Quatsch, das Leergut ist völlig egal. Hier geht nicht um Leergut. Es geht um viel mehr.

Dicke graue Regenwolken hängen über der Stadt und der Regen scheint nicht nachzulassen. Panisch mache ich mich auf in Richtung Supermarkt. Ich kann nicht rennen, vielmehr humple ich auf meinen hohen Schuhen und mit dem schmerzenden Knie an der Straße entlang. Immer mehr Menschen laufen in diese Richtung. Dabei regnet es immer noch Bindfäden.

Vor dem Eingang des Supermarktes hat sich eine endlos lange Schlage gebildet. So eine lange Schlange habe ich selten in Deutschland gesehen. Soll ich mich dort anstellen? Ich überlege kurz. Die Vernunft siegt, ohne dass ich den Gedanken zu Ende denken kann. Das ist meine einzige Chance, um heute etwas einzukaufen, kommt es mir in den Sinn. Eilig gehe ich zum Ende der Schlange und reihe mich mit etwas Abstand ein. Im vorderen Bereich kann ich ein Gerangel beobachten. Ein Mann schubst einen anderen und brüllt ihn an. Ich kann nicht verstehen, worum es geht, vermute aber, dass es um den erforderlichen Mindestabstand geht, denn auch ein paar Menschen vor mir diskutieren genervt über den Abstand. Die meisten Wartenden halten jedoch Abstand und tragen Mund-Nase-Bedeckungen. Ich natürlich auch.

Ich atme tief durch. Charlotte, was machst du hier, frage ich mich nervös. Nun stehe ich hier im Regen vor einem blöden Supermarkt an und kann nicht einmal abschätzen, wie lange es dauern wird. Panisch versuche ich noch einmal Tom anzurufen. Er geht wieder nicht ran. Verdammt, wo ist er?

»Wir haben hier gestern fast zwei Stunden gewartet und dann waren die Tiefkühlwaren fast vollständig ausverkauft. Obst und Gemüse gab es gar nicht mehr und Mehl und Zucker waren auch schon weg«, berichtet eine übergewichtige Frau in einer bunten, ausgebeulten Hose und einem ausgebleichten Mundschutz laut. »Georg, erzähl doch mal, das war wirklich schlimm.« Sie schaut einen ebenfalls überwichtigen Mann an, der sich auf einem Campingstuhl niedergelassen hat. Er trägt eine ebenso ausgebeulte Hose, eine grüne Nylonregenjacke und hat die Kapuze über den Kopf gezogen. Trotz seiner Maske sieht irgendwie sympathisch aus.

»Immerhin habe ich heute einen Campingstuhl dabei«, sagt er grinsend. »Gut vorbereitet.« Er lacht.

Ich habe keine Lust, mich mit den Menschen zu unterhalten. Warum kann ich Tom nicht erreichen? Soll ich Maximilian anrufen?

Nur langsam bewegt sich die Schlange vorwärts. Die übergewichtige Frau versucht mehrfach, ein Gespräch mit mir zu führen. »Das ist die dritte Welle«, stellt sie fest. »Warte mal ab, das ist nur der Anfang.«

Sie duzt mich und ich bin genervt. Es nervt mich, hier zu stehen und zu warten. Die dicke Frau nervt mich. Mein Auto parkt mitten auf der Straße. Ich kann Tom nicht erreichen und ich mache mir große Sorgen. Mir kommen wieder die Tränen und sie vermischen sich mit den Regentropfen auf meinem verzweifelten Gesicht. Ich will nicht, dass die blöde Frau sie sieht. Die Situation kommt völlig unvorbereitet für mich. Ich wollte doch nur ein paar Kisten Wasser einkaufen und dann wieder heimfahren. Nie im Traum hätte ich mir diese Situation so vorstellen können, insbesondere nicht, nachdem ich vor zwei Tagen schon mal hier war und es ein völlig normaler Einkaufsbetrieb war. Mist. Ist das jetzt ein Zustand, an den ich mich gewöhnen muss? Das will ich auf keinen Fall. Hätte ich doch heute früh noch eine Tasse Kaffee getrunken und eine Scheibe Toast gegessen.

Ich warte eine gute Stunde. Der Regen lässt nicht nach und ich bin völlig durchnässt, als ich endlich in den Supermarkt eingelassen werde.

Ich bin entsetzt. Ein Großteil der Regale ist bereits leer. Zu meiner Bestürzung ist auch das Bio-Regal leer. Und die Kühlregale. Keine Milch, keine Backwaren, keine Dosen, keine Nudeln. Und kein stilles Wasser. Sprudeliges Wasser gibt es noch. Ich packe in den Einkaufswagen, was ich finden kann. Werfe Kartoffeln hinein, zuerst zwei Netze, dann lege ich eilig noch ein weiteres dazu. Ich finde Reis, aber kein Weizenmehl. Also nehme ich italienisches Mehl, das für die Herstellung von Spaghetti geeignet ist. Dann Backmischungen und Gläser mit farblosen Erbsen und anderen Gemüsesorten. Ich habe noch nie Gläser mit Erbsen gekauft. Das kenne ich nur aus meiner Kindheit, ich kaufe sonst frisches Obst und Gemüse, am liebsten Bioprodukte. Ich schiebe meinen Einkaufswagen hektisch durch die Gänge, werfe Orangensaft im Tetra Pak in den Wagen und finde noch ein paar Tiefkühlpizzen. Hier sieht's aus wie geplündert. In diesem Ausmaß habe ich das so noch nicht gesehen.

Die Menschen sind schweigsam und haben es eilig. Es ist nicht voll im Laden. Man hat beim Einlass streng darauf geachtet, nur eine gewisse Anzahl Kunden einzulassen.

Plötzlich wird es laut. Vor einem Kühlregal gibt es Streit. Es geht um H-Milch, die letzten drei Pakete. Zwei Frauen schreien sich an. Ich bin schockiert, muss heulen, drehe mich weg und gehe in Richtung Kasse. Meine Güte, was passiert hier gerade?

Ich bezahle. Wortlos gibt mir die Kassiererin mein Wechselgeld zurück. Sonst hatte ich immer ein nettes Wort für sie. Heute nicht. Ich verstaue meine Einkäufe in meinen Einkaufsbeuteln und kaufe noch eine Papiertüte, um alles tragen zu können.

Am Ausgang bleibe ich noch einmal stehen und atme tief durch. Ich betrachtete die wartenden Menschenmengen vor dem Laden. Es ist laut. Autos hupen. Die Sirenen von Polizeiautos kann ich in der Ferne hören. Ich trage meine Einkäufe wie wertvolle Schätze und werde angestarrt oder zumindest habe ich das Gefühl, dass mich alle Wartenden neidisch anschauen. Der Regen durchnässt meine Papiertüte und ich muss den Boden mit meinen Händen abstützen, damit sie nicht reißt. Ich kann nicht mehr.

Ich erreiche mein Auto, das immer noch dort steht, wo ich es abgestellt habe. Geschafft! Hier hat sich nichts getan. Die Autos stehen kreuz und quer auf der Straße, auf dem Gehweg und wo gerade Platz ist. Einige Autofahrer versuchen irgendwie zwischen den parkenden Wagen einen Weg zu finden. Ich räume meine Einkäufe in den Kofferraum und steige ein. Mit zitternden Händen verriegle ich die Türen von innen und bemerke, dass ich am ganzen Körper zittere. Regen prasselt auf die Windschutzscheibe. Meine Güte. Ich bin total geschafft und lasse meinen Kopf auf das Lenkrad sinken. Erneut muss ich weinen, bitterlich, vor Erschöpfung, vor Angst und wegen der Erkenntnis, dass die dritte Welle wirklich bei uns angekommen ist.

Charlotte. Trinkwasser.

München, Samstag, 27. Januar 2024

Die Bevölkerung in München wird aufgefordert das Wasser abzukochen und den Verzehr von Leitungswasser zu vermeiden«, höre ich die hohle Stimme des Moderators aus dem Radio.

Heute morgen kam diese Aufforderung schon mehrfach. Immer wieder dröhnt sie in mein Gehirn, und prägt sich ein wie die Rathiopharm-Werbung aus dem Fernsehen.

»Mach mal bitte das Radio lauter«, ruft Tom aus dem Wohnzimmer. Wir haben gefrühstückt und er säubert den Kamin mit einem kleinen Besen und stapelt sorgfältig das klein geschnittene Anmachholz zu einer Pyramide, sodass wir den Kamin später wieder anzünden können.

Ich stehe in der Küche und stelle einen riesigen Topf mit Wasser auf den Küchenherd. Die Aufgabe des Abkochens habe ich mir zur Aufgabe gemacht.

Lautes Kichern ist von der oberen Etage zu hören. Emilias Freundin Marie ist zu Besuch und hat bei uns übernachtet. Die Mädels haben Spaß und kommen im Schlafanzug und mit zerzausten Haaren die Treppe hinunter.

»Guten Morgen, ihr Lieben«, begrüße ich sie herzlich.

»Na, gut geschlafen?«, begrüßt auch Tom die beiden Mädchen.

»Ja«, antworten sie etwas schüchtern.

»Was machst du da, Mama?«, fragt Emilia und schaut auf die riesigen Töpfe auf dem Herd.

»Ich koche Wasser ab«, erkläre ich. »Im Radio bringen sie immer wieder die Aufforderung, dass die Bevölkerung in München das Wasser unbedingt abkochen soll. Immer dann, wenn man nicht abgekochtes Wasser trinkt oder es berührt, kann es zu einer Infektionsgefährdung durch das Virus SARS-CoV-2 kommen. Ihr dürft also kein Wasser mehr aus dem Wasserhahn nutzen. Nicht zum Waschen, nicht zum Trinken und nicht zum Abwaschen. Wasser gibt es bei uns jetzt in Wannen«, ermahne ich streng.

»Waaas ehrlich? Wir dürfen kein Wasser mehr verwenden? Wie soll das denn gehen?«, ruft sie aufgeregt und stellt sich mit verschränkten Armen vor meine Kochtöpfe. »Und du meinst, schon der Kontakt mit Wasser und der Haut könnte gefährlich sein?«

»Ja!«, antworte ich ruhig und versuche, mir meine Aufregung nicht anmerken zu lassen. «Kochen, Wasser trinken, Zähne putzen, abwaschen, Blumen gießen, das alles ist gefährlich. Auf Oberflächen hält sich das Virus, also auch auf der Haut, und wenn ihr mit den Fingern zufällig das Auge berührt oder daran reibt, kann das Virus über die Schleimhäute in den Körper gelangen und eine Infektion auslösen. Immer wenn wir nicht abgekochtes Wasser nutzen, bedeutet es eine Gefahr«, füge ich nachdrücklich hinzu und erkläre weiter: »Daneben kann das Virus über Aerosole eingeatmet werden. Ist jemand infiziert, heftet sich das Virus beim Ausatmen an die feinen Wassertröpfchen in der Atemluft. Atmet ein Nichtinfizierter die Luft ein, kann es so in den Körper gelangen und befällt alle Schleimhäuten im Mund-Nasen-Rachenraum. Ebenso verhält es sich, wenn man verseuchtes Wasser im Mund hatte.«

»Meine Eltern sind auch sehr besorgt«, erklärt Marie. Sie steht neben Emilia und beide schauen zu, wie das Wasser in den Töpfen heiß wird, obwohl es da eigentlich nichts zu sehen gibt. »Meine Oma wohnt ja bei uns im Haus und sie ist schon sehr alt. Mein Vater meinte, dass sie das mit dem Wasser nicht mehr so richtig versteht. Er hat vorsorglich das Wasser im ganzen Haus abgedreht.«

Ich schaue Tom besorgt an. Wir wissen, dass Maries Oma an einer leichten Form der Demenz erkrankt ist. Ich habe noch nie darüber nachgedacht, wie die einzelnen Familien mit der neuen Situation umgehen könnten. Ich war viel zu viel mit mir und mit uns beschäftigt. Auch mit Kindern und Kleinkindern stelle ich mir das nicht so einfach vor.

»Und woher bekommt ihr dann das Wasser!«, will Emilia es nun genau von Marie wissen.

»Meine Eltern haben gestern auch schon große Mengen Wasser abgekocht. Das hat ewig gedauert und sie haben einen Vorrat angelegt. In der Badewanne.« Sie kichert.

Ich bin entsetzt und Tom schaut mich fassungslos an.

Die Mädels bereiten Müsli zu und setzen sich an den Esstisch. Ich setze mich mit einem Orangensaft dazu und auch Tom kommt hinzu. Wir leisten den Mädchen beim Frühstück noch etwas Gesellschaft und besprechen das Thema noch einmal sehr intensiv.

Wieder hören wir die Aufforderung im Radio:

Die Bevölkerung in München wird aufgefordert, das Wasser abzukochen und den Verzehr von Leitungswasser zu vermeiden.

Die weiteren Informationen lassen uns aufhorchen.

In wenigen Minuten folgt ein Sonderbericht über die Lage in München. Bitte bleiben Sie dran.

Ich erhebe mich und mache das Radio noch einmal etwas lauter. Krisenstimmung denke ich, drücke den Kaffeeknopf und biete Tom auch noch eine Tasse Cappuccino an, die er gerne annimmt. Wir hören angespannt und etwas ängstlich die folgenden Nachrichten:

Die Bevölkerung in München wird aufgefordert, das Wasser abzukochen und den Verzehr von Leitungswasser zu vermeiden, folgt erneut die Aufforderung.

Die Lage in München ist ernst. Bei einem Verzehr von nicht abgekochtem Wasser kann es im Stadtgebiet München zu einer Übertragung des SARS-CoV-2 Virus kommen. Betroffen sind ausschließlich die Stadt München und der Landkreis München. Andere Regionen sind entgegen anfänglich anderer Informationen nicht betroffen. Ursache ist ein technischer Defekt in einer Kläranlage mit der Folge, dass das Virus SARS-CoV-2 nicht ausgefiltert werden kann. Aktuell werden alle Maßnahmen getroffen, um den technischen Defekt zu beheben. Bis zur endgültigen Klärung wird es noch einige Zeit dauern.

Die Stadt München hat eine Hotline eingerichtet, bei der sich besorgte Bürgerinnen und Bürger über die aktuelle Situation informieren können. Daneben wird es heute Mittag um 12.00 Uhr eine Pressekonferenz mit dem Bayerischen Ministerpräsidenten, dem Oberbürgermeister der Stadt München und namhaften Virologen und Wissenschaftlern geben. Die Pressekonferenz wird live in den sozialen Medien und im Fernsehen übertragen.

Die Stadt München ruft die Bevölkerung eindringlich

auf, Ruhe zu bewahren, und hat folgende Maßnahmen getroffen:

Für die Bevölkerung werden Wasserrationen bereitgestellt. Die Verteilung erfolgt auf allen öffentlichen Plätzen im Landkreis München über LKW, die mit Wassertanks ausgestattet sind. Das saubere Trinkwasser wird von den umliegenden Landkreisen zur Verfügung gestellt. Die Bundeswehr, Feuerwehr und private Hilfswerke werden in Abstimmung mit der Stadt München und dem Freistaat Bayern die Verteilung durchführen. Bitte informieren Sie sich im Internet über die Verteilstellen. Es wird gebeten, Kanister und Behältnisse zur Verteilstelle mitzubringen.

Ältere *und kranke Mitbürgerinnen und Mitbürger, die das Wasser nicht eigenständig holen und transportieren können, werden gebeten die Hotline anzurufen. Die Hilfswerke werden den Transport übernehmen.*

Der Radio-Sender nennt die Nummer der Hotline und spielt Musik.

»Waaas, sie werden Wasser an alle Menschen verteilen?«, fragt Emilia. »Das ist ja cool.«

»Ich weiß nicht, ob das so cool ist«, sagt Tom tonlos. »Das ist eher eine riesige Katastrophe. Ihr dürft auf keinen Fall Wasser trinken oder das Wasser aus dem Wasserhahn laufen lassen, hört ihr!«, ermahnt er sie noch einmal eindringlich.

Emilia schweigt und richtet ihren Blick auf die Müslischale. Auch Marie stochert ebenfalls lustlos in ihrem Müsli.

Ich bin bestürzt. Die Situation spitzt sich zu.

»Vielleicht sollten wir ein paar Tage zu meinen Eltern an den Tegernsee fahren!«, schlage ich vor. Der Tegernseer Landkreis ist von der Katastrophe nicht betroffen und meine Eltern haben ein schönes Haus hoch über dem See mit genügend Platz.

»Ja, das finde ich eine gute Idee«, bestärkt Tom meinen Vorschlag.

Emilia richtet ihren Blick auf und lächelt Marie an. »Darf Marie mit?«, fragt sie hoffnungsvoll.

»Ich werde sofort bei meinen Eltern anrufen«, antworte ich und stehe auf, um mein Handy zu holen. »Marie, wenn du magst, kannst du uns gerne begleiten. Frag bitte deine Eltern, ob sie es erlauben. Und dann zieht euch an, Mädels. Es kann sein, dass wir gleich losfahren.«

Die Mädels jubeln. »Ja, das wäre toll, vielen Dank«, antwortet Marie höflich.

Ich kann mir vorstellen, dass Maries Eltern vielleicht froh sind, wenn sie das Risikogebiet verlässt und in Sicherheit ist. Für meine Eltern ist es sicher kein Problem. Sie leben in einem großen Haus und vermieten sogar drei Ferienwohnungen unterm Dach. Sie werden sich sicher freuen, wenn wir kommen.

»Wow, das wäre wirklich toll!«, ruft Emilia. »Komm, Marie, wir gehen hoch und ziehen uns an.«

»Erst Tisch abräumen!«, ermahne ich sie freundlich.

»Na klar!«, antwortet Emilia. »Das hätten wir schon gemacht!«

Die Mädchen räumen den Tisch ab und verschwinden nach oben. Tom sitzt noch am Esstisch und liest Nachrichten auf seinem Handy. Ich wähle die Nummer meiner Mutter.

»Hallo, Mama. Hast du von dem Trinkwasserproblem in München gehört?«

»Ja natürlich!«, antwortet sie sofort. »Es ist so schlimm und dein Vater und ich sind sehr beängstigt. Ihr könnt natürlich jederzeit gerne kommen, wenn ihr möchtet. Wir freuen uns!«

»Ach, das ist wirklich lieb von dir, Mama! Das wollte ich dich gerade fragen. Dürfen wir eine Freundin von Emilia mitbringen? Marie ist bei uns zu Besuch und ich glaube, die Mädchen würden sich sehr freuen zu kommen.«

Ich kenne schon die zustimmende Antwort und weiß, dass ich mich immer auf meine Eltern verlassen kann. Wir haben ein sehr inniges und herzliches Verhältnis und auch die Beziehung zu meinem Vater ist ausgesprochen liebevoll. Ich bin das einzige Kind und sie freuen sich immer sehr, wenn wir sie besuchen.

»Natürlich. Sehr gerne! Du kannst auch gerne Johanna fragen, ob sie mitkommen möchte. Sie will doch sicher nicht alleine zurückbleiben und bekommt das Gästezimmer im Obergeschoss«, ruft meine Mutter ins Telefon. »Wir freuen uns wirklich sehr, wenn ihr kommt. Ihr könnt gerne ein paar Tage bei uns bleiben. Zwei Ferienwohnungen sind frei, die ihr gerne nutzen könnt. Fahrt bitte vorsichtig! Es könnte glatt sein und es wurde schlechtes Wetter und Schneefall gemeldet.«

»Ach, das ist schön! Vielen Dank, Mama. Ich werde Johanna fragen, ob sie uns begleiten möchte, und ich weiß noch nicht, wie lange wir bleiben. Wir würden uns gleich schon auf den Weg machen, wenn es euch recht ist.«

»Ja natürlich. Gerne. Kommt, wann immer ihr möchtet. Schreib mir bitte noch einmal, ob Johanna mitkommt. Dann würde ich das Bett im Gästezimmer beziehen. Und schreib mir bitte, wann ihr genau da seid. Ich werde Paul bitten, etwas Kuchen einzukaufen.«

Glücklich darüber, eine so tolle Familie zu haben, beende ich das Gespräch. Meine Angst hat sich etwas gemäßigt und ich bin heilfroh, dass wir das Risikogebiet verlassen können.

»Marie, du darfst gerne mitkommen, wenn du möchtest. Meine Eltern freuen sich auf dich!«, rufe ich laut ins Treppenhaus, so dass die Mädels es hören können.

»Ich habe auch schon meine Eltern angerufen und darf mit euch fahren. Meine Eltern sind einverstanden«, kommt die zarte Stimme von Marie zurück.

»Dann packt eure Sachen! Ich gehe schnell zu Johanna rüber und frage, ob sie uns begleiten möchte«, rufe ich noch einmal nach oben und verlasse das Haus durch die Terrassentür. Ein kalter Wind kommt mir entgegen und ich verschränke meine Arme und ziehe die grobe Strickjacke vorne etwas zusammen. Es wird wirklich Schnee geben, so wie meine Mutter es angedeutet hat.

Johanna öffnet sofort, als ich bei ihr klopfe, und bittet mich herein. Noch im Flur berichte ich ihr von den erschreckenden Nachrichten im Radio, die sie natürlich auch schon verfolgt hat. Ich erzähle ihr von unserem Plan, zu meinen Eltern an den Tegernsee zu fahren, und von der Einladung meiner Mutter an sie.

»Meine Eltern würden sich sehr freuen, wenn du mitkommst«, bestärke ich noch einmal die Einladung.

Johanna überlegt nicht lange. »Das ist ein guter Plan. Der Landkreis Tegernsee ist von der hohen Infektionsgefährdung durch das Trinkwasser nicht betroffen und ich bin wirklich in großer Sorge«, weiß auch sie zu berichten.

»Ich komme gerne mit. Danke, dass du mich gefragt hast!«, antwortet sie sichtlich erleichtert und schnell entschlossen. »Wann wollt ihr losfahren?«

Ich berichte, dass Emilias Freundin Marie noch zu Besuch ist und uns ebenfalls begleiten wird.

»Wir packen zusammen und dann fahren wir. Wenn du es schaffst, in einer halben Stunde.«

»Ja, kein Problem«, antwortet sie kurz.

Eilig gehe ich zurück zum Haus und bin fast aufgeregt. Ist es richtig, dass wir das Haus so Hals über Kopf verlassen? Ist es vielleicht sogar völlig übertrieben? Wir müssten uns gar nicht beeilen, aber dennoch habe ich das Gefühl, dass wir hier ganz schnell abhauen sollten. Ich will nichts mehr anfassen. Vermute das Virus überall. Ich will nur noch weg. In Sicherheit.

Im Haus höre ich wieder die Aufforderung im Radio:

Die Bevölkerung in München wird aufgefordert, das Wasser abzukochen und den Verzehr von Leitungswasser zu vermeiden.

Es macht mich ganz nervös und ich schalte das Radio aus.

Ich gehe in mein Büro, um Maximilian eine Nachricht zu schreiben. Ich bin in Eile. Habe gar keinen Kopf für eine Liebesbotschaft. Dennoch möchte ich ihn über die neue Situation in Kenntnis setzen.

Mein Liebling, die Situation in München spitzt sich zu. Wir werden ein paar Tage zu meinen Eltern nach Rottach an den Tegernsee fahren. Ich melde mich. Ich liebe Dich!

Pass auf Dich auf!, kommt es sofort zurück. *Ich liebe dich auch.*

Plötzlich kommt mir ein Gedanke in den Sinn und ich schreibe: *Ich werde Dir dort nicht so gut schreiben können. Bitte sei gewiss, dass ich immer an Dich denke.*

Sei gewiss, dass ich jede Nachricht sehnsuchtsvoll von dir erwarte, antwortet er.

*

Wir packen alles für ein paar Tage Aufenthalt am Tegernsee zusammen und beladen den SUV. Die Mädels sitzen hinten und auch Johanna ist hinten eingestiegen. Sie freut sich auf die nette Plauderei mit den Mädchen und die Mädels freuen sich auf ein schönes Wochenende. Tom fährt und ich bin sehr angespannt und will nur hier weg. Wir brauchen aus dem Isartal knapp eine Stunde nach Rottach-Egern. Über die A 8 geht das recht schnell.

Kaum sind wir losgefahren, fängt es leicht an zu schneien. Im Radio hören wir erneut die Aufforderung:

Die Bevölkerung in München wird aufgefordert, das Wasser abzukochen und den Verzehr von Leitungswasser zu vermeiden.

Mit zitternden Händen schließe ich die Musik meines Handys an und wir fahren nur wenige Minuten auf der Landstraße Richtung Autobahn, als sich plötzlich der Verkehr staut.

»Was ist denn hier los?«, fragt Emilia von hinten und reckt ihren Kopf nach vorne.

»Stau«, sagt Tom tonlos.

Wir reihen uns in die Blechkarawane ein. Es schneit

heftig. Die Fahrspuren haben trotz des Verkehrs blitzschnell eine weiße Schneedecke bekommen. Es geht nur langsam voran. Sehr langsam. Tom fährt im Schritttempo und es scheint spiegelglatt zu sein.

»Was für ein Wetter. Dass es aber gerade jetzt anfangen muss zu schneien«, kommentiert Johanna die Situation sorgenvoll.

»Wahrscheinlich sind auch viele auf die Idee gekommen die Stadt zu verlassen!«, spricht Johanna aus, was ich gerade denke.

»Ja, das glaube ich auch!«, bestärkt Tom ihre Sichtweise.

Wir fahren schweigend weiter, hören Musik, aber es geht nur sehr schleppend voran. Ein Auto hinter dem nächsten.

Tom schaltet die Verkehrsnachrichten ein und die Nachrichten scheinen kein Ende zu nehmen:

Starker Schneefall und hohes Verkehrsaufkommen überlasten das komplette Straßennetz in und um München. Betroffen sind alle Straßen im Landkreis. Die Autobahnen sind komplett zu. Auch die A 8 München Richtung Salzburg ist dicht.

»Können wir vielleicht woanders herfahren?«, frage ich nervös.

Tom versucht eilig im Navi eine andere Route zu finden, aber das gesamte Straßennetz ist rot gekennzeichnet.

»Nein, keine Chance!«, stellt er resigniert fest.

»Viele Menschen werden versuchen, die Stadt zu verlassen!«, erklärt Johanna. »Jeder, der die Möglichkeit hat zu Verwandten oder Freunden zu fahren, wird München verlassen und sich in den nächsten Tagen außerhalb des Landkreises aufhalten.«

Ich atme schwer und realisiere, dass wir uns der Wetterlage und der langsamen Geschwindigkeit des Verkehrs anpassen müssen. Der starke Schneefall bereitet mir Sorgen. Die Straßen werden zunehmend eisiger und sind spiegelglatt. Daneben wird es schon langsam dämmrig. Die Lichter der entgegenkommenden Fahrzeuge vermischen sich mit den schmelzenden Schneeflocken auf der Windschutzscheibe und blenden die ohnehin schon schlechte Sicht. Ich bin immer noch total angespannt.

»Schaut mal da, ein Unfall!«, ruft Emilia plötzlich. Bestürzt fahren wir an einem Unfall auf der Gegenfahrbahn vorbei, bei dem mehrere Autos ineinander gefahren sind. Es sieht schlimm aus. Mindestens sechs Autos scheinen in den Unfall verwickelt zu sein. Hoffentlich nur Blechschäden, denke ich nervös.

»Boa, das sieht wirklich schlimm aus«, beschreibt Marie das Unfallgeschehen, bei dem die betroffenen Autos hinten und vorne völlig zerquetscht sind.

»Es ist furchtbar glatt«, fügt Tom sorgenvoll hinzu. »Ich habe gerade kurz gebremst und die Reifen rutschten einfach weg.«

»Dann fahr bitte vorsichtig!«, fleht Johanna.

»Ja, natürlich. Ihr braucht keine Angst zu haben«, tröstet Tom.

Ich nehme mein Handy und schreibe meinen Eltern, dass wir uns verspäten.

Es ist schon dunkel, als wir am späten Nachmittag bei meinen Eltern ankommen. Der Kuchen steht noch auf dem Tisch, der Kaffee schmeckt etwas abgestanden, aber meine Eltern freuen sich riesig über unseren Besuch und wir alle sind heilfroh, dass wir gut angekommen sind. Die Mädels beziehen eine Ferienwohnung unterm Dach und verschwinden zunächst nach oben. Meine Eltern, Johanna, Tom und ich sitzen noch lange am schön gedeckten Kaffeetisch im Wohnzimmer, in dem der alte Kachelofen eine gemütliche Wärme spendet, und sprechen über die verheerende Situation.

Wir beschließen mindestens eine Woche bei meinen Eltern zu bleiben oder bis die Gefahr in München vorüber ist. Wir gehen davon aus, dass die Schule in der nächsten Woche ausfallen wird und Maries Eltern den Aufenthalt für die schulfreie Zeit gestatten. Ich bin so dankbar, dass uns meine Eltern aufgenommen haben.

Charlotte. Trugschluss.

München, Mittwoch, 14. Februar 2024

Wir verbrachten zwei Wochen bei meinen Eltern und hatten eine schöne und unbeschwerte Zeit am Tegernsee. Dennoch verfolgten wir die aktuelle Situation in München sehr genau über das Fernsehen und die sozialen Medien. Viele Bürgerinnen und Bürger hatten frühzeitig die Stadt verlassen. Die Wasserversorgung über die externen Wassertanks funktionierte gut und die Bevölkerung zeigte eine große Solidarität und Hilfsbereitschaft bei kranken, alten und hilfsbedürftigen Personen.

Die Infektionszahlen in München lagen in der Spitze der Trinkwasser-Katastrophe vor etwa vier Wochen bei einer Inzidenz von etwa 2300, einem erschreckend hohen Wert. Die Zahlen stagnierten wenige Tage und fallen nun kontinuierlich ab.

Umliegende Städte und Landkreise hatten nicht nur die externe Wasserversorgung, sondern auch das überlastete Gesundheitssystem in München unterstützt. Intensivmediziner und Pflegepersonal aus dem gesamten Bundesgebiet wurden rekrutiert. Diese Maßnahmen der Stadt wurden schnell und effektiv umgesetzt und hatten sich als wirkungsvoll herausgestellt. München wurde für seinen strengen Kurs, die klugen Strategien und konsequente Umsetzung der Maßnahmen in den Medien gelobt.

Am 13. Februar 2024 gibt die Stadt München endlich Entwarnung. Das Trinkwasser darf wieder ohne Bedenken verwendet werden.

Durch komplizierte Reinigungsverfahren wurde das Trinkwasser vom SARS-CoV-2 Virus vollständig befreit. Das Virus wird auch zukünftig über chemische Reinigungssubstanzen vollständig aus dem Trinkwasser entfernt. Die zu dem Klärsystem gehörenden Anlagen, Maschinen und Einrichtungen sowie das gesamte Rohr- und Leitungssystem wurden desinfiziert und mögliche gesundheitsgefährliche Ablagerungen wurden entfernt.

Eine Infektion von SARS-CoV-2 über das Trinkwasser kann ausgeschlossen werden, so die Informationen der Stadt München. Das ist eine wirklich gute Nachricht und wir sind erleichtert und überglücklich. Auch Schulen, Kindergärten und Kitas werden wieder geöffnet und wir können nach München zurückkehren.

*

Zu Hause lassen wir aus allen Wasserhähnen einige Minuten Wasser laufen und die Spülmaschine stelle ich ohne Geschirr an. Ich kann mir vorstellen, dass es eine wirkungsvolle Maßnahme zur Vermeidung von weiteren Gesundheitsgefahren ist.

Daneben holt uns der Alltag sofort wieder ein. Tom ist schon zeitig zu einer Probe mit der Band aus dem Haus gegangen und Emilia hat sich gefreut, wieder zur Schule zu gehen.

Ich habe ein paar Einkäufe erledigt und die Situation in den Supermärkten ist zu meiner Erleichterung auch wieder normal.

»Hallo, mein Schatz, wie war es in der Schule?«, begrüße ich Emilia liebevoll, als sie heimkommt.

Sie stellt ihre Schultasche ab, hängt die Jacke an die Garderobe und ich höre, dass sie im Bad ihre Hände wäscht.

Ich habe Blaubeer-Pfannkuchen zubereitet und wir setzen uns zum Essen gemeinsam an den Esstisch.

»Alle sprechen nur noch von Corona und von der Verseuchung des Trinkwassers«, antwortet sie. »Allmählich nervt das ganz gewaltig.«

»Nun, es hat sich ja auch einiges ereignet«, antworte ich.

»Hmmm, lecker Pfannkuchen«, sagt sie freudig und beginnt den mit Puderzucker bestreuten Pfannkuchen zu essen.

»Wir haben heute in der Schule darüber gesprochen, wie das alles passieren konnte. Das Virus ist bis etwa 60 Grad im Wasser überlebensfähig. Das bedeutet, dass man sich über das Trinkwasser anstecken kann, wenn das Virus in den Trinkwasserkreislauf gelangt. Und das ist gar nicht so abwegig, und zwar dann, wenn das Virus über das Abwasser in den Wasserkreislauf gelangt und im Klärwerk nicht vollständig abgetötet oder gefiltert wird. Und genau das ist jetzt durch einen technischen Defekt im Klärwerk erfolgt.«

Ich höre ihr aufmerksam zu und wundere mich über ihr Wissen. Sie war vor Kurzem doch noch ein Kind und hat die ersten Harry-Potter-Bücher gelesen. Ich nicke ihr anerkennend zu.

Sie fährt fort: »Das hatten wir heute in Biologie. Im Trinkwasser dürfen gesundheitsgefährdende Krankheitserreger nicht in höherer Konzentration enthalten sein. Für das Reinigungsverfahren wird generell das Multi-

Barrieren-Prinzip angewendet. Es bedeutet, dass im Wasser eventuell enthaltene Krankheitserreger im Zuge der Aufbereitung in einem mehrstufigen Prozess entfernt werden. Dabei werden verschiedene Filtertechniken wie Ozonierung und Desinfektion angewandt«, führt sie weiter aus.

»Das SARS-CoV2-Virus ist jedoch auch im Urin und Stuhl infizierter Menschen nachweisbar und kann somit theoretisch auch in die Kläranlage gelangen. Das Virus aus Ausscheidungen von Menschen, das ins Abwasser gelangt, kann über Kläranlagen oder die Aufbringung von Gülle auch auf Felder und in den Wasserkreislauf gelangen. Bei den meisten Anlagen zur Trinkwassergewinnung beträgt die Durchflusszeit zwischen Fluss oder See und Förderbrunnen ein bis zwei Monate. Die Virenkonzentrationen ist unter natürlichen Bedingungen nach dieser Zeit noch sehr hoch, so dass die Gefahr einer Trinkwasserverunreinigung bestehen kann.«

»Klasse, was du alles weißt, mein Schatz«, kommentiere ich ihren kleinen Biovortrag, so dass sie ihn stolz weiterführt.

»Es ist Aufgabe der Wasserversorger, Infektionen durch Viren über das Trinkwasser zu verhindern. Dafür sorgen Wasserwerke mit sorgsamer Hygiene und ebendiesem Multi-Barrieren-Prinzip, das für die gesamte Wasserversorgung in Deutschland gilt. Es besagt, dass es im Wasserkreislauf mehrere Barrieren für Erreger oder andere unerwünschte Stoffe gibt, um diese vom Trinkwasser fernzuhalten oder sie letztlich daraus zu entfernen. Für das Coronavirus soll ein neuer chemischer Stoff entwickelt werden, der als Barriere wirkt. Damit wäre die Gefahr einer Infektion in Zukunft dauerhaft und sogar bei technischen Defekten ausgeschlossen.«

»Ja, das wäre ganz wunderbar, wenn man eine solche Situation auch in Zukunft verhindern könnte«, antworte ich.

»Wir müssen einen vernünftigen und ausgewogenen Umgang mit dem Coronavirus erreichen und klügere Test-Strategien entwickeln. Das Virus wird uns noch lange begleiten. Es ist und bleibt ein Teil unseres Lebens und wir müssen es, so gut es geht, in unseren Alltag integrieren«, erkläre ich.

»Dabei wird es wahrscheinlich noch weitere Herausforderungen geben. Wir werden vermutlich immer wieder mit neuen Situationen konfrontiert. Das Virus wird weiter mutieren. Man hat beispielsweise Mutationen bei Nerzen in Dänemark festgestellt. Was das für uns bedeutet, können wir noch nicht erahnen. Vielleicht schädigt es den Fötus im Mutterleib. Vielleicht werden die Spätfolgen schlimmer und es führt zu schwerem Multi-Organversagen, wie ich es neulich in einer Zeitung gelesen habe.« Ich mache eine kurze Pause. Emilia schaut mich an.

»Echt, sogar die Babys?«, fragt sie erschrocken.

»Ja, kann alles sein«, antworte ich. »Vielleicht wird aber auch ein Impfstoff entwickelt oder sogar mehrere Impfstoffe für verschiedene Personengruppen, um die Pandemie in den Griff zu bekommen. Ähnlich wie bei der Impfung gegen Masern, bei der so viele durch Impfung oder frühere Erkrankung immun gegen die Krankheit geworden sind, dass jede Infektionskette schnell wieder abgebrochen ist. So kann sich die Krankheit nicht weiter ausbreiten und auch Nichtgeimpfte sind geschützt.«

»Ja, ich weiß, Herdenimmunität nennt man das«, fügt Emilia hinzu.

»Genau. Das wäre ein sicherer und gangbarer Weg, die Pandemie zu bremsen. Dazu müssten sich aber möglichst viele Menschen impfen lassen und das Virus dürfte sich nicht schnell verändern. Leider ist das aktuell nicht der Fall«, erkläre ich. »Wir werden sehen, wie es sich weiterentwickelt.«

»Ich gehe mal hoch und beginne mit den Hausaufgaben«, sagt Emilia und steht auf. »Es hat prima geschmeckt! Danke für den besten Pfannkuchen der Welt.«

»Gerne«, antworte ich und muss lächeln. »Bis später.«

*

Neben dem Trinkwasserproblem sind meine Gedanken fast ununterbrochen bei Maximilian. Wir haben uns in den letzten zwei Wochen nur sehr wenige Nachrichten geschrieben. Ich habe Sehnsucht und ich vermisse ihn sehr. Ich war selten allein und ich konnte nicht telefonieren. Nur schwer kann ich mich in mein Leben einfügen. Nur schwer kann ich mich auf meine Arbeit konzentrieren. Ich vermisse ihn so sehr.

Ich habe mich so sehr daran gewöhnt, mit Maximilians Nachrichten in den Tag zu starten. Ich bin süchtig danach. Es ist wie eine Droge. Sie kommen immer zuverlässig. Pünktlich. Ich kann mich darauf verlassen. Eine Konstante in meinem Leben. Das Salz in der Suppe. Der Grund, warum ich morgens aufstehe, der seidene Faden, der uns verbindet. Essentiell, wie das Sicherheitsseil bei einer Klettertour im Hochgebirge.

Charlotte. Entscheidung.

Düsseldorf, 11. März 2024

Wir haben uns in Düsseldorf verabredet. Endlich wieder. Wir haben uns so lange nicht gesehen. In den letzten Wochen hat uns das Virus in Schach gehalten. Vorbei waren die kleinen Treffen und die liebevollen gestohlenen Momente. Meine Sehnsucht war unermesslich. Endlich können wir uns wiedersehen.

Maximilians Bahn hat etwas Verspätung. Ich warte auf ihn am Bahnhof und wir fahren mit dem Taxi zum Rheinufer. In einem unscheinbaren Sushi-Restaurant essen wir eine Kleinigkeit. Das Sushi ist lecker. Wir bestellen chinesisches Bier dazu. *Kirin* heißt es und schmeckt nicht bitter. Der Sushi-Mann ist freundlich und erkennt Maximilian nicht. Ich bin erleichtert.

Wir plaudern unbeschwert über Belanglosigkeiten, gestehen uns unsere wunderbare Liebe und schlendern später verliebt durch den wunderschönen Hofgarten mit altem Baumbestand und liebevoll angelegten Blumenbeeten. Maximilian hat den Arm um meine Schultern gelegt. Ich genieße den Augenblick, seine Nähe, das wunderbare Gespräch, die Leichtigkeit und Zwanglosigkeit unseres Treffens. Es fühlt sich gut an.

»Lass uns mehr Zeit miteinander verbringen«, starte ich vorsichtig den Versuch, in die Zukunft zu schauen.

»Ja, das wäre ganz wunderbar«, sagt er und zieht mich näher zu sich heran. »Ich möchte es auch, aber ich kann und werde dir ein Leben mit mir nicht zumuten. Ich bin sehr krank und werde bald sterben. Ich würde dich alleine zurücklassen. Ich kann dich nicht glücklich machen, mein Liebling«, sagt er leise.

Ich bleibe stehen. Wut kocht in mir hoch. Ich stehe dicht vor ihm. Ich schaue in seine Augen. Angst vor dem Leben? Nein!! »Das ist nicht deine Entscheidung, es ist meine«, antworte ich aufgebracht »Du kannst nicht entscheiden, was gut für mich ist. Ich will mit dir leben. Jeden Moment, der dir noch bleibt, will ich mit dir teilen.«

Er ist auch stehen geblieben, schaut mich an. Die Wucht meiner Antwort hat ihn getroffen. Mitten ins Herz. Ja, soll sie nur. Merkst du, mein Liebster, dass es mir ernst ist? Absolut ernst.

Seine Augen füllen sich mit Tränen. Ich bin so schrecklich wütend. Nicht liebevoll. Der Moment hätte einen liebevollen Abschluss verdient. Aber ich bin trotzig wie ein Kleinkind, unüberlegt und viel zu emotional. Aber nein, mein Lieber, ich weine nicht um dich. Jetzt noch nicht. Ich kämpfe gerade um dich und ich bin nicht bereit, diesen Kampf zu verlieren. Und so fahre ich laut fort: »Mein Liebling, du kannst viele Gründe nennen, um nicht mit mir zu leben, um unsere Liebe nicht zu leben. Aber bitte nicht deine Krankheit. Das ist eine jämmerliche Entschuldigung.« Ich schreie ihn fast an. Zu groß ist meine Enttäuschung. Zu groß ist mein Schmerz. Ich fühle, wie ich Maximilian verliere. Ich spüre, wie ich unsere Liebe verliere.

Er sieht mich traurig an und schweigt. Seine Augen sind so traurig, fast schon leer und hoffnungslos, wie ich sie noch nie vorher gesehen habe.

Hat er mich verstanden? Hat er meine Worte gehört? Meine Verzweiflung ist unermesslich. »Hörst du? Das ist meine Entscheidung. Es ist allein meine Entscheidung! Ich bin bereit, die schwere Krankheit mit dir durchzustehen. Ich werde an deiner Seite sein, wenn es dir nicht gutgeht. Ich werde bei dir sein, wenn du mich brauchst. Ich bin bereit dazu und nichts hält mich davon ab.«

Er nimmt mich in den Arm. So stehen wir lange da. Einfach so. Wir halten uns. Ich fühle seine Tränen auf meinem Gesicht. Auch ich weine bitterlich.

»Ich will mit dir leben. Ich will es so sehr«, flüstert er schließlich und küsst mich zärtlich.

Schweigend gehen wir zum nahen Hotel. Im Hotelzimmer kommt er langsam auf mich zu und schaut lange in meine Augen, während er mir sanft über das Haar streicht. Seine Hände berühren meine Wangen, zeichnen Linien um meine Lippen. Sein Blick in meine Augen bleibt tief und innig. »Ich liebe dich«, flüstert er zärtlich und küsst behutsam meine Lippen.

Ich lasse es geschehen, folge dem Takt, so wie er ihn vorgibt. Lasse mich darauf ein. Auf seine Zärtlichkeit, auf seine sanften Berührungen und auf die Intensität meiner Gefühle. Ich spüre Verlangen, Erregung und eine unfassbare Nähe und den Wunsch, mich ihm hinzugeben.

Langsam öffnet er die Knöpfe meiner Bluse. Seine Lippen berühren meinen Hals und fahren langsam daran hinunter. Behutsam streift er die Bluse über meine Schultern. Sie fällt achtlos zu Boden. »Ich liebe dich, so sehr«, flüstert er.

Die leichten Gardinen wehen im Wind. Das Fenster ist ein wenig geöffnet. Die Nachmittagssonne wirft ihr letztes helles Licht in den Raum. Ein kühler Luftzug berührt meinen nackten Körper und ich schmiege mich an ihn. Ich spüre seine unbändigen Küsse. Zärtlich, dann wild. Es ist pures Verlangen. Unsere Körper verschmelzen miteinander. Ich spüre seine Hände auf meinen Brüsten, die sanft meine Brustwarzen umkreisen. Er führt mich zum Bett und mein Körper fällt auf die kühle Bettwäsche, die ich vorsichtig zur Seite schiebe. Er kniet über mir, lässt den Blick nicht von meinen Augen und streichelt sanft die Innenseiten meiner Oberschenkel. Ich spüre seine Erregung und unermessliches Verlangen. Es ist, wie nach einem langen Sommer zum ersten Mal die Sonnenstrahlen zu spüren, wie die ersten Regentropfen nach Wochen der Hitze und Trockenheit.

Er küsst mich überall, taucht behutsam in meinen Körper ein und ich wünsche mir, dass es kein Ende nimmt. Das Gefühl ist so innig, so unfassbar intensiv, wie ich es nie zuvor erlebt habe. Wir lieben uns, bis ich erschöpft in seinen Armen liege.

Ich betrachte seinen gebräunten Körper und fühle mich angezogen von der Schönheit seiner Männlichkeit. Sein Körper ist fest, warm und durchtrainiert. Es ist ein wunderbares Gefühl, Maximilian zu lieben, mit ihm eins zu sein. Es ist mehr als Sex. Es ist jener besondere Moment im Leben, den man nur wenige Male erlebt. Und ich bin dankbar für diese Erfahrung.

*

Ich fahre nach unserm Treffen mit dem Auto zurück nach München. Im Radio läuft Herbert Grönemeyer, *Der Weg*.

»... wir waren verschworen, wären füreinander gestorben ... haben den Regen gebogen, uns Vertrauen geliehen ... du hast jeden Raum mit Sonne geflutet, hast jeden Verdruss ins Gegenteil verkehrt ... du hast der Fügung deine Stirn geboten und hast ihn nie verraten, deinen Plan vom Glück.«

Gedankenverloren singe ich das traurige Lied leise mit. Kenne jedes Wort, den ganzen Text. Ich liebe dieses Lied.

Ich sause über die Autobahn. Langsam wird die Verbindung des Senders schwächer. Ab und zu rauscht und knistert es im Radio. Es ist wenig Verkehr. Es beginnt zu dämmern.

»Ein letzter Song für heute. Ein besonderer Hörerwunsch«, höre ich den Moderator sagen. »Ich wünsche allen Hörerinnen und Hörern einen schönen Abend.« Und dann höre ich *Skyful of love*.

Ich stocke. *Skyful of love* – das ist *unser* Lied! Damals, auf Mallorca, als ich zu ihm in den blauen Panda gestiegen bin, lief *Skyful of love* von *Coldplay* im Radio. Tränen rinnen meine Wange hinunter. Vor Glück. Vor Verzweiflung. Vor Liebe.

Ich gleite über die Autobahn und durch den Abend und höre unser Lied. Ich drehe das Radio lauter. Es knistert. Ich fliege in meinem Auto durch die Nacht und bin unsagbar glücklich und unsagbar traurig. Ich spüre diesen Moment so sehr und denke über Glück, Liebe und mein Leben nach.

Was ist Glück? Ein besonderes Lied im Radio zu hören und dabei über die Autobahn zu sausen? Der liebevolle Gedanke an einen Menschen? Nähe spüren? Liebe geben? Bilder entstehen in meinen Gedanken. Emilia war ungefähr zwei Jahre alt. Sie aß ein Schokoladeneis. Es war herrlich anzusehen, wie ihr verklebter Mund die dunkle schmelzende Masse leckte. Sie sah dabei glücklich und zufrieden aus. Und ich war es auch, als ich sie anschaute.

Oder ein paar Jahre später, als sie aufgeregt aus dem Kindergarten kam und mir stolz ihr mit Wachsmalkreide selbst gemaltes Bild zeigte. Damals war ich so stolz auf sie und ich war glücklich. Ja, ich war glücklich. Allein diese Situation machte mich glücklich.

Dann erinnere mich an einen Fallschirmsprung, ein Geschenk zum dreißigsten Geburtstag von Tom. Es war großartig und einzigartig. Ein ganz besonderer und intensiver Moment und ein unbeschreiblich tolles Gefühl. Genau das, ja, das alles ist für mich Glück!

Und doch, die Dimension des Glücks, die ich mit Maximilian erlebe, ist stärker und intensiver. Unfassbar intensiv. Dieses Glück beflügelt mich. Es macht mich immun gegen die Nadelstiche und Speerspitzen der Welt. Es macht mich immun gegen die kleinen persönlichen Erdbeben und Überschwemmungen, die kleinen Meinungsverschiedenheiten einer Ehe, Sorgen über das Kind, Ebbe auf dem Bankkonto, Ärger mit Freundinnen und Freunden und sonstige Probleme, denen ich unter normalen Umständen Raum geben würde.

Das Glück liegt in dir selbst. Das Glück liegt in der Liebe. Liebe ist das Höchste. Liebe ist das Wichtigste und der Ursprung jeden Handelns und Seins. Liebe überwindet alle Grenzen und ist von unschätzbarem Wert für unsere Seele, unser Wohlbefinden und unsere Gesundheit.

Kann man Krankheiten mit Liebe heilen? Ich stelle mir diese Frage und denke voller Liebe an Maximilian. Ja, ich glaube, dass man Krankheit mit Liebe heilen kann oder dass sich Liebe zumindest förderlich auf den Gesundheitszustand eines Menschen auswirken kann. Ich glaube daran, auch wenn ich weiß, dass es absurd ist. Absurd in einer Welt, in der Forschung und Wissenschaft einen gigantischen Stellenwert einnehmen und die Medizin großartige Fortschritte zu verzeichnen hat. Aber in der klassischen Schulmedizin gibt es keine belegbaren Erkenntnisse über Heilung durch Liebe.

In der alternativen Medizin ist man da weiter. Sie betrachtet und behandelt den Menschen ganzheitlich und ihre Vertreterinnen und Vertreter gehen davon aus, dass sich eine positive Einstellung und ein inneres Gleichgewicht förderlich auf den Gesundheitszustand auswirken können. Also ist doch eine Genesung durch das Medikament Liebe möglich? Vielleicht.

Erstaunlicherweise sind die Blutwerte in der Zeit, seit ich Maximilian kenne, stabil. Ein Lottogewinn im Verlauf der Krankheit. Eine Verlängerung seines Lebens? Auf alle Fälle ein Etappensieg auf dem langen Weg.

Maximilian. Sehnsucht.

Zürich, 20. März 2024

Zürich. Ich vermisse sie. Oh, ich vermisse sie so sehr. Mein Herz verkrampft sich bei jedem sehnsuchtsvollen Gedanken an Charlotte und ich finde kaum in den Alltag zurück. Die Arbeit erledige ich nur mühevoll. Ich bin gereizt. Zu schön war unser Abend in Düsseldorf. Zu heftig war ihre Reaktion auf meine Entscheidung. Alles erscheint mir unsinnig. Mein ganzes Leben ist ein riesiger Fehler. Ich weiß, dass es falsch ist. Ich will gemeinsam mit Charlotte leben. Ich werde eine andere Entscheidung treffen.

Ich werde mit Franzi sprechen. Ich werde Franzi sagen, dass ich eine andere Frau kennengelernt habe und dass ich sie liebe. Ich werde es ihr schonungslos offenbaren und jämmerlich um ihr Verständnis flehen. Meine liebe Franzi muss es zuerst wissen. Mit Nadja werde ich danach sprechen. Das wird nicht einfacher, aber ich möchte zuerst sehen, wie Franzi reagiert.

Schon am nächsten Tag bekomme ich die Gelegenheit. Nadja, Franzi und ich sitzen am Frühstückstisch und ich bin in die Zeitung vertieft.

»Papa, kannst du mich heute zur Schule bringen?«, fragt Franzi und löffelt ihr Müsli mit Früchten, das Nadja fürsorglich für sie vorbereitet hat.

»Warum fährst du nicht mit dem Bus?«, will ich wissen.

Sie weiß genau, dass ich sie gerne fahre. Ich kann das mit dem Weg zu meinem Büro verbinden, es ist nur ein kleiner Umweg.

»Wir haben in der ersten Stunde frei«, verkündet sie. »Ich muss sonst so lange warten.«

»Ja, klar nehme ich dich mit. Um 8.30 Uhr ist Abfahrt«, antworte ich. Sie lässt die Hälfte des Müslis stehen und verschwindet im Bad.

»Du könntest wenigstens das Müsli essen. So viel Zeit muss sein«, beschwert sich Nadja und erhält keine Antwort.

Ich freue mich auf ein paar Minuten mit ihr allein im Auto. Meistens verbinden uns in dieser kurzen Zeit intensive Gespräche, manchmal dreht sie aber auch nur am Radioknopf und sucht ein schönes Lied. Ich fahre sie immer gerne, wenn es meine Zeit erlaubt. Derzeit ist das eher selten der Fall. Gewöhnlich fährt sie mit dem Bus. Dort trifft sie ihre Freunde und ist verlässlich zum Schulbeginn in der Schule.

Plötzlich kommt mir ein quälender Gedanke in den Sinn. Soll ich die Gelegenheit nutzen und heute mit ihr sprechen? Soll ich ihr heute alles erklären und ihr sagen, dass ich ihre Mama verlassen werde? Dass ich eine andere Frau liebe und mit ihr leben will? Sie wird es verstehen. Ich werde ihr versprechen, dass sich für sie nichts ändern wird und dass sie jederzeit zu mir kommen kann. Sie wird mich nicht verlieren. Ja, ich werde mit ihr sprechen.

»Ich gehe schon mal zum Auto«, verkünde ich laut und nehme meinen Mantel von der Garderobe.

»Ich bin dann mal weg«, rufe ich Nadja zu. »Tschüss, bis heute Abend.«

»Tschüss, denkst du bitte heute Abend daran, bei deiner Mutter vorbeizufahren. Du hast es ihr versprochen«, ruft sie zurück.

»Mache ich«, verspreche ich, schnappe mir meine Aktentasche, verlasse das Haus, gehe zum Wagen.

Franzi ist nirgends zu sehen. Ich fahre den Wagen aus der Garage und wende ihn in Richtung Tor.

Da stürmt sie eilig aus dem Haus. »Sorry, hatte mein Handy vergessen«, sagt sie knapp und setzt sich mit ihrem Rucksack, Handy und Jacke auf dem Arm auf den Beifahrersitz.

Ich fahre los und es beginnt ein endloses Kramen und Verstauen der Utensilien. Das immer lauter werdende Signal für den nicht angelegten Sicherheitsgurt verfolgt uns noch zwei Straßen weiter.

»So, fertig«, sagt sie endlich, sichtlich genervt. »Übrigens, ich habe heute nicht in der ersten Stunde frei«, verrät sie.

»Was, du machst blau?«, frage ich überrascht. »Schreibt ihr eine Klassenarbeit?«

»Nein, keine Sorge. Ich habe eine Befreiung vom Unterricht. Ich wollte ...« Sie stockt, fährt dann aber doch fort: »Also, ich wollte mit dir über Julia reden. Ich glaube, sie hat Probleme.«

Was? Ich vergesse die erste Stunde und die Befreiung. »Warum, was ist mit ihr?«, frage ich besorgt. Wahrscheinlich braucht sie wieder Geld. Unsere monatliche Unterstützung bessert sie durch regelmäßige Arbeit in einem Café auf, aber das fiel während der Pandemie sehr oft weg und so reicht das Geld meistens hinten und vorne nicht. Ich helfe gerne. Ich weiß, dass sie sparsam lebt und ein vernünftiges Leben führt, und stecke ihr, wann immer ich sie sehe, etwas Geld extra zu. Sie trinkt kaum Alkohol und raucht nicht. Ab und zu ein paar Klamotten zu viel, aber so sind die Mädels nun mal.

Aber Franzi erzählt nun mit bebender Stimme: »Julia war schon seit zwei Wochen nicht mehr in der Uni. Sie hat Corona und es geht ihr nicht gut. Sie hat mich gestern angerufen. Sie sagt, sie liegt fast nur im Bett und es geht ihr wirklich schlecht.«

»Ach du meine Güte.« Ich bin erschrocken. »Warum hat sie denn nicht früher was gesagt?«, frage ich besorgt.

Franzi sieht mich eindringlich an, während ich den Blinker setze und unkonzentriert um die nächste Ecke fahre. »Papa, Julia ist schwanger. Hast du das nicht gesehen, als sie beim letzten Mal hier war? Sie ist schwanger und hat Corona«, bringt sie aufgeregt hervor.

Was? Ich fahre rechts ran, auf den Gehweg. Das kann doch nicht wahr sein. Schwanger?! Und Corona?! Ich bin total überfordert.

»Franzi, was heißt das?«, rufe ich aufgeregt und ringe nach Luft. Ist das gefährlich für das Baby?, kommt es mir sofort in den Sinn. Plötzlich erinnere ich mich daran, dass Charlotte bei einem unserer ersten Treffen über die Gesundheitsgefährdungen von Schwangeren durch Corona erzählt hatte. Aber ich kriege das nicht mehr zusammen, was es bedeutet.

»Papa, Julia ist schwanger. Das ist doch erst mal eine schöne Nachricht. Aber ihr geht es dabei nicht gut. Und sie hat starke Symptome durch Corona. Es ist wirklich schlimm und sie kriegt kaum Luft. Und man weiß nicht, ob es das Baby schädigen wird.«

»Ich fahre gleich heute noch zu ihr nach Berlin und hole sie!«, ist meine erste Idee. »Hier können wir uns viel besser um sie kümmern und wir können Spezialisten zu Rate ziehen. Ich kenne die Professoren an der Uniklinik hier in Zürich sehr gut. Sie werden Julia sofort behandeln. Da ist sie in guten Händen.«

»Papa, Julia ist in Berlin bereits in guter Behandlung und ihr Freund Steffen kümmert sich rührend um sie, so wie sie es beschreibt. Dennoch ist sie in großer Sorge um das Baby, weil man Gesundheitsgefahren für das ungeborene Leben bei einer Corona-Infektion während der Schwangerschaft nicht sicher ausschließen kann. Gerade im Anfangsstadium kann es zu Fehlbildungen kommen. Das hat mir Julia erzählt. Sie hat es gegoogelt, aber sie weiß nicht, wie wissenschaftlich fundiert diese Informationen waren. Papa, Julia hat geweint, als wir telefonierten. Sie hat große Angst, dass sie ein behindertes Kind zur Welt bringt«, sagt sie leise.

Mir schießen Tränen in die Augen. Ich muss mich sofort um Julia kümmern. Lange ist es her, dass ein Hilferuf von ihr aus Berlin kam. Sie ist schon so erwachsen und eigenständig. Ich werde in ihrem bisher meist sorgenfreien Leben gewöhnlich nicht gebraucht. Aber sie ist meine Tochter und ich würde alles für die tun. Meine Große. Ich liebe sie sehr.

»Nein, das darf alles nicht sein!«, will ich schreien und bringe es nur mühsam hervor. Bitte nicht.

»Wir können nicht hinfahren, Papa! Julia hat Corona und wir könnten uns alle anstecken. Das wäre die falsche Entscheidung. Du bist Risikopatient«, fügt sie hinzu. »Das geht nicht.«

»Das ist mir egal!«, gebe ich trotzig und besorgt zurück.

»Papa, wir werden sie heute Nachmittag anrufen, wenn ich aus der Schule zurück bin«, legt sie mit ernstem und verzweifeltem Gesicht fest.

»Ja, du hast natürlich recht«, gebe ich nach. »Hast du schon mit Mama darüber gesprochen?«

»Nein, ich wollte zuerst mit dir sprechen«, gesteht Franzi.

»Das hört sich gar nicht gut an«, bringe ich verzweifelt hervor. »Gar nicht gut.«

Ich krampfe meine Hände um das Lenkrad, als ob ich daran Halt suchen möchte. Franzi nimmt meine Hand und lockert die Verkrampfung. »Es wird schon alles gut gehen!«, versucht sie mich zu trösten, aber es gelingt ihr nicht und ich spüre auch die Unsicherheit in ihren Worten.

Ich besinne mich, schaue in den Rückspiegel und fahre weiter. Zärtlich legt Franzi die Hand auf meinen Arm. Ich mache mir Sorgen. Es wird schon nicht so schlimm sein. Es darf nicht so schlimm sein!

»Ich werde Julia vom Büro aus anrufen«, verspreche ich.

Sie schaut mich an und lächelt erleichtert. »Ja, das ist eine gute Idee!«, sagt sie sanft.

Wir erreichen die Schule. Ich halte wenige Meter vor dem Haupteingang.

»Das schaffen wir schon, mein Kleines.« Ich umarme sie und gebe ihr einen Kuss auf die Wange.

»Ja, glaube ich auch.« Sie erwidert meine Umarmung. Nicht flüchtig, sie drückt mich fest an sich und gibt mir einen Kuss auf die Wange. Mein kleines Mädchen. Sie nimmt ihren Rucksack und ihre Jacke und öffnet die Beifahrertür. »Ciao, Papa.«

»Ciao, mein Schatz, und danke, dass du mit mir darüber gesprochen hast.«

»Klaro, mit wem sonst?« Sie lächelt, dreht sich noch einmal um und winkt mir zu.

Ich schaue ihr durch das Seitenfenster hinterher. Meine Augen füllen sich mit Tränen. Mist, warum muss ich in letzter Zeit immer weinen? Nur einen kleinen Augenblick. Dann geht's wieder.

Charlotte. Abschied.

München, 28. März 2024

Ich bereite das Abendessen, als mich Maximilians folgenschwere Nachricht erreicht: *Ich komme nach München, ich muss mit dir sprechen. Kuss.*

Überrascht putze ich den Salat weiter und überlege, was diese Nachricht zu bedeuten hat. Emilia ist noch in ihrem Zimmer und Tom wird jeden Moment nach Hause kommen.

Ich schreibe kurz zurück: *Wann kommst Du und wo treffen wir uns? Freue mich auf Dich! Kuss*

Beim Absenden der Nachricht habe ich ein komisches Gefühl. Ist etwas passiert? Hat sich vielleicht seine Krankheit verschlechtert. Ich bin ganz unruhig, versuche aber die blöden Gedanken beiseitezuschieben und rufe Emilia zum Abendessen.

*

Ich ahne nichts. Wir treffen uns in dem wunderschönen Café *Roma* in der Maximilianstraße, das im neuen Glanz erstrahlt und nach längerer Pause wieder geöffnet hat. Es ist bunt und eigenwillig, mit Samtsesseln und außergewöhnlichen Gemälden, die die Wände zieren. Ich liebe dieses Café.

Maximilian erwartet mich auf dem roten Plüschsofa im hinteren Bereich, als ich das Lokal betrete. Ich sehe ihn sofort. Es ist nicht besonders voll. Ich grüße den jungen Kellner flüchtig und eile an den leeren Plätzen vorbei zu seinem Tisch.

Das Café im italienischen Charme mit den kleinen dunklen Tischen und passenden Stühlen schlägt eine Brücke zum alten Roma und will die Tradition wiederbeleben. Ein Café für jedermann. Die lange Sitzreihe an der Wand ist mit rotem Plüsch bezogen. Klassisch rot, nicht grell. Sehr schön und edel. Die hohen Decken geben mir tatsächlich das Gefühl, mitten in Rom zu sein. Der Kellner trägt ein strahlend weißes Hemd und balanciert ein Paillard von der Hähnchenbrust an mir vorbei. Oh, darauf hätte ich jetzt auch Appetit.

Maximilian sieht großartig aus. Mein Herz klopft wild, wie immer, wenn ich ihn sehe. Aber er lächelt nicht wie sonst. Er wirkt angespannt und steht auf.

»Hallo!« Ich nehme meine Maske ab und gebe ihm einen Kuss auf den Mund und berühre seinen Arm liebevoll.

Er begrüßt mich ebenso liebevoll und umarmt mich innig und hält mich einige Sekunden länger fest, als ich es von ihm gewohnt bin. Charmant rückt er mir den Stuhl zurecht und lässt mich zuerst Platz nehmen. Wir bestellen Cappuccino bei dem Kellner in dem weißen strahlenden Hemd.

»Wie geht es dir?«, frage ich und blicke in seine Augen. Jetzt merke ich, dass etwas nicht stimmt. »Was ist los?«, frage ich leise.

»Es ist …«, er sucht nach Worten und dann bringt er es hervor: »Ich werde mich nicht von Nadja trennen. Ich schaffe es nicht. Nadja ist zu schwach und …«, er stockt. »Julia …, sie ist schwanger und hatte Corona. Sie wird ein behindertes Kind zur Welt bringen. Wir wissen es schon. Es ist gerade alles sehr schwierig. Ich schaffe es beim besten Willen nicht, mein Liebling. Es tut mir so leid.«

Stille. Ich weiß nicht, was ich sagen soll, und kämpfe mit den Tränen. Er hat die Sätze scheinbar auswendig gelernt, hat sich die Wörter sorgsam zurechtgelegt. Er hat sich auf das Gespräch vorbereitet. Das ist gemein. Es ist so gemein! Ich werde überrollt von der Situation. Mir wird schwindelig. Haltung bewahren, Charlotte, ermahne ich mich stumm. Brich nicht zusammen. Nicht hier. Nicht jetzt. Zeig Stärke, hörst du!

Ich kann nichts sagen. Mein Kopf ist leer. Absolute Leere. Da ist nichts.

Zärtlich nimmt er meine Hand und dann muss ich doch weinen. Ich weine bitterlich. Hier mitten in dem Café. Die Tränen tropfen in meinen Cappuccino. Ich kann nicht anders.

Er reicht mir ein Taschentuch und umarmt mich sanft. »Beruhige dich, mein Liebling, bitte beruhige dich. Ich werde dich immer lieben. Ich habe noch nie so sehr geliebt, wie ich dich liebe, aber ich kann nicht anders. Es geht nicht«, erklärt er sich leise.

»Ich liebe dich auch. Ich werde dich auch immer lieben und ich werde in Gedanken immer bei dir sein.« Ich schaue in seine Augen und sie füllen sich mit Tränen. Ich kann es kaum ertragen, Maximilian weinen zu sehen. Das habe ich in all unserer Zeit noch nicht gesehen. Mein Herz krampft sich zusammen. Der Schmerz ist unermesslich. Es ist alles gesagt. Mehr kann ich nicht hinzufügen. Mühsam stehe ich auf.

Er hält mich an der Hand und unsere Blicke treffen

sich. »Ich werde dich immer und immer lieben. Bitte vergiss das nicht«, flüstert er.

Ich lächle gequält. »Was bringt mir deine Liebe, wenn ich dich jetzt und hier verliere? Was habe ich von einer Liebe, die so weit weg ist und mein Herz gerade zerreißt?«

Er lässt meine Hand nicht los. Hält mich ganz fest. »Bitte, Charlotte, versuche mich zu verstehen«, fleht er.

Meine Gedanken überschlagen sich, taumeln zwischen Schmerz, Liebe, Unverständnis und Schock. Das soll nun das Ende sein? Das Ende unserer großartigen Liebe? Hier, auf dem roten Plüschsofa mitten in München? Das kann nicht sein! Das darf nicht sein. Wohin mit meiner Liebe? Wohin mit meinem Schmerz? Wie soll ich damit klarkommen? Maximilian ist ein Teil von mir. Mein Seelenverwandter. Unsere Herzen schlagen im gleichen Takt. Wir haben die gleichen Gedanken. Wir haben die gleiche Körpertemperatur. Wir riechen gleich, wir schmecken gleich. Wir sind eins. Wir sind Liebe.

Ich gebe ihm einen zärtlichen Kuss auf den Mund und löse mich aus seiner Hand, streiche über sein Gesicht und blicke ein letztes Mal tief in seine traurigen Augen. »Mach's gut, mein Liebling. Denk immer daran, dass ich dich liebe.« Damit verlasse ich taumelnd das Lokal. Schaue mich nicht um.

Ich bin verzweifelt, traurig und unendlich enttäuscht. Ich zittere noch, als sich die Tür des Cafés hinter mir schließt. Ich stehe auf dem Gehweg und atme tief durch. Ich bleibe ein paar Augenblicke einfach so stehen, krame meine Sonnenbrille aus der Handtasche und setze sie auf, obwohl es ein bewölkter Tag ist. Ein rauer Wind lässt mich erschaudern.

Ich bin ihm nicht böse. Die Chancen standen 50/50. Ich musste damit rechnen, dass er es vielleicht nicht schafft. Aber es war mir so fern. Für mich war es keine wirkliche Option. Ich hätte mich nie von Maximilian getrennt. Ich hätte diese Liebe nicht aufgegeben. Um nichts in der Welt. Aber für Maximilian war es eine Option, offensichtlich. Seine Lebenssituation ist komplizierter. Es liegen mehr Lebensbausteine in seiner Waagschale. Er hat mehr Dinge abzuwägen – seine Krankheit, seine unselbständige Frau und jetzt auch noch die kranke Julia. Blut bindet mehr als Wasser, schießt es mir in den Sinn. Ach Quatsch, wer weiß schon, was richtig ist? Vielleicht hätte ich an seiner Stelle auch so entschieden. Ich weiß es nicht.

Ich renne zum Auto. Es hat angefangen zu regnen. Ich werde nass. Meine Tränen versiegen erst, als ich kurz vor unserem Haus bin. Ich kühle meine Augen mit dem Handrücken. Tja, das war's dann wohl. Ende, aus. Einfach so. Ich muss es akzeptieren. Ich muss sie schlucken, diese Kröte, wie in dieser ollen Redewendung.

*

Ich leide so sehr. Mir geht es schlecht. Richtig schlecht. Ich bin total aus dem Gleichgewicht, bin schlecht gelaunt, fahrig. Schlafe schlecht und habe keinen Appetit. Manchmal lege ich mich nachmittags noch mal hin, um etwas Schlaf nachzuholen. Meine Gedanken kreisen unentwegt um diesen Moment im Café. Ich höre jedes seiner Wörter in Gedanken wieder und wieder. Hätte ich kämpfen sollen? Hätte ich den Schlussstrich nicht zulassen dürfen? Mich dagegen auflehnen sollen? Ich habe es nicht getan. Spürte ich, dass es keinen Zweck gehabt hätte? Oder habe ich vielleicht tief in meinem Inneren sogar geahnt, dass es so kommen würde? Ich weiß es nicht. Ich habe es zugelassen und zerbreche fast daran.

Manchmal kann ich meine Arbeit nicht erledigen. Zu groß ist mein Schmerz. Zu sehr kreisen meine Gedanken um Maximilian. Zeit heilt alle Wunden, denke ich verbittert. Wer hat sich dieses blöde Sprichwort einfallen lassen? Zeit heilt nichts, aber auch gar nichts. Zeit heilt keine Wunden und schon gar nicht meinen Schmerz. Ich bin so verletzt und unsagbar traurig. Manchmal schmerzt mein Herz, krampft sich regelrecht zusammen und sehr oft muss ich weinen. Wie ein kleines Schulmädchen. Aus Liebeskummer und Verzweiflung. Ich habe Maximilian so sehr geliebt.

Kein Morgen, an dem ich nicht auf mein Handy schaue, ob eine Nachricht von ihm angekommen ist. Nichts. Nachts der müde Blick aufs Handy, in der Hoffnung, dass er doch noch geschrieben hat. Fehlanzeige. Der tägliche Blick in die Zeitung, um zu schauen, ob ich ein Foto von ihm entdecke. Kein Anruf, keine E-Mail. Nichts. Gar nichts. Und auch ich schreibe ihm nicht. So vergeht mehr als ein Jahr.

Nur einmal spricht mich Johanna in dieser Zeit an. Ich habe mir ein kleines Mittagessen zubereitet und esse es an der Küchenbar, als Johanna leise anklopft und den

Raum betritt. »Darf ich reinkommen oder störe ich?«, fragt sie zögerlich.

»Nein, du störst ganz und gar nicht!«, antworte ich. »Komm gerne rein. Möchtest du auch etwas essen?«

»Nein, vielen Dank.« Johanna setzt sich zu mir an die Küchenbar. »Du siehst schlecht aus, meine liebe Charlotte!«, sagt sie plötzlich liebevoll. »Ist alles in Ordnung?«

»Ja, ja!«, antworte ich schnell und will ausweichen, doch Johanna lässt nicht locker. »Es ist wegen Maximilian Lichtenstein, oder?«, fragt sie vorsichtig.

Ich stutze und halte die Luft an. »Woher weißt du das?«, frage ich irritiert.

»Ach, ich kenne dich schon so lange, meine Liebe. Damals, als du mir davon erzählt hast, dass du ihn getroffen hast, wusste ich, dass du ihn anrufen würdest. Ich habe es in deinen Augen gesehen. Und ich habe auch die vielen Male gespürt, wenn ihr euch getroffen habt. Du warst wie ausgewechselt. Glücklich. Du hast gestrahlt.«

Ich schaue sie etwas verlegen an. Vielleicht bin ich auch froh, dass sie mir auf die Schliche gekommen ist.

»Ja, es ist wegen Maximilian!«, gebe ich zu. »Ich liebe ihn.«

Johanna nimmt mich in den Arm. »Das dachte ich mir!«, sagt sie verständnisvoll. »Und jetzt ist etwas passiert?«

»Ja, er hat sich für seine Familie entschieden!«, antworte ich sachlich. Und dann muss ich plötzlich weinen. Leise rinnen Tränen über mein Gesicht und Johanna hält mich immer noch fest.

Tapfer wische ich die Tränen weg. Ich weiß, dass ich deshalb nicht weinen darf. Nicht hier und nicht jetzt und schon gar nicht vor Johanna. »Ist schon in Ordnung!«, sagt sie sanft und streicht mir über das Haar. »Ich kann verstehen, dass es schwer für dich ist. Wenn du mit mir reden möchtest, kannst du das jederzeit gerne machen. Ich bin immer für dich da.«

Ich nicke dankbar. »Das ist lieb von dir. Danke.«

*

Ab und zu sehe ich Maximilian im Fernsehen. Ich schalte weiter. Sofort. Ich kann es nicht ertragen. Neulich sah ich beim Friseur sein Foto in einer bunten Illustrierten. Er hatte den Arm um seine Frau gelegt und lächelte in die Kamera. Nein, mein Lieber, ich lächle nicht zurück. Du kannst doch gar nicht glücklich sein. In dieser Phase deines Lebens kannst du einfach nicht glücklich sein. Du leidest ebenso unter der Situation, wie ich darunter leide. Sonst war alles nur eine Lüge.

Ich verkümmere in meinem Schmerz. Ich kämpfe nicht dagegen an. Ich packe ihn nicht bei den Hörnern. Ich will leiden, will in meiner Traurigkeit allein sein und in Liebe an ihn denken.

Irgendwann lese ich, dass er sich aus dem Fußballgeschäft zurückgezogen hat. Aus gesundheitlichen Gründen. Es trifft mich sehr. Geht es ihm schlecht? Die Presse schreibt nichts über seinen Gesundheitszustand. Ich bin beunruhigt, aber ich rufe Maximilian nicht an.

Es gelingt mir, meinen Alltag zu stemmen.

»Irgendwie hast du dich verändert«, stellt Tom irgendwann fest und umarmt mich zärtlich von hinten, als ich die Kaffeemaschine betätige.

Vielleicht ist das eine Anspielung darauf, dass ich seit Wochen seinen Bemühungen nach Sex aus dem Weg gegangen bin, dass ich keine Signale sende, die ihm zeigen, dass er mir näherkommen soll. Vielleicht schaue ich ihm auch nicht mehr in die Augen. Vielleicht existiert er in meinen Gedanken nur noch am Rand. Vielleicht …

»Quatsch, totaler Quatsch«, wehre ich eilig ab und verschwinde mit dem Kaffee in meinem Büro. Nachdenklich lasse ich Tom zurück. Ich weiß, das ist gemein von mir. Ich weiß auch, dass ich ihn damit verletze. Er hat das gar nicht verdient. Er hat mir nichts getan. Aber es ist mir egal. Es ist mir alles völlig egal. Ich kann seine Nähe nicht ertragen, will seine Berührungen nicht spüren und sträube mich gegen jegliche Art seiner Zuneigung. Meine Liebe ist einen anderen Weg gegangen und ich kann nichts dagegen machen. Es ist einfach so passiert.

An einer Ausfahrt einfach falsch abgebogen, und ich habe es zugelassen. Ich habe es genossen, diese große Liebe zu spüren. Sie hat mich großgemacht, innerlich erfüllt, zufrieden und glücklich gemacht. Wie schön ist es, Liebe zu spüren? Wie wertvoll ist dieses Gefühl? Wie oft erlebt man das?

Und ich war so glücklich, diese Liebe zu spüren. Und jetzt? Ich bin verletzt, unfassbar traurig, unruhig und nicht mehr ich selbst. Mein Gleichgewicht ist aus den Fugen geraten. Der Sieg der Gefühle, den ich erlebt habe, lässt mich nun herabstürzen. Er kreuzigt mich auf eine unsagbar traurige Art. Wie schön waren die Gefühle, wie einzigartig, wie unvorstellbar intensiv. Und nun erlebe ich den tiefen Fall. Ich werde zermalmt und zermahlen.

Vielleicht muss ich das tiefe Tal durchwandern, um die Höhen der Liebe zu erklimmen.

Charlotte. Schmerz.

München, 18. März 2025

München. Ein Jahr später.

»Stein Immobilien, Grüß Gott. Was kann ich für Sie tun?«, melde ich mich, am Schreibtisch sitzend.

»Ja, hallo, Sie kennen mich nicht. Hier ist Franziska Lichtenstein«, sagt eine junge Stimme.

Ich erschrecke. Wie ein Blitz durchfährt es meinen Körper: Franzi! Ich höre, wie ihre Stimme zittert, als sie fortfährt.

»Ich, ähm …, spreche ich mit Charlotte Stein?«, fragt sie unsicher.

Ich versuche mich zu fangen. Ich wollte gerade meinen Computer ausschalten, es ist schon spät. Jetzt starre ich einfach nur auf den flimmernden Bildschirm. »Ja, ja, hier ist Charlotte Stein. Franzi?«

»Ja, ich rufe an, weil …, es ist, weil, ähm …«

Es fällt ihr offensichtlich schwer, zu sagen, was zu sagen ist. Ich möchte ihr helfen. »Ist etwas passiert?«, frage ich vorsichtig.

»Nein, nein, es ist … Mein Papa hat gebeten, dass ich Sie anrufe. Er ist im Universitätsspital hier in Zürich. Können Sie kommen?«

Es ist raus. Wie viel Mut muss sie dieser Anruf gekostet haben? Wir haben uns nie gesehen. Maximilian hat mir viel von ihr erzählt. Von ihr und von Julia. »Oh, das tut mir leid«, stottere ich. »Wie geht es ihm?«

»Leider nicht so gut. Nach der letzten Chemotherapie wollten sich die Blutwerte einfach nicht erholen und die

Chemo musste ausgesetzt werden. Auch die Knochenmarkpunktion hat keinen Erfolg gebracht. Es sieht nicht gut aus. Die Ärzte sagten, wir müssen uns verabschieden«, bringt sie tapfer hervor.

Ich höre ihr leichtes Schluchzen. Wie schwer ist es ihr wohl gefallen, das zu sagen. Hat Maximilian sie eingeweiht? Weiß sie von uns? Hat sie nachgefragt, als er diesen Wunsch geäußert hat, oder hat sie es einfach hingenommen? Sie war und ist sein Lieblingskind und steht ihm sehr nahe. Wie mutig von Maximilian, dass er sie gebeten hat, mich anzurufen. »Oh, das tut mir sehr leid«, drücke ich mein ehrliches Bedauern und meine Traurigkeit aus. Ich zittere am ganzen Körper. Es ist fast eine Todesnachricht. »Ich werde morgen gleich kommen, wenn es euch recht ist. Und ich weiß, dass eine Absprache über den Zeitpunkt meines Besuches sehr wichtig ist.«

»Ja, gerne morgen Nachmittag«, ermutigt sie mich leise. »Er wird sich sicher sehr freuen. Er liegt in Raum 445.«

»Ich komme. Danke, Franzi. Danke, dass du mich angerufen hast«, sage ich schnell.

Wir verabschieden uns, ich lege auf. Ich bin entsetzt. Franzi. Max … Ich brauche ein paar Minuten, um zu verstehen, was los ist, bleibe regungslos am Schreibtisch sitzen. Mein geliebter Max, denke ich liebevoll. Meine Augen füllen sich mit Tränen. Langsam erhebe ich mich. Ich muss Johanna fragen, ob sie sich morgen um Emilia kümmern kann, und wische die Tränen fort.

Nur wenig später klopfe ich an die Tür des Gesindehauses und Johanna öffnet sofort. Sie schaut mich an und ich breche in Tränen aus. Ich kann mich nicht zurückhalten.

Johanna nimmt mich liebevoll in den Arm und streichelt sanft meine Schulter. »Es ist alles gut«, sagt sie beruhigend. »Weine ruhig.« Sie hält mich eng umschlungen fest. Ihre Nähe tut mir gut. Sie spendet mir Trost und Zuversicht. »Ist es wegen Maximilian Lichtenstein?«, fragt sie plötzlich.

»Ja«, bringe ich mühsam hervor. »Ach Johanna, es ist so schwer«, bringe ich mühsam hervor und schluchze laut. Sie hält mich weiter fest in ihrem Arm, bevor ich die Umarmung löse. »Kannst du dich bitte morgen um Emilia kümmern?«, frage ich nun knapp. Diese Unterhaltung braucht keine weiteren Erklärungen. »Es geht dem Ende zu.« Ohne meine Geschichte zu erzählen, beende ich das vertraute Gespräch. Johanna braucht keine weiteren Erklärungen. Sie versteht mich auch so. Sie weiß genau, was los ist. Ich werde es ihr später erzählen.

»Ja, natürlich werde ich mich um Emilia kümmern. Du musst dir keine Sorgen machen«, antwortet sie liebevoll und ich verlasse nachdenklich ihr kleines Häuschen.

*

Zürich. Ich frage die freundliche Dame am Infoschalter im Eingangsbereich der Klinik nach Maximilians Zimmernummer. Sie klärt mich zunächst ausführlich über die Hygieneregeln des Krankenhauses auf und bittet mich im Haus dauerhaft Mundschutz zu tragen und auf der Station sterile Kleidung überzuziehen. Ja, natürlich. Das mache ich.

Ich drücke mehrfach den Knopf für den Aufzug. Das muss doch schneller gehen. Ich sehe die Zahlen auf der Anzeige – vier, drei … Stopp. Mein Gott, ist das langsam. Ich gebe auf. Suchend schaue ich mich um, finde das Treppenhaus und renne die Stufen hinauf. Meine flachen Absätze klappern auf dem Linoleumboden. Eine Schar junger Ärztinnen und Ärzte in weißen Kitteln kommt mir entgegen. Sie lachen, plaudern, sind in ein Gespräch vertieft.

Mein Trenchcoat ist offen. Ich hatte keine Zeit, ihn zu schließen. Draußen regnet es Bindfäden. Die Fahrt mit dem Auto von München nach Zürich war lang. Es war viel Verkehr. Egal.

Das Krankenhaus ist ein wunderschöner Jugendstilbau aus der Jahrhundertwende. Leider versinkt er gerade im Regen.

Vierte Etage. Meine Schritte verlangsamen sich. Nach rechts. Leise grüße ich eine Krankenschwester und frage nach der sterilen Kleidung. Sie führt mich in einen kleinen Raum und bittet mich, den grünen Mundschutz, die sterile Kleidung und die Überschuhe aus Plastik anzuziehen und die Desinfektionsmittel zu benutzen. Es ist still. Die Wände sind in einem hellen Apfelgrün gestrichen. Das soll freundlich wirken, aber hier wirkt nichts freundlich. Es ist viel zu ruhig. Eher bedrohlich. Die Bilder an den Wänden sind bunt. Aber auch sie schaffen es nicht, die Stimmung zu verbessern. Krankenhaus ist Krankenhaus, denke ich mutlos.

Ein älterer Herr in einem grauen Bademantel kommt mir langsam entgegen. Er fährt so einen komischen Galgen mit sich rum. Warum riecht das hier so schrecklich? Ich grüße erneut freundlich und bemühe mich um ein Lächeln. Ich glaube, es misslingt.

Zimmer 445. Da ist es. Meine Schritte verlangsamen sich weiter. Ich verharre vor der Holztür. Was erwartet mich? Ich hätte doch detaillierter nach dem Gesundheitszustand fragen sollen.

Ich klopfe leise. Warte. Nichts. Klopfe noch einmal. Wieder nichts. Zaghaft öffne ich die Tür. Leise und ganz langsam.

Mein erster Blick in das Krankenzimmer – ein Bett, ein Nachttisch und eine weiße, luftige Gardine vor dem Fenster. Der Luftzug bläht sie auf wie das Segel eines Segelboots. Was habe ich erwartet? Keine Ahnung. Hier ist die Realität. Hier ist die absolute Wirklichkeit zu Hause.

Ich gehe leise zum Bett. Er schläft. Glaube ich zumindest. Das Kopfteil des Bettes ist auf eine bequeme Schlafhöhe eingestellt. Nichts regt sich. Kein Laut. Stille.

Ich gehe näher heran und schaue ihn an. Er schläft friedlich. Sein Gesicht ist dünner, als ich es in Erinnerung habe. Die Wangenknochen sind ausgeprägter und werfen Schatten in sein Gesicht. Die Decke liegt nur zur Hälfte auf seinem Körper. Er trägt einen blauen Schlafanzug.

Ich liebe dich immer noch, denke ich. Fest in meinem Herzen hat die Liebe nichts von ihrer Kraft eingebüßt. In meinen Gedanken habe ich diesen Moment tausendmal erlebt. Nichts erschreckt mich. Nicht die Vorstellung, ihn krank vor mir zu sehen. Nicht die Hoffnungslosigkeit. Nicht der Gedanke an den Tod. Alles ist friedlich. Es ist still.

Ich nehme seine Hand und er öffnet langsam die Augen. Gedankenlos ziehe ich meinen Mundschutz kurz runter, damit er mein Gesicht sehen kann. Ich lächele ihn an.

»Charlotte«, sagt er leise nach einem kurzen Augenblick, »dass du da bist.«

Tränen rinnen jetzt seine Wangen hinunter. Ich setze mich auf die Bettkante und halte seine Hand. Wie damals in der Sauna, denke ich und fange auch an zu weinen.

»Es ist so schön, dass du da bist«, flüstert er.

Ich verweile in diesem Moment. Schiebe den Mundschutz wieder hoch. Ich habe Zeit. Ich bin für dich gekommen, mein Liebster. Den weiten Weg hierher, um deine Hand zu halten. Um jetzt in dieser Situation bei dir zu sein.

»Dieses Spiel habe ich verloren«, flüstert er. Langsam und leise formt er die Worte, aber dennoch klar. »Dieses Spiel habe ich schon in der Halbzeit verloren. Ich hatte nie eine Chance zu gewinnen. Ich habe nicht um dich gekämpft. Ich habe den Sieg verschenkt. Einfach so. Es ist eine Schande.«

Am Ende des Lebens bereut man immer die Dinge, die man nicht gemacht hat, denke ich. Ich schaue ihn an und wische vorsichtig seine Tränen mit meiner Hand weg. Und dann meine Tränen. Voller Güte und Liebe lächle ich ihn an. »Nein, du hast nicht verloren«, erwidere ich sanft und streiche zärtlich über sein Gesicht. »Das Spiel ist erst mit dem Abpfiff zu Ende und wird nach der letzten Minute entschieden. Ich bin hier bei dir und ich gehe nicht weg. Egal, was passiert.«

»Verzeih mir, meine Liebste. Verzeih mir bitte. Ich liebe dich und habe dich immer geliebt«, flüstert er schwach.

Ich halte seine Hand immer noch fest in meiner. Ich verzeihe ihm. Natürlich. Am Sterbebett würde man nie etwas Anderes machen. Und ich bin dankbar für diesen Moment. Für die Liebe, die auch diesen Augenblick so besonders macht.

Ich sitze noch lange an seinem Bett, vergesse Raum und Zeit und bin einfach nur da. Halte seine Hand und schaue ihn an, während er immer wieder in einen kurzen Schlaf fällt. Ich bin dankbar für diese letzte Zeit mit ihm, die ich sicher nie vergessen werde, die unsere unfassbare Liebe unterstreicht, auch wenn wir nie wirklich eine Chance hatten. Auch wenn wir diese großartige Liebe nie richtig leben konnten. Immer wieder muss ich weinen, denke an unsere innigen und kostbaren Momente, an unseren Zärtlichkeiten und unsere Leidenschaft und an den Sog und die Anziehung, denen wir uns nicht entziehen konnten. Nicht einen Moment möchte ich missen, nicht einen Augenblick vergessen, den wir gemeinsam hatten.

Ich bin glücklich, dass ich den Mut hatte für unsere Begegnungen, dass ich die Kraft hatte, in der Vergangenheit die vielen Treffen mit Maximilian zu organisieren, und dass ich nicht zu feige war, der Liebe einen Schritt entgegenzugehen, anstatt davonzulaufen und mich zu ducken für das einfachere Leben.

Dennoch, das Spiel habe auch ich verloren. Einfach verloren. Es lässt mich zurück. Einsam. Es ist nicht fair. Wie soll ich in mein Leben zurückfinden? Ich werde ohne Maximilians Liebe auskommen müssen. Die Gedanken an ihn werden verblassen, jeden Tag etwas mehr. Ich nehme mir vor, ihnen mit meinen Gedanken frische Farben zu geben, immer wieder. Ich werde diese Liebe weitertragen. Ich will weiter spüren, was mich so glücklich gemacht hat. Ich werde die Liebe in Gedanken festhalten, solange es geht.

Irgendwann, es ist schon dunkel im Raum, versiegen meine Tränen und ich sitze einfach an seinem Bett und höre seinen flachen Atem. Ich nehme kaum die freundliche Schwester wahr, die mich höflich auffordert, nun nach Hause zu fahren.

Ich verabschiede mich unter Tränen und schluchze laut, als ich den Raum verlasse.

»Nein, ich will das nicht«, schreie ich auf dem Parkplatz und kann meinen Tränenfluss nicht stoppen. Nein, nein, nein …

*

Wir haben uns nicht verloren. Wir sind uns ganz nah. Immer. Aber es ist keine Geschichte mit Happy End. Es ist die Geschichte einer Liebe. Die Geschichte über ein Virus, das die Menschen nicht stoppen können, und die Geschichte über eine Krankheit, die wir nicht besiegen können. Zu gerne hätte ich über Wunder geschrieben und dieser Geschichte eine Krone aufgesetzt. Aber hier gibt es keine Wunder. Dieses Mal nicht. In dieser Geschichte gibt nur die Realität, der wir uns stellen müssen, und es gibt ein Schicksal, dem wir uns fügen müssen. Manche Dinge haben wir nicht in der Hand. Manche Dinge sind zu groß für uns Menschen. Manche Dinge müssen wir akzeptieren und annehmen. Wir dürfen nicht daran zerbrechen. Das Schicksal kann man nicht besiegen und das Leben ist nicht immer fair.

Nur die Liebe, die liebt unentwegt weiter. Über den Tod hinaus bis zu einem Wiedersehen. Glauben wir daran.

ENDE